中国名家散文经典

林语堂 等◎著

吉林出版集团股份有限公司
全国百佳图书出版单位

图书在版编目（CIP）数据

中国名家散文经典 / 林语堂等著. -- 长春：吉林
出版集团股份有限公司，2024. 10. -- ISBN 978-7-5731-
5671-6

Ⅰ. I26

中国国家版本馆CIP数据核字第2024VP3779号

中 国 名 家 散 文 经 典

ZHONGGUO MINGJIA SANWEN JINGDIAN

著　　者：林语堂 等
责任编辑：矫黎晗　李　冬
封面设计：书心瞬意
出　　版：吉林出版集团股份有限公司
发　　行：吉林出版集团青少年书刊发行有限公司
电　　话：0431-81629808
印　　刷：鸿鹄（唐山）印务有限公司
开　　本：880mm × 1230mm　　 1/32
字　　数：280千字
印　　张：11
版　　次：2024年10月第1版
印　　次：2024年10月第1次印刷
书　　号：ISBN 978-7-5731-5671-6
定　　价：48.00元

如发现印装质量问题，影响阅读，请与印刷厂联系调换。022-69380901

目录

CONTENTS

第一辑

忆往昔，峥嵘岁月

第四辑

寄天涯，知己寥落

第五辑

独微吟，自赏且乐

第六辑

共白头，我心依旧

本书所收录文章因原作的部分语言文字与现在的用法不一致，故在编辑过程中根据现行语言文字规范订正了少许文字与标点。

第一辑——忆往昔，峥嵘岁月

我在北京大学的经历

蔡元培[①]

北京大学的名称，是从民国元年起的。民元以前，名为京师大学堂，包有师范馆、仕学馆等，而译学馆亦为其一部。我在民元前六年，曾任译学馆教员，讲授国文及西洋史，是为我在北大服务之第一次。

民国元年，我长教育部，对于大学有特别注意的几点：一、大学设法、商等科的，必设文科；设医、农、工等科的，必设理科。二、大学应设大学院（即今研究院），为教授、留校的毕业生与高级学生研究的机关。三、暂定国立大学五所，于北京大学外，再筹办大学各一所于南京、汉口、四川、广州等处。（尔时想不到后来各省

---

① （1868—1940）字鹤卿，号子民。浙江绍兴人。清光绪年间进士，翰林院编修。1904 年与陶成章等组织光复会，次年参加同盟会。1907 年赴德国莱比锡大学研究哲学等科学，回国后任南京临时政府教育总长。1917 年至 1927年任北京大学校长时，提倡"兼容并包"的办学方针，开北大"学术"与"自由"之新风。1920 年至 1930 年同时兼任中法大学校长。蔡元培横跨学政两届，为我国的教育、文化、科学事业的发展做出了富有开创性的贡献。

均有办大学的能力。)四、因各省的高等学堂，本仿日本制，为大学预备科，但程度不齐，于入大学时发生困难，乃废止高等学堂，于大学中设预科。(此点后来为胡适之先生等所非难，因各省既不设高等学堂，就没有一个荟萃较高学者的机关，文化不免落后；但自各省竞设大学后，就不必顾虑了。)

是年，政府任严幼陵君为北京大学校长。两年后，严君辞职，改任马相伯君。不久，马君又辞，改任何锡侯君，不久又辞，乃以工科学长胡次珊君代理。民国五年冬，我在法国，接教育部电，促回国，任北大校长。

我回来，初到上海，友人中劝不必就职的颇多，说北大太腐败，进去了，若不能整顿，反于自己的声名有碍，这当然是出于爱我的意思。但也有少数的说，既然知道他腐败，更应进去整顿，就是失败，也算尽了心。这也是爱人以德的说法。

我到底服从后说，进北京。

我到京后，先访医专校长汤尔和君，问北大情形。他说："文科预科的情形，可问沈尹默君；理工科的情形，可问夏浮筠君。"汤君又说："文科学长如未定，可请陈仲甫君；陈君现改名独秀，主编《新青年》杂志，确可为青年的指导者。"因取《新青年》十余本示我。

我对于陈君，本来有一种不忘的印象，就是我与刘申叔君同在《警钟日报》服务时，刘君语我："有一种在芜湖发行之白话报，发起的若干人，都因困苦及危险而散去了，陈仲甫一个人又支持了好几个月。"现在听汤君的话，又翻阅了《新青年》，决意聘他。从汤君处探知陈君寓在前门外一旅馆，我即往访，与之订定。于是陈君来北大任文科学长，而夏君原任理科学长，沈君亦原任教授，一仍旧贯；乃相与商定整顿北大的办法，次第执行。

我们第一要改革的，是学生的观念。

我在译学馆的时候，就知道北京学生的习惯。他们平日对于学问上并没有什么兴会，只要年限满后，可以得到一张毕业文凭。

教员是自己不用功的，把第一次的讲义，照样印出来，按期分散给学生，在讲坛上读一遍，学生觉得没有趣味，或瞌睡，或看看杂书，下课时，把讲义带回去，堆在书架上。等到学期、学年或毕业的考试，教员认真的，学生就拼命地连夜阅读讲义，只要把考试对付过去，就永远不再去翻一翻了。要是教员通融一点，学生就先期要求教员告知他要出的题目，至少要求表示一个出题目的范围；教员为避免学生的怀恨与顾全自身的体面起见，往往把题目或范围告知他们了。于是他们不用功的习惯，得了一种保障了。

尤其北京大学的学生，是从京师大学堂老爷式学生嬗继下来（初办时所收学生，都是京官，所以学生都被称为老爷，而监督及教员都被称为中堂或大人）。他们的目的，不但在毕业，而尤注重在毕业以后的出路。

所以专门研究学术的教员，他们不见得欢迎。要是点名时认真一点，考试时严格一点，他们就借个话头反对他，虽罢课也在所不惜。若是一位在政府有地位的人来兼课，虽时时请假，他们还是欢迎得很，因为毕业后可以有阔老师做靠山。

这种科举时代遗留下来的劣根性，是于求学上很有妨碍的。所以我到校后第一次演说，就说明："大学学生，当以研究学术为天职，不当以大学为升官发财之阶梯。"然而要打破这些习惯，只有从聘请积学而热心的教员着手。

那时候因《新青年》上文学革命的鼓吹，而我得认识留美的胡适之君，他回国后，即请到北大任教授。

胡君真是"旧学邃密"而且"新知深沈"的一个人，所以一方面与沈尹默、兼士兄弟，钱玄同，马幼渔，刘半农诸君以新方法整理国故，一方面整理英文系。因胡君之介绍而请到的好教员，颇不少。

我素信学术上的派别是相对的，不是绝对的；所以每一种学科的教员，即使主张不同，若都是"言之成理、持之有故"的，就让他们并存，令学生有自由选择的余地。最明白的是胡适之君与钱玄同君等绝对的提倡白话文学，而刘申叔、黄季刚诸君仍极端维护文言的文学；那时候就让他们并存。我信为应用起见，白话文必要盛行，我也常常作白话文，也替白话文鼓吹；然而我也声明：作美术文，用白话也好，用文言也好。例如我们写字，为应用起见，自然要写行楷，若如江艮庭君的用篆隶写药方，当然不可；若是为人写斗方或屏联，作装饰品，即写篆隶章草，有何不可？

那时候各科都有几个外国教员，都是托中国驻外使馆或外国驻华使馆介绍的，学问未必都好，而来校既久，看了中国教员的阑珊，也跟了阑珊起来。我们斟酌了一番，辞退几人，都按着合同上的条件办的。有一法国教员要控告我；有一英国教习竟要求英国驻华公使朱尔典来同我谈判，我不答应。朱尔典出去后，说："蔡元培是不要再做校长的了。"我也一笑置之。

我从前在教育部时，为了各省高等学堂程度不齐，故改为各大学直接的预科。不意北大的预科，因历年校长的放任与预科学长的误会，竟演成独立的状态。那时候预科中受了教会学校的影响，完全偏重英语及体育两方面；其他科学比较的落后，毕业后若直升本科，发生困难。预科中竟自设了一个预科大学的名义，信笺上亦写此等字样。于是不能不加以改革，使预科直接受本科学长的管理，不再设预科学长。预科中主要的教课，均由本科教员兼任。

我没有本校与他校的界限，常为之通盘打算，求其合理化。是时北大设文、理、工、法、商五科，而北洋大学亦有工、法两科。北京又有一工业专门学校，都是国立的。我以为无此重复的必要，主张以北大的工科并入北洋，而北洋之法科，刻期停办。得北洋大学校长同意及教育部核准，把土木工与矿冶工并到北洋去了。把工科省下来的经费，用在理科上。我本来想把法科与法专并成一科，专授法律，但是没有成功。我觉得那时候的商科，毫无设备，仅有一种普通商业学教课，于是并入法科，使已有的学生毕业后停止。

我那时候有一个理想，以为文、理两科，是农、工、医、药、法、商等应用科学的基础，而这些应用科学的研究时期，仍然要归到文、理两科来。所以文、理两科，必须设各种的研究所；而此两科的教员与毕业生必有若干人是终身在研究所工作，兼任教员，而不愿往别种机关去的。所以完全的大学，当然各科并设，有互相关联的便利。若无此能力，则不妨有一大学专办文、理两科，名为本科；而其他应用各科，可办专科的高等学校，如德、法等国的成例，以表示学与术的区别。因为北大的校舍与经费，决没有兼办各种应用科学的可能，所以想把法律分出去，而编为本科大学，然没有达到目的。

那时候我又有一个理想，以为文、理是不能分科的。例如文科的哲学，必植基于自然科学；而理科学者最后的假定，亦往往牵涉哲学。从前心理学附入哲学，而现在用实验法，应列入理科；教育学与美学，也渐用实验法，有同一趋势。地理学的人文方面，应属文科，而地质地文等方面属理科。历史学自有史以来，属文科，而推源于地质学的冰期与宇宙生成论，则属于理科。所以把北大的三科界限撤去而列为十四系，废学长，设系主任。

我素来不赞成董仲舒罢黜百家、独尊孔氏的主张。清代教育宗旨有"尊孔"一款，已于民元在教育部宣布教育方针时说他不合用了。到北大后，凡是主张文学革命的人，没有不同时主张思想自由的；因而为外间守旧者所反对。适有赵体孟君以编印明遗老刘应秋先生遗集，贻我一函，属约梁任公、章太炎、林琴南诸君品题。我为分别发函后，林君复函，列举彼对于北大怀疑诸点；我复一函，与他辩。这两函颇可窥见那时候两种不同的见解，所以抄在下面。（略）

这两函虽仅为文化一方面之攻击与辩护，然北大已成为众矢之的，是无可疑了。越四十余日，而有五四运动。我对于学生运动，素有一种成见，以为学生在学校里面，应以求学为最大目的，不应有何等政治的组织。其有年在二十岁以上，对于政治有特殊兴趣者，可以个人资格参加政治团体，不必牵涉学校。所以民国七年夏间，北京各校学生，曾为外交问题，结队游行，向总统府请愿，当北大学生出发时，我曾力阻他们，他们一定要参与，我因此引咎辞职。经慰留而罢。到八年五月四日，学生又有不签字于巴黎和约与罢免亲日派曹、陆、章的主张，仍以结队游行为表示，我也就不去阻止他们了。他们因愤激的缘故，遂有焚曹汝霖住宅及揍殴章宗祥的事，学生被警厅逮捕者数十人，各校皆有，而北大学生居多数；我与各专门学校的校长向警厅力保，始释放。但被拘的虽已保释，而学生尚抱再接再厉的决心，政府亦且持不做不休的态度。都中宣传政府将明令免我职而以马其昶君任北大校长，我恐若因此增加学生对于政府的纠纷，我个人且将有运动学生保持地位的嫌疑，不可以不速去。乃一面呈政府，引咎辞职，一面秘密出京，时为五月九日。

那时候学生仍每日分队出去演讲，政府逐队逮捕，因人数太多，就把学生都监禁在北大第三院。北京学生受了这样大的压迫，于是引起全国学生的罢课，而且引起各大都会工商界的同情与公愤，将以罢工、罢市为同样之要求。政府知势不可侮，乃释放被逮诸生，决定不签和约，罢免曹、陆、章，于是五四运动之目的完全达到了。

五四运动之目的既达，北京各校的秩序均恢复，独北大因校长辞职问题，又起了多少纠纷。政府曾一度任命胡次珊君继任，而为学生所反对，不能到校；各方面都要我复职。我离校时本预定决不回去，不但为校务的困难，实因校务以外，常常有许多不相干的缠绕，度一种劳而无功的生活，所以启事上有"杀君马者道旁儿；民亦劳止，汔可小休；我欲小休矣"等语。但是隔了几个月，校中的纠纷，仍在非我回校不能解决的状态中，我不得已，乃允回校。回校以前，先发表一文，告北京大学学生及全国学生联合会，告以学生救国，重在专研学术，不可常为救国运动而牺牲。到校后，在全体学生欢迎会演说，说明德国大学学长、校长均每年一换，由教授会公举；校长且由神学、医学、法学、哲学四科之教授轮值；从未生过纠纷，完全是教授治校的成绩。北大此后亦当组成健全的教授会，使学校决不因校长一人的去留而起恐慌。

那时候蒋梦麟君已允来北大共事，请他通盘计划，设立教务、总务两处；及聘任、财务等委员会，均以教授为委员。请蒋君任总务长，而顾孟余君任教务长。

北大关于文学、哲学等学系，本来有若干基本教员，自从胡适之君到校后，声应气求，又引进了多数的同志，所以兴会较高一点。预定的自然科学、社会科学、文学、国学四种研究所，只有国学研究所先办起来了。在自然科学与社会科学方面，比较困难一点。自民国九年起，自然科学诸系，请到了丁巽甫、颜任光、李润章诸君主持物理系，李仲揆君主持地质系。在化学系本有王抚五、陈聘丞、丁庶为诸君，而这时候又增聘程寰西、石蘅青诸君。在生物学系本已有钟宪鬯君在东南西南各省搜罗动植物标本，有李石曾君讲授学理，而这时候又增聘谭仲逵君。于是整理各系的实验室与图书室，使学生在教员指导之下，切实用功；改造第二院礼堂与庭园，使合于讲演之用。在社会科学方面，请到王雪艇、周鲠生、皮皓白诸君；一面诚意指导提起学生好学的精神，一面广购图书杂志，给学生以自由考索的工具。丁巽甫君以物理学教授兼预科主任，提高预科程度。于是北大始达到各系平均发展的境界。

我是素来主张男女平等的。九年，有女学生要求进校，以考期已过，姑录为旁听生。及暑假招考，就正式招收女生。有人问我："兼收女生是新法，为什么不先请教育部核准？"

我说："教育部的大学令，并没有专收男生的规定；从前女生不来要求，所以没有女生；现在女生来要求，而程度又够得上，大学就没有拒绝的理。"这是男女同校的开始，后来各大学都兼收女生了。

我是佩服章实斋先生的。那时候国史馆附设在北大，我定了一个计划，分征集、纂辑两股；纂辑股又分通史，民国史两类；均从长编入手。并编历史辞典。聘屠敬山、张蔚西、薛阆仙、童亦韩、徐贻孙诸君分任征集编纂等务。后来政府忽又有国史馆独立一案，另行组织。于是张君所编的民国史，薛、童、徐诸君所编的辞典，均因篇帙无多，视同废纸；只有屠君在馆中仍编他的蒙兀儿史，躬自保存，没有散失。

我本来很注意于美育的，北大有美学及美术史教课，除中国美术史由叶浩吾君讲授外，没有人肯讲美学。十年，我讲了十余次，因足疾进医院停止。至于美育的设备，曾设书法研究会，请沈尹默、马叔平诸君主持。设画法研究会，请贺履之、汤定之诸君教授国画，比国楷次君教授油画。设音乐研究会，请萧友梅君主持。均听学生自由选习。

我在爱国学社时，曾断发而习兵操，对于北大学生之愿受军事训练的，常特别助成；曾集这些学生，编成学生军，聘白雄远君任教练之责，亦请蒋百里、黄膺白诸君到场演讲。白君勤恳而有恒，历十年如一日，实为难得的军人。

我在九年的冬季，曾往欧美考察高等教育状况，历一年回来。这期间的校长任务，是由总务长蒋君代理的。回国以后，看北京政府的情形，日坏一日，我处在与政府常有接触的地位，日想脱离。十一年冬，财政总长罗钧任君忽以金佛郎问题被逮，释放后，又因教育总长彭允彝君提议，重复收禁。我对于彭君此举，在公议上，认为是蹂躏人权献媚军阀的勾当；在私情上，罗君是我在北大的同事，而且于考察教育时为最密切的同伴，他的操守，为我所深信，我不免大抱不平。与汤尔和、邵飘萍、蒋梦麟诸君会商，均认有表示的必要。我于是一面递辞呈，一面离京。隔了几个月，贿选总统的布置，渐渐地实现；而要求我回校的代表，还是不绝，我遂于十二年七月间重往欧洲，表示决心；至十五年，始回国。那时候，京津间适有战争，不能回校一看。十六年，国民政府成立，我在大学院，试行大学区制，以北大划入北平大学区范围，于是我的北京大学校长的名义，始得取消。

综计我居北京大学校长的名义，十年有半；而实际在校办事，不过五年有半，一经回忆，不胜惭悚。

（《东方杂志》，第三十一卷第一号，一九三四年一月一日出版）

新的！旧的！

李大钊①

宇宙进化的机轴，全由两种精神运之以行，正如车有两轮，鸟有两翼：一个是新的，一个是旧的。但这两种精神活动的方向，必须是代谢的，不是固定的；是合体的，不是分立的，才能于进化有益。

中国人今日的生活全是矛盾生活，中国今日的现象全是矛盾

---

① （1889—1927）原名耆年，后改名大钊，字守常，直隶乐亭（今属河北）人。1913 年毕业于天津北洋法政专门学校，1914 年赴日本早稻田大学学政治。1916 年回国，历任《晨钟报》总编辑、北京大学教授，同时参与编辑《新青年》杂志。后与陈独秀创办《每周评论》，协助北大学生创办《国民》和《新潮》杂志，成为五四运动的领导者之一。1920 年 3 月组织北京大学马克思学说研究会，10 月领导建立北京的中国共产党早期组织，11 月领导建立北京社会主义青年团。中国共产党成立后，曾任中共北京地方委员会书记兼中国劳动组合书记部北方区分部主任，负责领导党在北方地区的全面工作。1927 年被奉系军阀逮捕后就义。他是中国共产主义运动的先驱，伟大的马克思主义者，杰出的无产阶级革命家，中国共产党的主要创始人之一，也为 20 世纪中国的思想文化建设做出了重要贡献。

现象。举国的人都在矛盾现象中讨生活，当然觉得不安，当然觉得不快，既是觉得不安不快，当然要打破此矛盾生活的阶级，另外创造一种新生活，以寄顿吾人的身心，慰安吾人的灵性。

矛盾生活，就是新旧不调和的生活，就是一个新的，一个旧的，其间相去不知几千万里的东西，偏偏凑在一处，分立对抗的生活。这种生活，最是苦痛，最无趣味，最容易起冲突。这一段国民的生活史，最是可怖。

欲研究一国家或一都会中其一时期人民的生活，任取其生活现象中的一粒微尘而分析之，也能知道其生活全部的特质。一个都会里一个人所穿的衣服，就是此都会里最美的市场中所陈设的；一个人的指爪上的一粒炭灰，就是由此都会里最大机械场的烟突中所飞落的。既同在一个生活之中，刹刹尘尘都含有全体的质性，都有着全体的颜色。

我前岁在北京过年，刚过新年，又过旧年。看见贺年的人，有的鞠躬，有的拜跪，有的脱帽，有的作揖，有的在门首悬挂国旗，有的张贴春联，因而起了种种联想。

想起黄昏时候走在街头，听见的是更夫的梆子丁丁的响，看见的是站岗巡警的枪刺耀耀的亮。更夫是旧的，巡警是新的。要用更夫，何用巡警？既用巡警，何用更夫？

又想起我国现已成了民国，仍然还有什么清室。吾侪小民，一面要负担议会及公府的经费，一面又要负担优待清室的经费。民国是新的，清室是旧的，既有民国，那有清室？若有清室，何来民国？

又想起制定宪法。一面规定信仰自由，一面规定"以孔道为修身大本"。信仰自由是新的，孔道修身是旧的。既重自由，何又迫人来尊孔？既要迫人尊孔，何谓信仰自由？

又想起谈论政治的。一面主张自我实现，一面鼓吹贤人政治。自我实现是新的，贤人政治是旧的。既要自我实现，怎行贤人政治？若行贤人政治，怎能自我实现？

又想起法制习俗。一面立禁止重婚的刑律，一面许纳妾的习俗。禁止重婚的刑律是新的，纳妾的习俗是旧的。既施刑律，必禁习俗；若存习俗，必废刑律。

以上所说不过一时的杂感，其余类此者尚多。最近又在本志上看见独秀先生与南海圣人争论，半农先生向投书某君棒喝。以新的为本位论，南海圣人及投书某君最少应该生在百年以前。以旧的为本位论，独秀、半农最少应生在百年以后。此等"风马牛不相及"的人物思想，竟不能不凑在一处，立在同一水平线上来讲话，岂不是绝大憾事？中国今日生活现象矛盾的原因，全在新旧的性质相差太远，活动又相邻太近。换句话说，就是新旧之间，纵的距离太远，横的距离太近；时间的性质差得太多，空间的接触逼得太紧。同时同地不容并存的人物、事实、思想、议论，走来走去，竟不能不走在一路来碰头，呈出两两配映、两两对立的奇观。这就是新的气力太薄，不能努力创造新生活，以征服旧的过处了。

我常走在前门一带通衢，觉得那样狭隘的一条道路，其间竟能容纳数多时代的器物：也有骆驼轿，也有上贴"借光二哥"的一轮车，也有骡车、马车、人力车、自转车、汽车等，把二十世纪的东西同十五世纪以前的汇在一处。轮蹄轧轧，汽笛呜呜，车声马声，人力车夫互相唾骂声，纷纭错综，复杂万状，稍不加意，即遭冲轧，一般走路的人，精神很觉不安。推一轮车的讨厌人力车、马车、汽车，拉人力车的讨厌马车、汽车，赶马车的又讨厌汽车。反说回来，也是一样。新的嫌旧的妨阻，旧的嫌新的危险。照这样层级论，生活的内容不止是一种单纯的矛盾，简直是重重叠叠的矛盾。人生的径路，若是为重重叠叠的矛盾现象所塞，怎能急起直追，逐宇宙的大化前进呢？仔细想来，全是我们创造的能力缺乏的缘故。若能在北京创造一条四通八达的电车轨路，我想那时乘坐驼轿、骡车、人力车等等的人，必都舍却这些笨拙迂腐的器具，来坐迅速捷便的电车，马路上自然绰有余裕，不像那样拥挤了。即有寥寥的汽车、马车、自转车等依旧通行，因为与电车纵的距离不甚相远，横的距离又不像从前那样逼近，也就都有容头过身的道路了，也就没有互相嫌恶的感情了，也就没有那样容易冲突的机会了。

因此我很盼望我们新青年打起精神，于政治、社会、文学、思想种种方面开辟一条新径路，创造一种新生活，以包容负载那些残废颓败的老人，不但使他们不妨害文明的进步，且使他们也享享新文明的幸福，尝尝新生活的趣味，就像在北京建造电车轨道，输运从前那些乘驼轿、骡车、人力车的人一般。打破矛盾生活，脱去二重负担，这全是我们新青年的责任，看我们新青年的创造能力如何？

进！进！进！新青年！

（一九一八年五月十五日，《新青年》第4卷第5号）

什么是新文学

李大钊

现在大家都讲新文学，都作新文学了。我要问大家："什么是新文学？"

我的意思以为刚是用白话作的文章，算不得新文学；刚是介绍点新学说、新事实，叙述点新人物，罗列点新名词，也算不得新文学。

我们所要求的新文学，是为社会写实的文学，不是为个人造名的文学；是以博爱心为基础的文学，不是以好名心为基础的文学；是为文学而创作的文学，不是为文学本身以外的什么东西而创作的文学。

现在的新文学作品中，合于我们这种要求的，固然也有，但是终占少数。一般最流行的文学中，实含有很多缺点。概括讲来，就是浅薄，没有真爱真美的质素。不过撷拾了几点新知新物，用白话文写出来，作者的心理中，还含着科举的、商贾的旧毒新毒，不知不觉地造出一种广告的文学。试把现在流行的新文学的大部分解剖来看，字里行间，映出许多恶劣心理的斑点，来托在新思潮、新文艺的里边。……刻薄、狂傲、狭隘、夸躁，种种气氛充塞满幅。长此相嘘以气，必致中干，种种运动，终于一空，适以为挑起反动的引子。此是今日文学界、思想界莫大的危机，吾辈应速为一大反省！

我们若愿园中花木长得美茂，必须有深厚的土壤培植他们。宏深的思想、学理，坚信的主义，优美的文艺，博爱的精神，就是新文学新运动的土壤、根基。在没有深厚美腴的土壤的地方培植的花木，偶然一现，虽是一阵热闹，外力一加摧凌，恐怕立萎！

（一九一九年十二月八日自北京寄）

署名：守常

《星期日周刊》"社会问题号"

1920 年 1 月 4 日

《新青年》宣言

陈独秀 [1]

本志具体的主张，从来未曾完全发表。社员各人持论，也往往不能尽同。读者诸君或不免怀疑，社会上颇因此发生误会。现当第七卷开始，敢将全体社员的共同意见，明白宣布。就是后来加入的社员，也共同担负此次宣言的责任。但"读者言论"一栏，乃为容纳社外异议而设，不在此例。

我们相信世界上的军国主义和金力主义，已经造了无穷罪恶，现在是应该抛弃的了。

我们相信世界各国政治上、道德上、经济上因袭的旧观念中，有许多阻碍进化而且不合情理的部分。我们想求社会进化，不得不打破"天经地义""自古如斯"的成见；决计一面抛弃此等旧观念，一面综合前代贤哲当代贤哲和我们自己所想的，创造政治上、道德上、经济上的新观念，树立新时代的精神，适应新社会的

---

① （1879—1942）原名陈乾生，字仲甫，号实庵，安徽怀宁人。新文化运动的倡导者、发起者，主编《新青年》杂志，积极提倡民主与科学，倡导文学革命，影响力极大，引领当时的社会思想潮流。

环境。

我们理想的新时代新社会，是诚实的、进步的、积极的、自由的、平等的、创造的、美的、善的、和平的、相爱互助的、劳动而愉快的、全社会幸福的。希望那虚伪的、保守的、消极的、束缚的、阶级的、因袭的、丑的、恶的、战争的、轧轹不安的、懒惰而烦闷的、少数幸福的现象，渐渐减少，至于消灭。

我们新社会的新青年，当然尊重劳动；但应该随个人的才能兴趣，把劳动放在自由愉快艺术美化的地位，不应该把一件神圣的东西当作维持衣食的条件。

我们相信人类道德的进步，应该扩张到本能（即侵略性及占有心）以上的生活；所以对于世界上各种民族，都应该表示友爱互助的情谊。但是对于侵略主义、占有主义的军阀、财阀，不得不以敌意相待。

我们主张的是民众运动社会改造，和过去及现在各摄政党，绝对断绝关系。

我们虽不迷信政治万能，但承认政治是一种重要的公共生活；而且相信真的民主政治，必会把政权分配到人民全体，就是有限制，也是拿有无职业做标准，不拿有无财产做标准；这种政治，确是造成新时代一种必经的过程，发展新社会一种有用的工具。至于政党，我们也承认他是运用政治应有的方法；但对于一切拥护少数人私利或一阶级利益，眼中没有全社会幸福的政党，永远不忍加入。

我们相信政治、道德、科学、艺术、宗教、教育，都应该以现在及将来社会生活进步的实际需要为中心。

我们因为要创造新时代新社会生活进步所需要的文学道德，

便不得不抛弃因袭的文学道德中不适用的部分。

我们相信尊重自然科学实验哲学，破除迷信妄想，是我们现在社会进化的必要条件。

我们相信尊重女子的人格和权利，已经是现在社会生活进步的实际需要；并且希望他们个人自己对于社会责任有彻底的觉悟。

我们因为要实验我们的主张，森严我们的壁垒，宁欢迎有意识有信仰的反对，不欢迎无意识无信仰的随声附和。但反对的方面没有充分理由说服我们以前，我们理当大胆宣传我们的主张，出于决断的态度；不取乡愿的、紊乱是非的、助长惰性的、阻碍进化的、没有自己立脚地的调和论调；不取虚无的、不着边际的、没有信仰的、没有主张的、超实际的、无结果的绝对怀疑主义。

（1919 年 12 月 1 日《新青年》第七卷第一号）

五四断想

闻一多 [1]

旧的悠悠死去，新的悠悠生出，不慌不忙，一个跟一个，——这是演化。

新的已经来到，旧的还不肯去，新的急了，把旧的挤掉，——这是革命。

挤是发展受到阻碍时必然的现象，而新的必然是发展的，能发展的必然是新的，所以青年永远是革命的，革命永远是青年的。

新的日日壮健着（量的增长），旧的日日衰老着（量的减耗），壮健的挤着衰老的，没有挤不掉的。所以革命永远是成功的。

---

[1] （1899—1946）原名闻家骅，又名闻多，字友三，号友山，湖北蕲水（今浠水）人。1912 年考入北京清华学校乙班，1922 年赴美国留学，先后入芝加哥美术学院、科罗拉多大学美术系学习。1925 年回国，任北京艺术专科学校教务长。1927 年去武汉国民革命军政治部工作，同年任南京国立第四中山大学外文系主任。1928 年后任武汉大学、青岛大学文学院院长，清华大学中文系教授。抗日战争时期任西南联合大学中文系教授。1946年 7 月 15 日在悼念李公朴大会的当天，遭国民党特务杀害。

革命成功了，新的变成旧的，又一批新的上来了。旧的停下来拦住去路，说："我是赶过路程来的，我的血汗不能白流，我该歇下来舒服舒服。"新的说："你的舒服就是我的痛苦，你耽误了我的路程。"又把他挤掉，……如此，武戏接二连三地演下去，于是革命似乎永远"尚未成功"。

让曾经新过来的旧的，不要只珍惜自己的过去，多多体念别人的将来，自己腰酸腿痛，拖不动了，就赶紧让。"功成身退"不正是光荣吗？"后生可畏，焉知来者之不如今也！"这也是古训啊！

其实青年并非永远是革命的，"青年永远是革命的"这定理，只在"老年永远是不肯让路的"这前提下才能成立。革命也不能永远"尚未成功"。几时旧的知趣了，到时就功成身退，不致阻碍了新的发展，革命便成功了。

旧的悠悠退去，新的悠悠上来，一个跟一个，不慌不忙，哪天历史走上了演化的常轨，就不再需要变态的革命了。但目前，我们还要用"挤"来争取"悠悠"，用革命来争取演化。"悠悠"是目的，"挤"是达到目的的手段。于是又想到变与乱的问题。变是悠悠的演化，乱是挤来挤去的革命。若要不乱挤，就只得悠悠的变。若是该变而不变，那只有挤得你变了。

子在川上曰："逝者如斯夫，不舍昼夜！"古训也发挥了变的原理。

最后一次的讲演

——在云大至公堂李公朴夫人报告李先生死难经过大会上的讲演

闻一多

这几天，大家晓得，在昆明出现了历史上最卑污最无耻的事情！李先生究竟犯了什么罪，竟遭此毒手？他只不过用笔写写文章，用嘴说说话，而他所写的，所说的，都无非是一个没有失掉良心的中国人的话！大家都有一支笔，有一张嘴，有什么理由拿出来讲啊！有事实拿出来说啊！为什么要打要杀，而且又不敢光明正大地来打来杀，而偷偷摸摸地来暗杀！这成什么话？

今天，这里有没有特务？你站出来，你出来讲，凭什么要杀死李先生？暗杀了人，还要诬蔑人，说什么"桃色案件"，说什么共产党杀共产党，无耻啊！无耻啊！这是某集团的无耻，恰是李先生的光荣；李先生在昆明被暗杀，是李先生的光荣，也是昆明人的光荣！

去年"一二·一"昆明的青年学生，为了反对内战遭受屠杀，现在李先生为了争取民主和平，也遭遇了反动派的暗杀，这是昆明无限的光荣!

反动派暗杀李先生的消息传出后,大家听了都摇头,这些无耻的东西,不知他们是怎么想法,他们的心是怎样长的,其实也很简单,他们这样疯狂害怕,正是他们自己在慌呵!在恐怖呵!特务们,你们想想,你们还有几天?真理是一定胜利的。反动派的无耻,就是李先生的光荣。反动派的末日,就是我们的光明!

现在,有人要打内战,只是利用美苏的矛盾,但是美苏不一定打呀!现在四外长会议,已经圆满闭幕了。美苏间不是没有矛盾,但是可以妥协,事情是曲折的,不是直线的,我们的新闻被封锁着,不知道英美的开明舆论如何抬头,但是事实的反映,我们可以看出:

第一,现在司徒雷登出任美驻华大使。司徒雷登是中国人民的朋友,也是教育家。他生长在中国,受的美国教育。他住在中国的时间比住在美国的时间长。他就如一个中国的留美学生一样,从前在北平时也常见面。他是真正知道中国人民的要求的,不是说司徒雷登有三头六臂,而是说,美国人民的舆论抬头,美国才有这改变。

其次,反动派干得太不像样了,在四外长会议上不需中国做二十一国和平会议的召集人,这说明人民的忍耐有限度,国际的忍耐也是有限度的。

李先生赔上了一条性命,我们要换来一个代价,"一二·一"四烈士倒下了,年青的战士们的血,换来了政治协商会议的开会,李先生倒下了,也要换来一个政协会议的召开,我们有这个信心!

"一二·一"昆明的光荣,是云南人民的光荣。云南光荣的历史,远的如护国,近的如"一二·一",都是属于云南人民的,我们要发扬!

反动派挑拨离间,卑鄙无耻,他们以为联大走了,学生放暑假了,我们便就没有人了吗?特务们!你们看看今天到会的一千多青年又握起手来了,我们昆明青年决不让你们这样横干下去!

历史赋予昆明的任务,民主和平,我们昆明的青年必须完成这任务!

我们要准备像李先生一样,前足跨出大门,后脚就不准备再跨进大门。

灯下漫笔

鲁迅 [①]

一

有一时，就是民国二三年时候，北京的几个国家银行的钞票，信用日见其好了，真所谓蒸蒸日上。听说连一向执迷于现银的乡下人，也知道这既便当，又可靠，很乐意收受，行使了。至于稍明事理的人，则不必是"特殊知识阶级"，也早不将沉重累坠的银元装在怀中，来自讨无谓的苦吃。想来，除了多少对于银子有特别嗜好和爱情的人物之外，所有的怕大都是钞票了罢，而且多是本国的。但可惜后来忽然受了一个不小的打击。

[①] （1881—1936）原名周树人，字豫才，浙江绍兴人。1902年赴日本学医。1909年回国，先后在杭州、绍兴、北京等大中学校执教。五四运动前后，参加《新青年》杂志的工作。1926年8月到厦门大学执教，1927年又到中山大学执教。1927年10月到上海定居。从五四时期开始，他就积极参加新文化运动，后又参加革命文艺运动，成为中国文化革命的伟人。他主要从事小说和杂文的写作，并取得很高的成就。

就是袁世凯想做皇帝的那一年①，蔡松坡先生溜出北京，到云南去起义。这边所受的影响之一，是中国和交通银行的停止兑现。虽然停止兑现，政府勒令商民照旧行用的威力却还有的；商民也自有商民的老本领，不说不要，却道找不出零钱。假如拿几十几百的钞票去买东西，我不知道怎样，但倘使只要买一支笔，一盒烟卷呢，难道就付给一元钞票么？不但不甘心，也没有这许多票，那么，换铜元，少换几个罢，又都说没有铜元。那么，到亲戚朋友那里借钱去罢，怎么会有？于是降格以求，不讲爱国了，要外国银行的钞票。但外国银行的钞票这时就等于现银，他如果借给你这钞票，也就借给你真的银元了。

我还记得那时怀中还有三四十元的中交票，可是忽而变了一个穷人，几乎要绝食，很有些恐慌。俄国革命以后的藏着纸卢布的富翁的心情，恐怕也就这样的罢；至多，不过更深更大罢了，我只得探听，钞票可能折价换到现银呢？说是没有行市。幸而终于，暗暗地有了行市了：六折几。我非常高兴，赶紧去卖了一半。后来又涨到七折了，我更非常高兴，全去换了现银，沉甸甸地坠在怀中，似乎这就是我的性命的斤两。倘在平时，钱铺子如果少给我一个铜元，我是决不答应的。

但我当一包现银塞在怀中，沉甸甸地觉得安心、喜欢的时候，却突然起了另一思想，就是：我们极容易变成奴隶，而且变了之后，还万分喜欢。

假如有一种暴力，"将人不当人"，不但不当人，还不及牛马，

---

① 袁世凯于 1915 年 12 月宣布恢复帝制，次年改为洪宪元年，建立"中华帝国"，准备即皇帝位。

不算什么东西；待到人们羡慕牛马，发生"乱离人，不及太平犬"的叹息的时候，然后给予他略等于牛马的价格，有如元朝定律，打死别人的奴隶，赔一头牛，则人们便要心悦诚服，恭颂太平的盛世。为什么呢？因为他虽不算人，究竟已等于牛马了。

我们不必恭读《钦定二十四史》，或者入研究室，审察精神文明的高超。只要一翻孩子所读的《鉴略》，——还嫌繁重，则看《历代纪元编》，就知道"三千余年古国古"的中华，历来所闹的就不过是这一个小玩艺。但在新近编纂的所谓"历史教科书"一流东西里，却不大看得明白了，只仿佛说：咱们向来就很好的。

但实际上，中国人向来就没有争到过"人"的价格，至多不过是奴隶，到现在还如此，然而下于奴隶的时候，却是数见不鲜的。中国的百姓是中立的，战时连自己也不知道属于那一面，但又属于无论那一面。强盗来了，就属于官，当然该被杀掠；官兵既到，该是自家人了罢，但仍然要被杀掠，仿佛又属于强盗似的。这时候，百姓就希望有一个一定的主子，拿他们去做百姓，——不敢，是拿他们去做牛马，情愿自己寻草吃，只求他决定他们怎样跑。

假使真有谁能够替他们决定，定下什么奴隶规则来，自然就"皇恩浩荡"了。可惜的是往往暂时没有谁能定。举其大者，则如五胡十六国的时候，黄巢的时候，五代时候，宋末元末时候，除了老例的服役纳粮以外，都还要受意外的灾殃。张献忠的脾气更古怪了，不服役纳粮的要杀，服役纳粮的也要杀，敌他的要杀，降他的也要杀：将奴隶规则毁得粉碎。这时候，百姓就希望来一个另外的主子，较为顾及他们的奴隶规则的，无论仍旧，或者新颁，总之是有一种规则，使他们可上奴隶的轨道。

"时日曷丧，予及汝偕亡！"愤言而已，决心实行的不多见。实际上大概是群盗如麻，纷乱至极之后，就有一个较强，或较聪明，或较狡猾，或是外族的人物出来，较有秩序地收拾了天下。厘定规则：怎样服役，怎样纳粮，怎样磕头，怎样颂圣。而且这规则是不像现在那样朝三暮四的。于是便"万姓胪欢"了，用成语来说，就叫作"天下太平"。

任凭你爱排场的学者们怎样铺张，修史时候设些什么"汉族发祥时代""汉族发达时代""汉族中兴时代"的好题目，好意诚然是可感的，但措辞太绕弯子了。有更其直截了当的说法在这里——

一，想做奴隶而不得的时代；

二，暂时做稳了奴隶的时代。

这一种循环，也就是"先儒"之所谓"一治一乱"；那些作乱人物，从后日的"臣民"看来，是给"主子"清道辟路的，所以说："为圣天子驱除云尔。"

现在入了那一时代，我也不了然。但看国学家的崇奉国粹，文学家的赞叹固有文明，道学家的热心复古，可见于现状都已不满了。然而我们究竟正向着那一条路走呢？百姓是一遇到莫名其妙的战争，稍富的迁进租界，妇孺则避入教堂里去了，因为那些地方都比较的"稳"，暂不至于想做奴隶而不得。总而言之，复古的，避难的，无智愚贤不肖，似乎都已神往于三百年前的太平盛世，就是"暂时做稳了奴隶的时代"了。

但我们也就都像古人一样，永久满足于"古已有之"的时代么？都像复古家一样，不满于现在，就神往于三百年前的太平盛世么？

自然，也不满于现在的，但是，无须反顾，因为前面还有道路在。而创造这中国历史上未曾有过的第三样时代，则是现在的青年的使命！

二

但是赞颂中国固有文明的人们多起来了，加之以外国人。我常常想，凡有来到中国的，倘能疾首蹙额而憎恶中国，我敢诚意地捧献我的感谢，因为他一定是不愿意吃中国人的肉的！

鹤见祐辅氏在《北京的魅力》中，记一个白人将到中国，预定的暂住时候是一年，但五年之后，还在北京，而且不想回去了。有一天，他们两人一同吃晚饭——

> 在圆的桃花心木的食桌前坐定，川流不息地献着山海的珍味，谈话就从古董、画、政治这些开头。电灯上罩着支那式的灯罩，淡淡的光洋溢于古物罗列的屋子中。什么无产阶级呀，Proletariat 呀那些事，就像不过在什么地方刮风。

> 我一面陶醉在支那生活的空气中，一面深思着对于外人有着"魅力"的这东西。元人也曾征服支那，而被征服于汉人种的生活美了；满人也征服支那，而被征服于汉人种的生活美了。现在西洋人也一样，嘴里虽然说着Democracy 呀，什么什么呀，而却被魅于支那人费六千年而建筑起来的生活的美。一经住过北京，就忘不掉那生活的味道。大风时候的万丈的沙尘，每三月一回的督军们的开战游戏，都不能抹去这支那生活的魅力。

这些话我现在还无力否认他。我们的古圣先贤既给予我们保古守旧的格言，但同时也排好了用子女玉帛所做的奉献于征服者的大宴。中国人的耐劳，中国人的多子，都就是办酒的材料，到现在还为我们的爱国者所自诩的。西洋人初入中国时，被称为蛮夷，自不免个个蹙额，但是，现在则时机已至，到了我们将曾经献于北魏，献于金，献于元，献于清的盛宴，来献给他们的时候了。出则汽车，行则保护：虽遇清道，然而通行自由的；虽或被劫，然而必得赔偿的；孙美瑶掳去他们站在军前，还使官兵不敢开火。何况在华屋中享用盛宴呢？待到享受盛宴的时候，自然也就是赞颂中国固有文明的时候；但是我们的有些乐观的爱国者，也许反而欣然色喜，以为他们将要开始被中国同化了罢。古人曾以女人作苟安的城堡，美其名以自欺曰"和亲"，今人还用子女玉帛为作奴的赞敬，又美其名曰"同化"。所以倘有外国的谁，到了已有赴宴的资格的现在，而还替我们诅咒中国的现状者，这才是真有良心的真可佩服的人！

但我们自己是早已布置妥帖了，有贵贱，有大小，有上下。自己被人凌虐，但也可以凌虐别人；自己被人吃，但也可以吃别人。一级一级地制驭着，不能动弹，也不想动弹了。因为倘一动弹，虽或有利，然而也有弊。我们且看古人的良法美意罢——

天有十日，人有十等。下所以事上，上所以共神也。

故王臣公，公臣大夫，大夫臣士，士臣皂，皂臣舆，舆臣隶，隶臣僚，僚臣仆，仆臣台。(《左传》昭公七年)

但是"台"没有臣，不是太苦了么？无须担心的，有比他更卑的妻，更弱的子在。而且其子也很希望，他日长大，升而为"台"，便又有更卑更弱的妻子，供他驱使了。如此连环，各得其所，有敢非议者，其罪名曰不安分！

虽然那是古事，昭公七年离现在也太辽远了，但"复古家"尽可不必悲观的。太平的景象还在：常有兵燹，常有水旱，可有谁听到大叫唤么？打的打，革的革，可有处士来横议么？对国民如何专横，向外人如何柔媚，不犹是差等的遗风么？中国固有的精神文明，其实并未为共和二字所埋没，只有满人已经退席，和先前不同。

因此我们在目前，还可以亲见各式各样的筵宴，有烧烤，有翅席，有便饭，有西餐。但茅檐下也有淡饭，路旁也有残羹，野上也有饿莩；有吃烧烤的身价不资的阔人，也有饿得垂死的每斤八文的孩子（见《现代评论》二十一期）。所谓中国的文明者，其实不过是安排给阔人享用的人肉的筵宴。所谓中国者，其实不过是安排这人肉的筵宴的厨房。不知道而赞颂者是可恕的，否则，此辈当得永远的诅咒！

外国人中，不知道而赞颂者，是可恕的；占了高位，养尊处优，因此受了蛊惑，昧却灵性而赞叹者，也还可恕的。可是还有两种，其一是以中国人为劣种，只配悉照原来模样，因而故意称赞中国的旧物。其一是愿世间人各不相同以增自己旅行的兴趣，到中国看辫子，到日本看木屐，到高丽看笠子，倘若服饰一样，便索然无味了，因而来反对亚洲的欧化。这些都可憎恶。至于罗素在西湖见轿夫含笑，便赞美中国人，则也许别有意思罢。但是，轿夫如果能对坐轿的人不含笑，中国也早不是现在似的中国了。

这文明，不但使外国人陶醉，也早使中国一切人们无不陶醉而且至于含笑。因为古代传来至今还在的许多差别，使人们各各分离，遂不能再感到别人的痛苦；并且因为自己各有奴使别人，吃掉别人的希望，便也就忘却自己同有被奴使被吃掉的将来。于是大小无数的人肉的筵宴，即从有文明以来一直排到现在，人们就在这会场中吃人，被吃，以凶人的愚妄的欢呼，将悲惨的弱者的呼号遮掩，更不消说女人和小儿。

这人肉的筵宴现在还排着，有许多人还想一直排下去。扫荡这些食人者，掀掉这筵席，毁坏这厨房，则是现在的青年的使命！

一九二五年四月二十九日

聪明人和傻子和奴才

鲁迅

奴才总不过是寻人诉苦。只要这样，也只能这样。有一日，他遇到一个聪明人。

"先生！"他悲哀地说，眼泪连成一线，就从眼角上直流下来，"你知道的。我所过的简直不是人的生活。吃的是一天未必有一餐，这一餐又不过是高粱皮，连猪狗都不要吃的，尚且只有一小碗……"

"这实在令人同情。"聪明人也惨然说。

"可不是么！"他高兴了，"可是做工是昼夜无休息的：清早担水晚烧饭，上午跑街夜磨面，晴洗衣裳雨张伞，冬烧汽炉夏打扇。半夜要煨银耳，侍候主人耍钱；头钱从来没分，有时还挨皮鞭……"

"唉唉……"聪明人叹息着，眼圈有些发红，似乎要下泪。

"先生！我这样是敷衍不下去的。我总得另外想法子。可是什么法子呢？……"

"我想，你总会好起来……"

"是么？但愿如此。可是我对先生诉了冤苦，又得你的同情和慰安，已经舒坦得不少了。可见天理没有灭绝……"

但是，不几日，他又不平起来了，仍然寻人去诉苦。

"先生！"他流着眼泪说，"你知道的。我住的简直比猪窠还不如。主人并不将我当人，他对他的叭儿狗还要好到几万倍……"

"混账！"那人大叫起来，使他吃惊了。那人是一个傻子。

"先生，我住的只是一间破小屋，又湿，又阴，满是臭虫，睡下去就咬得真可以。秽气冲着鼻子，四面又没有一个窗……"

"你不会要你的主人开一个窗的么？"

"这怎么行？……"

"那么，你带我去看去！"

傻子跟奴才到他屋外，动手就砸那泥墙。

"先生！你干什么？"他大惊地说。

"我给你打开一个窗洞来。"

"这不行！主人要骂的！"

"管他呢！"他仍然砸。

"人来呀！强盗在毁咱们的屋子了！快来呀！迟一点可要打出窟窿来了！……"他哭嚷着，在地上团团地打滚。

一群奴才都出来了，将傻子赶走。

听到了喊声，慢慢地最后出来的是主人。

"有强盗要来毁咱们的屋子，我首先叫喊起来，大家一同把他赶走了。"他恭敬而得胜地说。

"你不错。"主人这样夸奖他。

这一天就来了许多慰问的人，聪明人也在内。

"先生。这回因为我有功，主人夸奖了我了。你先前说我总会好起来，实在是有先见之明……"他大有希望似的高兴地说。

"可不是么……"聪明人也代为高兴似的回答他。

一九二五年十二月二十六日

人生问题

胡适[①]

　　1903 年，我只有十二岁，那年 12 月 17 日，有美国的莱特弟兄做第一次飞机试验，用很简单的机器试验成功，因此美国定 12 月 17 日为飞行节。12 月 17 日正是我的生日，我觉得我同飞行有前世因缘。

　　我在前十多年，曾在广西飞行过十二天，那时我作了一首《飞行小赞》，这算是关于飞行的很早的一首词。诸位飞过大西洋、太

---

① （1891—1962）原名胡洪骍，字适之。安徽绩溪人。1910 年留学美国康奈尔大学、哥伦比亚大学。1917 年 7 月回国，任北京大学教授。1918 年加入《新青年》编辑部，与陈独秀同为新文化运动的领袖。1923 年与徐志摩等组织新月社。1924 年与陈西滢、王世杰等创办《现代评论》周刊。1928 年后历任中国公学校长、北京大学文学院院长、国民政府驻美国大使、行政院最高政治顾问、北京大学校长。1948 年离开北平，后转赴美国。1957 年任台湾"中央研究院"院长。1962 年在台北病逝。胡适在文学、哲学、史学、考据学、教育学、红学几个方面都有成就，主要著作有《中国哲学史大纲》（上）、《尝试集》、《白话文学史》（上）和《胡适文存》（四集）等。他在学术上影响最大的是提倡"大胆地假设、小心地求证"的治学方法。

036 | 中国名家散文经典

平洋，我在民国三十年（1941年），在美国也飞过四万英里，这表示我同诸位不算很隔阂。

今天大家要我讲人生问题，这是诸位出的题目，我来交卷。

这是很大的问题，让我先下定义，但定义不是我的，而是思想界老前辈吴稚晖的。他说：人为万物之灵，怎么讲呢？第一，人能够用两只手做东西。第二，人的脑部比一切动物的都大，不但比哺乳动物大，并且比人的老祖宗猿猴的还要大。有这能做东西的两手和比一切动物都大的脑部，所以说人为万物之灵。

人生是什么？即是人在戏台上演戏，在唱戏。看戏有各种看法，即对人生的看法叫作人生观。但人生有什么意义呢？怎样算好戏？怎样算坏戏？我常想：人生意义就在我们怎样看人生。意义的大小浅深，全在我们怎样去用两手和脑部。人生很短，上寿不过百年，完全可用手脑做事的时候，不过几十年。有人说，人生是梦，是很短的梦。有人说，人生不过是肥皂泡。其实，就是最悲观的说法，也证实我上面所说人生的有没有意义，全看我们对人生的看法。就算他是做梦吧，也要做一个热闹的、轰轰烈烈的好梦，不要做悲观的梦。既然辛辛苦苦地上台，就要好好地唱个好戏，唱个像样子的戏，不要跑龙套。

人生不是单独的，人是社会的动物，他能看见和想象他所看不到的东西，他有能看到上至数百万年下至子孙百代的能力。无论是过去、现在，或将来，人都逃不了人与人的关系。比如这一杯茶（讲演桌上放着一杯玻璃杯盛的茶）就包括多少人的贡献，这些人虽然看不见，但从种茶、挑选，用自来水，自来水又包括电力等等，这有多少人的贡献，这就可以看出社会的意义。我们的一举一动，也都有社会的意义，譬如我随便往地上吐口痰，经太阳晒干，风一吹起，如果我有瘴病，风可以把病菌带给几个人到无数人。我今天讲的话，诸位也许有人不注意，也许有人认为没道理，也许说胡适之胡说，是瞎说八道，也许有人因我的话回去看看书，也许竟一生受此影响。一句话，一句格言，都能影响人。

我举一个极端的例子，两千五百年前，离尼泊尔不远的地方，路上有一个乞丐死了，尸首正在腐烂。这时走来一位年轻的少爷叫 Gotama，后来就是释迦牟尼佛，这位少爷是生长于深宫中不知穷苦的，他一看到尸首，问这是什么。人说这是死。他说：噢！原来死是这样子，我们都不能不死吗？这位贵族少爷就回去想这问题，后来跑到森林中去想，想了几年，出来宣传他的学说，就是所谓佛学。这尸身腐烂一件事，就有这么大的影响。

飞机在莱特兄弟做试验时，是极简单的东西，经四十年的工夫，多少人的聪明才智，才发展到今天。我们一举一动，一言一行，一点行为都可以有永远不能磨灭的影响。几年来的战争，都是由希特勒的一本《我的奋斗》闯的祸，这一本书害了多少人？反过来说，一句好话，也可以影响无数人。我讲一个故事：民国元年，有一个英国人到我们学堂讲话，讲的内容很荒谬，但他的 O 字的发音，同普通人不一样，是尖声的，这也影响到我的 O 字发音，许多我的学生又受到我的影响。在四十年前，有一天我到一外国人家去，出来时鞋带掉了，那外国人提醒了我，并告诉我系鞋带时，把结头底下转一弯就不会掉了，我记住了这句话，并又告诉许多人，如今这外国人是死了，但他这句话已发生不可磨灭的影响。总而言之，从顶小的事情到顶大的像政治、经济、宗教等等，我们的一举一动都有不可磨灭的影响，尽管看不见，影响还是有。

在孔夫子小时，有一位鲁国人说：人生有三不朽，即立德、立功、立言。立德就是最伟大的人格，像耶稣、孔子等。立功就是对社会有贡献。立言包括思想和文学，最伟大的思想和文学都是不朽的。但我们不要把这句话看得贵族化，要看得平民化，比如皮鞋打结不散、吐痰、O 的发音，都是不朽的。就是说：不但好的东西不朽，坏的东西也不朽，善不朽，恶亦不朽。一句好话可以影响无数人，一句坏话可以害死无数人。这就给我们一个人生标准，消极的我们不要害人，要懂得自己行为。积极的要使这社会增加一点好处，总要叫人家得我一点好处。

再回来说，人生就算是做梦，也要做一个像样子的梦。宋朝的政治家王安石有一首诗，题目是《梦》，说："知世如梦无所求，无所求心普定寂，还似梦中随梦境，成就河沙梦功德。"不要丢掉这梦，要好好去做！即算是唱戏，也要好好去唱。

寄东北流亡者

萧红[1]

沦落在异地的东北同胞们：

当每个秋天的月亮快圆的时候，你们的心总被悲哀装满。想起高粱油绿的叶子，想起白发的母亲或幼年的亲眷。

你们的希望曾随着秋天的满月，在幻想中赊取了七次，而每次都是月亮如期地圆了，而你们的希望却随着高粱叶子萎落。但是自从"八一三"之后，上海的炮火响了，中国政府积极抗战揭开，"九一八"的成了习惯的暗淡与愁惨却在炮火的交响里换成了激动、兴奋和感激。这时，你们一定也流泪了。这是感激的泪，兴奋的泪，激动的泪。

---

[1] （1911—1942）原名张廼莹，黑龙江呼兰（今哈尔滨市呼兰区）人。1930年离家出走，流浪各地。1932年结识萧军。1933年以"悄吟"为笔名发表第一篇小说《弃儿》。1934年到上海，从事文学活动。1935年，在鲁迅先生的支持下发表成名作《生死场》。1936年东渡日本。1940年与端木蕻良同抵香港，之后发表长篇小说《马伯乐》《呼兰河传》等。1942年1月22日病逝于香港，年仅31岁。

记得抗战以后，第一个"九一八"是怎样纪念的呢?

中国飞行员在这天做了突击的工作，他们对于出云舰的袭击做了出色的功绩。

那夜里，日本神经质的高射炮手，浪费地用红色的绿色的淡蓝色的炮弹把天空染红了。但是我们的飞行员仍然以精确的技巧和沉毅的态度来攻击这摧毁文化、摧毁和平的法西斯魔手。几百万市民都仰起头来寻觅，其实他们是什么也看不见的，但是他们一定要看。在那黑黝黝的天空里仿佛什么都找不到，而这里就隐藏着我们抗战的活动的每个角度。

第一个煽惑起东北同胞的思想的是："我们就要回家去了!"

是的，家是可以回去的，而且家也是好的，土地是宽阔的，米粮是富足的。

是的，人类是何等的对着故乡寄注了强烈的怀念呵!黑人对着迪斯的痛苦的向往，爱尔兰的诗人夏芝想回到那有"蜂房一窠，菜畦九畴"的茵尼斯，做过水手的约翰·曼殊斐儿狂热地愿意回到海上。

但是等待了七年的同胞们，单纯的心急是没用的，感情的焦躁不但无价值，而常常是理智的降低。要把急切的心情放在工作的表现上才对。我们的位置就是永远站在别人的前边的那个位置。我们是应该第一个打开了门而是最末走进去的人。

抗战到现在已经遭遇到最艰苦的阶段，而且也就是最与胜利接近的阶段。在美国贾克·伦敦所写的一篇短篇小说上，描写两个拳师在冲击的斗争里，只系于最后的一拳。而那个可怜的(老拳师)所以失败的原因，也只在少吃了一块"牛扒"。假若事先他能在肚里装进一块"牛扒"，胜利一定属于他的。

东北流亡的同胞们，我们的地大物博，决定我们的沉着毅勇，正与敌人的急功切进相反，所以最后的一拳一定是谁最沉着就是谁打得最有力。我们应该献身给祖国作前卫的工作，就如我们应该把失地收复一样。这是无可怀疑的。

东北流亡的同胞们，为了失去的土地上的高粱、谷子，努力吧；为了失去的土地，年老的母亲，努力吧；为了失去的地面上的痛心的一切的记忆，努力吧！

而且我们要竭力克服残存的那种"小地主"意识和官僚主义的余毒，赶快加入生产的机构里，因为"九一八"以后的社会变更，已经使你们失去了大片土地的依存，要还是固守从前的生活方式，坐吃山空，那样你们的资产只剩了哀愁和苦闷。做个商人去，做个工人去，做一个能生产的人比做一个在幻想上满足自己的流浪人要对国家有利得多。

幻想不能泛滥，现实在残酷地抨击你的时候，逃避只会得到更坏的暗袭。

时值流亡在异乡的故友们，敬希珍重，拥护这个抗战和加强这个抗战，向前走去。

今年的黄花岗烈士纪念

邹韬奋[①]

三月廿九日是黄花岗七十二烈士殉国的纪念日。自中华民国成立以来，年年有这一日的纪念，但是在各时期的形势不同，这悲壮而光荣的纪念，所给予我们的深刻的认识也随之不无差异。今年的黄花岗烈士纪念，因为我国反抗侵略的神圣战争已踏入了第二期，国际风云，日趋紧张，全世界的反侵略的民主势力正与侵略的反民主势力作尖锐的斗争。在这样的国内及国际的新的形势之下，纪念中华民族解放史上这最悲壮最光荣的一页，不应仅是追念已往，尤应于追念既往之中，抽取适合于时代要求的宝贵教训，以作我们全国同胞抗战建国的指针，由此加强全国同胞在救国建国的工作或行动上的努力。

首先使我们感奋的是诸烈士为民族争自由为国家争人格的视死如归的牺牲精神。我们全国同胞，尤其是在前线浴血抗战的爱

---

① （1895—1944）原名邹恩润，乳名荫书，曾用名李晋卿。祖籍江西余江，出生在福建永安。他是我国卓越的新闻记者、政论家、出版家，同时也是一位杰出的爱国主义者和共产主义者。

国将士，为着抵抗日本帝国主义的残酷侵略，受尽艰苦而无怨，就是发挥诸烈士英勇壮烈的精神，继续诸烈士未竟的志愿而努力奋斗。回想诸烈士当时那种死不反顾慷慨就义的悲壮气概，真可以动天地，泣鬼神，为中华民族永远可以自立于世界的保证！这种精神是我们伟大民族的至可宝贵的遗产，是我国在今日人人应该记取与实践的遗训。我们看到最近捷克亡国的惨象，更应纪念诸先烈遗下的伟大精神——反抗侵略的精神。捷克惨遭德国法西斯不血刃而灭亡之后，捷境内人民自杀与被捕的日益增加，每日被捕的有几千人，都是由德秘密警察下令捷警执行的。著名的科学家和律师，乃至九十九岁高龄的布拉格大学哲学教授亦被拘捕。三月十八夜在布拉格一处自杀者就有二十二人之多。与其国亡而遭此惨遇，不如予以一切牺牲为国家民族争取自由解放。这是诸先烈给予我们的至可宝贵的遗训，是我们所要始终坚守不渝的。

其次我们还须认识当时诸先烈不惜牺牲一切为中国争取者为何物，由此加强我们当前所要努力的目标。中华民国虽成立于辛亥八月之武昌起义，而发端在实际上是辛亥三月之黄花岗诸烈士的殉国行为。当时诸先烈的目的不仅在消极方面推翻君主专制，尤在积极方面建立民主政治的国家。所以中山先生在《中国革命史》一文中讲到"辛亥之役"，有这样的几句话：

> 此役所得之结果：一为荡涤二百六十余年之耻辱，使国内诸民族一切平等，无复轧轹凌制之象；二为铲除四千余年君主专制之迹，使民主政治，于以开始。自经此役，中国民族独立之性质与能力屹然于世界，不可动摇；自经此役，中国民主政治，已为国人所共认。

但中国的民族解放与民主政治的完全实现，仍有待于继续的努力。中山先生在同一文中，提及"讨袁之役"，说过这样几句愤慨的话：

> ……一由专制之毒，深入人心，习于旧污者，视民主政治为仇雠，伺瑕抵瑾，思中伤之以为快！

依目前形势，我国政府与领袖已一再昭示民主政治的必要，把内部的民主政治与对外的民族解放运动打成一片，团结全国的力量于民主政治之下，也可以说用民主政治更团结全国力量于政府与领袖领导之下，为争取抗战建国的胜利而共同努力，这是符合于中山先生所给予我们的遗教，也是黄花岗诸烈士当时所以不惜牺牲生命，为全国同胞所要争取的对象。当时壮烈殉国的林觉民烈士，临死给他爱妻的遗书，说他死后，国事尚有同志继续努力，所以他死而无憾。我们全国同胞悲痛地追念着烈士的遗言，今后对于国事所应特别努力的有两件大事，一件是争取抗战的最后胜利，一件是民主政治的完全实现。这两件大事不是分离的，彼此之间实有非常密切的联系。民主政治实现的程度与抗战胜利的进程实成正比例。这个理由，是在于民主政治的核心是与全民动员成为异名同质的内容；换句话说，就是要尽量使更多的国民发挥他们的自动性与创造性，以最高的热诚参与抗战建国的各部门的工作。所谓民主政治不仅仅是指有议会、有选举，而且指各部门工作的组织，尤其是民众团体、青年组织，都须民主化，使民众运动得到广大的开展。林觉民烈士临难时念念不忘于继起努力的同志，民主政治的主要作用就是要使最大多数的国民都有组织地起来，成为整千整万林觉民烈士的化身!

我们应该本着诸烈士的艰苦奋斗的精神,向着诸烈士所遗下的未竟的事业,配合当前国内国际的形势,加紧努力,才是真正纪念黄花岗的诸烈士!

（原载 1939 年 3 月 25 日重庆《全民抗战》五日刊第 61 号,署名韬奋。）

转到光明方面去

邹韬奋

世界上有许多人一天到晚心绪恶劣，愁眉苦脸，在苦闷与失败里面过日子；都是因为他们对于生活存着错误的心理。他们好像从来不把脸朝着太阳光，却把背朝着太阳光；这样一来，望着前途，当然只看见黑影子了。但是我们要知道，我们的确能够在光明中过生活——只要我们肯睁开眼睛，放宽胸襟，看得见人生的美丽、愉快与安慰。

自己要上进，只有靠自己努力去做。如肯立定志愿，转到光明方面去，你要无时无地不欣然地向着所定的目标前进，无论什么外诱，不能动你丝毫；这样做去，包能达到成功的结果。你要明白，你现在所处的境遇怎样平常，所处的位置怎样低微，所做的事业怎样有限，都一点无关紧要；最紧要的，与你前途有极大关系的，是你现在所朝着的方面——你心目中所常想的，所念念不忘的方面。你试想：倘若你一直立住望着山下的黑暗深谷，能否有达到山顶的时候？如你自愿安于困苦失败的黑暗深谷，念念不忘在这种黑暗的方面，那么虽有健康、美丽、安慰，成功的高峰在望，你心目中并没有它的影像，尽管埋着头往黑暗处钻，也不能引你上进。

我们如能改变我们的人生观，便能改变我们的生活。假使我们脑子里充满了穷苦愤恨疑虑的观念，好像戴着有颜色的眼镜看东西，外面东西的颜色也跟着它变，这样看出去，没有一件东西不是黑暗悲惨、可恨可恶的，我们的生活不受我们思想的影响；你倘若一直向黑暗方面念念不忘，终有一天要跌到那个深渊里面去！你走路当然不得不向你所朝着的方向走，如要达到愉快与成功，心理却常常向着与它相反的方面，便永远休想达到；如心理常常向着恐怖、疑虑、靠不住，而要实现与它相反方面的好结果，也无异于向着西藏前进，要想达到美国的诗家谷，当然也是绝对不可能的事。

世界上最重要的东西莫过于我们的心理，我们要知道人类是应该要愉快地享受健康、幸福、安慰的生活。倘若我们还没有得到所应得的部分，这因为我们功夫还没有做得到步，还要努力地做去。若只不过一天到晚在恐惧，错误的思想、灰心、怨尤，于烦躁心境的广漠里面横冲直撞，徒然耗神废时！因果律是人人逃不掉的。所谓因果律，就是说收成迟早总要与耕耘相应。我们固然不能希望不用力而有所成就，但是如果我们用了适当的心理对生活，做事做得不错，做得高兴，能诚实、仁爱，勤于助人不自私自利，迟早必能得着由这种耕耘所出来的收成，决然无疑。

总之，我们如朝着光明的方面前进，心目中无时没有所欲达到的目标，用坚毅的意志、百折不回的精神、活泼快活的心境，无时无地不向着这个光明的方向前进，决不念念与此相反的黑暗方面，我们的一生，便可有惊异的进步。

（原载于 1927 年 2 月 20 日《生活》周刊第 2 卷第 16 期，署名
恩润。）

愁 乡 石

张晓风[①]

到鹅库玛度假去的那一天，海水蓝得很特别。

每次看到海，总有一种瘫痪的感觉，尤其是看到这碧入波心、急速涨潮的海。这种向正前方望去直对着上海的海。

"只有四百五十海里。"他们说。

我不知道四百五十海里有多远，也许比银河还迢遥吧。每次想到上海，总觉得像历史上的镐京或洛邑那样幽渺，那样让人牵起一种又凄凉又悲怆的心境。我们面海而立，在浪花与浪花之间追想多柳的长安与多荷的金陵，我的乡愁遂变得又剧烈又模糊。

可惜那一片江山，每年春来时，全交付给了千林啼鸠。

明孝陵的松涛在海涛中来回穿梭，那种声音、那种色泽，恍惚间竟有那么相像。记忆里那一片乱映的苍绿已经好虚幻好缥缈，但不知为什么，老忍不住用一种固执的热情去思念它。

---

① （1941—）江苏徐州人，毕业于台湾东吴大学。曾在母校和香港浸会学院、台湾阳明医学院任教。创作兼及小说、散文、戏剧。

有两三个人影徘徊在柔软的沙滩上，拣着五彩的贝壳。那些炫人的小东西像繁花一样地开在白沙滩上，给发现的人一种难言的惊喜。而我站在那里，无法让悲激的心怀去适应一地的色彩。

　　蓦然间，沁凉的浪打在我的脚上，我没有料到那一下冲撞竟有那么裂人心魄。想着海水所来的方向，想着上海某个不知名的滩头，我便有一种号哭的冲动。而哪里是我们可以恸哭的秦庭？哪里是申包胥可以流七日泪的地方？此处是异国，异国寂凉的海滩。

　　他们叫这一片海为中国海，世上再没有另一个海有这样美丽沉郁的名字了。小时候曾经那么神往于爱琴海，那么迷醉于想象中那么灿烂的晚霞，而现在，在这个无奈的多风的下午，我只剩下一个爱情，爱我自己国家的名字，爱这个蓝得近乎哀愁的中国海。

　　而一个中国人站在中国海的沙滩上遥望中国，这是一个怎样咸涩的下午！

　　遂想起那些在金门的日子，想起在马山看对岸的岛屿，在湖井头看对岸的何厝（cuò）。望着那一带山峦，望着那曾使东方人骄傲了几千年的故土，心灵便脆薄得不堪一声海涛。那时候忍不住想到自己为什么不是一只候鸟，犹记得在每个江南草长的春天回到旧日的梁前，又恨自己不是鱼，可以绕着故国的沙滩岩岸而流泪。

　　海水在远处澎湃，海水在近处澎湃，海水徒然地冲刷着这个古老民族的羞耻。我木然地坐在许多石块之间，那些灰色的、轮流着被海水和阳光煎熬的小圆石。

　　那些岛上的人很幸福地过着他们的日子，他们在历史上从来不曾辉煌过，所以他们不必痛心，他们没有骄傲过，所以无需悲哀。他们那样坦然地说着日本话，给小孩子起日本名字，在国民学校旗杆上竖着别人的太阳旗，他们那样怡然地顶着东西、唱着歌，走在美国人为他们铺的柏油路上。

他们有他们的快乐。那种快乐是我们永远不会有也不屑有的。我们所有的只是超载的乡愁，只是世家子弟的那份茕独。

海浪冲逼而来，在阳光下亮着残忍的光芒。海雨天风，不放过旅人的悲思。我们向哪里去躲避？我们向哪里去遗忘？

小圆石在不绝的洞庭湖中颠簸着，灰白的色调让人想起流浪的霜鬓。我拣了几个，包在手绢里，我的臂膀遂有着十分沉重的感觉。

忽然间，就那么不可避免地忆起了雨花台，忆起那闪亮了我整个童年的璀璨景象。那时候，那些彩色的小石曾怎样地令我迷惑。有阳光的假日，满山的拣石者挑剔地品评着每一块小石子。那段日子为什么那么短呢？那时候我们为什么不能预见自己的命运？在去国离乡的岁月里，我们的箱箧里没有一撮故国的泥土，更不能想象一块雨花台石子的奢侈了。

灰色的小圆石一共七颗。它们停留在海滩上想必已经很久了，每一次海浪的冲撞便使它们更浑圆一些。雕琢它们的是中国海的浪头，是来自上海的潮汐，日日夜夜，它们听着遥远的消息。

那七颗小石转动着，它们便发出琅然的声音，那声音里有一种神秘的回响，呢喃着这个世纪最大的悲剧。

"你拣的就是这个？"

游伴们从远远近近的沙滩上走了回来，展示着他们色彩缤纷的贝壳。

而我什么也没有，除了那七颗黯淡的灰色石子。

"可是，我爱它们。"我独自走开去，把那七颗小石压在胸口上，直压到我疼痛得淌出眼泪来。在流浪的岁月里我们一无所有，而今，我却有了它们。我们的命运多少有些类似，我们都生活在岛上，都曾日夜凝望着一个方向。

"愁乡石！"我说，我知道这必是它的名字，它绝不会再有其他的名字。

我慢慢地走回去，鹅库玛的海水在我背后蓝得叫人崩溃，我一步一步艰难地摆脱它。而手绢里的愁乡石响着，响着久违的乡音。

无端的，无端的，又想起姜白石，想起他的那首八归。

最可惜那一片江山，每年春来时，全交付给了千林鹎鸠。

愁乡石响着，响一片久违的乡音。

后记：鹅库玛系冲绳岛极北端之海滩，多有异石悲风。西人设基督教华语电台于斯，以其面对上海及广大的内陆地域。余今秋曾往一游，去国十八年，虽望乡亦情怯矣。是日徘徊低吟，黯然久之。

一九六八年

第二辑——行万里，踏遍山河

五峰游记

李大钊

我向来惯过"山中无历日，寒尽不知年"的日子，一切日常生活的经过都记不住时日。

我们那晚八时顷，由京奉线出发，次日早晨曙光刚发的时候，到滦州车站。此地是辛亥年张绍曾将军督率第二十镇，停军不发，拿十九信条要挟清廷的地方。后来到底有一标在此起义，以众寡不敌失败，营长施从云、王金铭，参谋长白亚雨等殉难。这是历史上的纪念地。

车站在滦州城北五里许，紧靠着横山。横山东北，下临滦河的地方，有一个行宫，地势很险，风景却佳，而今作了我们老百姓旅行游览的地方。

由横山往北，四十里可达卢龙。山路崎岖，水路两岸万山重叠，暗崖很多，行舟最要留神，而景致绝美。由横山往南，滦河曲折南流入海，以陆路计，约有百数十里。

我们在此雇了一只小舟，顺流而南，两岸都是平原。遍地的禾苗，都很茂盛，但已觉受旱。禾苗的种类，以高粱为多，因为滦河一带，主要的食粮就是高粱。谷黍豆类也有。滦水每年泛滥，河身移徙无定，居民都以为苦。其实滦河经过的地方，虽有时受害，而大体看来，却很富厚，因为它的破坏中，却带来了很多的新生活种子、原料。房屋老了，经它一番破坏，新的便可产生。土质乏了，经它一回滩淤，肥的就会出现。这条滦河简直是这一方的旧生活破坏者、新生活创造者。可惜人都是苟安，但看见它的破坏，看不见它的建设，却很冤枉了它。

河里小舟漂着，一片斜阳射在水面，一种金色的浅光，衬着岸上的绿野，景色真是好看。

天到黄昏，我们还未上岸。从舟人摇橹的声中，隐约透出了远村的犬吠，知道要到我们上岸的村落了。

到了家乡，才知道境内很不安静。正有"绑票"的土匪，在各村骚扰。还有"花会"照旧开设。

过了两三日，我便带了一个小孩，来到昌黎的五峰。是由陆路来的，约有八十里。从前昌黎的铁路警察，因在车站干涉日本驻屯军的无礼的行动，曾有五警士为日兵惨杀。这也算是一个纪念地。五峰是碣石山的一部，离车站十余里，在昌黎城北。我们清早雇骡车运行李到山下。

车不能行了，只好步行上山。一路石径崎岖，曲折得很，两旁松林密布。间或有一两人家很清妙的几间屋，筑在山上，大概窗前都有果园。泉水从石上流着，潺潺作响，当日恰遇着微雨，山景格外新鲜。走了约四里许，才到五峰的韩公祠。

五峰有个胜境，就在山腹。望海，锦绣，平斗，飞来，挂月，五个山峰环抱如椅。好事的人，在此建了一座韩文公祠。下临深涧，涧中树木丛森。在南可望渤海，碧波万顷，一览无尽。我们就在此借居了。

　　看守祠宇的人，是一对老夫妇，年事都在六十岁以上，却很健康。此外一狗，一猫，两只母鸡，构成他们那山居的生活。我们在此，找夫妇替我们操作。

　　祠内有两个山泉可饮。煮饭烹茶，都从那里取水。用松枝做柴。颇有一种趣味。山中松树最多，果树有苹果、桃、杏、梨、葡萄、黑枣、胡桃等。今年果收都不佳。来游的人却也常有。但是来到山中，不是吃喝，便是赌博，真是大杀风景。

　　山中没有野兽，没有盗贼，我们可以夜不闭户，高枕而眠。久旱，乡间多求雨的，都很热闹，这是中国人的群众运动。昨日山中落雨，云气把全山包围。树里风声雨声，有波涛澎湃的样子。水自山间流下，却成了瀑布。雨后大有秋意。

江南的冬景

郁达夫 [①]

    凡在北国过过冬天的人，总都知道围炉煮茗，或吃涮羊肉，剥花生米，饮白干的滋味。而有地炉、暖炕等设备的人家，不管它们外面是雪深几尺，或风大若雷，而躲在屋里过活的两三个月的生活，却是一年之中最有劲的一段蛰居异境。老年人不必说，就是顶喜欢活动的小孩子们，总也是个个在怀恋的，因为当这中间，有的是萝卜、雅儿梨等水果的闲食，还有大年夜，正月初一元宵等热闹的节期。

    但在江南，可又不同。冬至过后，大江以南的树叶，也不至于

[①]（1896—1945）原名郁文，字达夫，浙江富阳人。1913年赴日本留学，1922年毕业于东京帝国大学经济学部，回国后参与主编《创造季刊》《洪水》等刊物。1923年起在北京大学任教。郁达夫以小说、散文创作著称，代表作有《沉沦》《春风沉醉的晚上》，除文学创作外，郁达夫积极参加各种反帝抗日组织，先后在上海、武汉、福州等地从事抗日救国宣传活动，1945年被日本宪兵队杀害于苏门答腊。1952年，中华人民共和国中央人民政府追认郁达夫为烈士。1983年，民政部授予其革命烈士证书。

脱尽。寒风——西北风——间或吹来，至多也不过冷了一日两日。到得灰云扫尽，落叶满街，晨霜白得像黑女脸上的脂粉似的清早，太阳一上屋檐，鸟雀便又在吱叫，泥地里便又放出水蒸气来，老翁小孩就又可以上门前的隙地里去坐着曝背谈天，营屋外的生涯了；这一种江南的冬景，岂不也可爱得很么？

我生长于江南，儿时所受的江南冬日的印象，铭刻特深；虽则渐入中年，又爱上了晚秋，以为秋天正是读读书、写写字的人的最惠节季，但对于江南的冬景，总觉得是可以抵得过北方夏夜的一种特殊情调，说得摩登些，便是一种明朗的情调。

我也曾到过闽粤，在那里过冬天，和暖原极和暖，有时候到了阴历的年边，说不定还不得不拿出纱衫来着；走过野人的篱落，更还看得见许多杂七杂八的秋花！一番阵雨雷鸣过后，凉冷一点，至多也只好换上一件夹衣，在闽粤之间，皮袍棉袄是绝对用不着的；这一种极南的气候异状，并不是我所说的江南的冬景，只能叫它作南国的长春，是春或秋的延长。

江南的地质丰腴而润泽，所以含得住热气，养得住植物；因而长江一带，芦花可以到冬至而不败，红叶亦有时候会保持得三个月以上的生命。像钱塘江两岸的乌桕树，则红叶落后，还有雪白的桕子着在枝头，一点一丛，用照相机照将出来，可以乱梅花之真。草色顶多成了赭色，根边总带点绿意，非但野火烧不尽，就是寒风也吹不倒的。若遇到风和日暖的午后，你一个人肯上冬郊去走走，则青天碧落之下，你不但感不到岁时的肃杀，并且还可以饱觉着一种莫名其妙的含蓄在那里的生气；"若是冬天来了，春天也总马上会来"的诗人的名句，只有在江南的山野里，最容易体会得出。

说起了寒郊的散步，实在是江南的冬日，所给予江南居住者的一种特异的恩惠；在北方的冰天雪地里生长的人，是终他的一生，也绝不会有享受这一种清福的机会的。我不知道德国的冬天，比起我们江浙来如何，但从许多作家的喜欢以 Spaziergang 一字来做他们的创造题目的一点看来，大约是德国南部地方，四季的变迁，总也和我们的江南差别不多。譬如说十九世纪的那位乡土诗人洛在格（Peter Rosegger, 1843—1918）吧，他用这一个"散步"做题目的文章尤其写得多，而所写的情形，却又是大半可以拿到中国江浙的山区地方来适用的。

江南河港交流，且又地滨大海，湖沼特多，故空气里时含水分；到得冬天，不时也会下着微雨，而这微雨寒村里的冬霖景象，又是一种说不出的悠闲境界。你试想想，秋收过后，河流边三五家人家会聚在一道的一个小村子里，门对长桥，窗临远阜，这中间又多是树枝杈桠的杂木树林；在这一幅冬日农村的图上，再洒上一层细得同粉也似的白雨，加上一层淡得几不成墨的背景，你说还够不够悠闲？若再要点些景致进去，则门前可以泊一只乌篷小船，茅屋里可以添几个喧哗的酒客，天垂暮了，还可以加一味红黄，在茅屋窗中画上一圈暗示着灯光的月晕。人到了这一个境界，自然会得胸襟洒脱起来，终至于得失俱亡，死生不问了；我们总该还记得唐朝那位诗人做的"暮雨潇潇江上村"的一首绝句吧？诗人到此，连对绿林豪客都客气起来了，这不是江南冬景的迷人又是什么？

一提到雨，也就必然要想到雪："晚来天欲雪，能饮一杯无？"自然是江南日暮的雪景。"寒沙梅影路，微雪酒香村"，则雪月梅的冬宵三友，会合在一道，在调戏酒姑娘了。"柴门村犬吠，风雪夜归人"，是江南雪夜，更深人静后的景况。"前村深雪里，昨夜一枝开"，又到了第二天的早晨，和狗一样喜欢弄雪的村童来报告村景了。诗人的诗句，也许不尽是在江南所写，而做这几句诗的诗人，也许不尽是江南人，但假了这几句诗来描写江南的雪景，岂不直截了当，比我这一支愚劣的笔所写的散文更美丽得多？

有几年，在江南也许会没有雨没有雪地过一个冬，到了春间阴历的正月底或二月初再冷一冷下一点春雪的；去年（一九三四）的冬天是如此，今年的冬天恐怕也不得不然，以节气推算起来，大约大冷的日子，将在一九三六年的二月尽头，最多也总不过是七八天的样子。像这样的冬天，乡下人叫作旱冬，对于麦的收成或者好些，但是人口却要受到损伤；旱得久了，白喉、流行性感冒等疾病自然容易上身，可是想恣意享受江南的冬景的人，在这一种冬天，倒只会得感到快活一点，因为晴和的日子多了，上郊外去闲步逍遥的机会自然也多；日本人叫作 Hi-king，德国人叫作 Spaziergang，所最欢迎的也就是这样的冬天。

窗外的天气晴朗得像晚秋一样，晴空的高爽，日光的洋溢，引诱得使你在房间里坐不住，空言不如实践，这一种无聊的杂文，我也不再想写下去了，还是拿起手杖，搁下纸笔，上湖上散散步吧！

一九三五年十二月一日

翡冷翠^①山居闲话

徐志摩^②

　　在这里出门散步去，上山或是下山，在一个晴好的五月的向晚，正像是去赴一个美的宴会，像是去一果子园，那边每株树上都是满挂着诗情最秀逸的果实，假如你单是站着看还不满意时，只要你一伸手就可以采取，可以恣尝鲜味，足够你性灵的迷醉。阳光正好暖和，决不过暖，风息是温驯的，而且往往因为它是从繁花的山林里吹度过来，它带来一股幽远的淡香，连着一息滋润的水汽，摩挲着你的颜面，轻绕着你的肩腰，就这单纯的呼吸已是无穷的愉快；空气总是明净的，近谷内不生烟，远山上不起霭，那美秀风景的全部正像画片似的展露在你的眼前，供你闲暇的鉴赏。

　　做客山中的妙处，尤在你永不须踌躇你的服色与体态；你不妨摇曳着一头的蓬草，不妨纵容你满腮的苔藓；你爱穿什么就穿什么；

---

① 现译为佛罗伦萨，意大利名城。

② （1897—1931）浙江海宁人，中国现代著名诗人、散文家，新月派代表人
　物之一。早年留学英美，深受西方浪漫主义影响。徐志摩提倡新诗创作，
　主张诗歌应具备音乐美、绘画美和建筑美，代表作《再别康桥》。

扮一个牧童,扮一个渔翁;装一个农夫,装一个走江湖的桀卜闪,装一个猎户;你再不必提心去整理你的领结,你尽可以不用领结,给你的颈根与胸膛一半日的自由,你可以拿一条这边艳色的长巾包在你的头上,学一个太平军的头目,或是拜伦那埃及装的姿态;但最要紧的是穿上你最旧的旧鞋,别管他模样不佳,他们是顶可爱的好友,他们承着你的体重却不叫你记起你还有一双脚在你的底下。

这样的玩顶好是不要约伴,我竟想严格地取缔,只许你独身;因为有了伴,多少总得叫你分心,尤其是年轻的女伴,那是最危险最专制不过的旅伴,你应得躲避她像你躲避青草里一条美丽的花蛇!平常我们从自己家里走到朋友的家里,或是我们执事的地方,那无非是在同一个大牢里从一间狱室移到另一间狱室去,拘束永远跟着我们,自由永远寻不到我们;但在这春夏间美秀的山中或乡间你要是有机会独身闲逛时,那才是你福星高照的时候,那才是你实际领受、亲口尝味、自由与自在的时候,那才是你肉体与灵魂行动一致的时候。朋友们,我们多长一岁年纪往往只是加重我们头上的枷,加紧我们脚胫上的链,我们见小孩子在草里在沙堆里在浅水里打滚作乐,或是看见小猫追他自己的尾巴,何尝没有羡慕的时候,但我们的枷、我们的链永远是制定我们行动的上司!所以只有你单身奔赴大自然的怀抱时,像一个裸体的小孩扑入他母亲的怀抱时,你才知道灵魂的愉快是怎样的,单是活着的快乐是怎样的,单就呼吸单就走道单就张眼看耸耳听的幸福是怎样的。因此你得严格地为己,极端地自私,只许你,体魄与性灵,与自然同在一个脉搏里跳动,同在一个音波里起伏,同在一个神奇的宇宙里自得。

我们浑朴的天真是像含羞草似的娇柔,一经同伴的抵触,它就卷了起来;但在澄净的日光下,和风中,它的姿态是自然的,它的生活是无阻碍的。

你一个人漫游的时候，你就会在青草里坐地、仰卧，甚至有时打滚，因为草的和暖的颜色自然地唤起你童稚的活泼；在静僻的道上你就会不自主地狂舞，看着你自己的身影幻出种种诡异的变相，因为道旁树木的阴影在他们纡徐的婆娑里暗示你舞蹈的快乐；你也会信口地歌唱，偶尔记起断片的音调，与你自己随口的小曲，因为树林中的莺燕告诉你春光是应得赞美的；更不必说你的胸襟自然会跟着漫长的山径开拓，你的心地会看着澄蓝的天空静定，你的思想和着山壑间的水声，山罅里的泉响，有时一澄到底的清澈，有时激起成章的波动，流，流，流入凉爽的橄榄林中，流入妩媚的阿诺河去……

并且你不但不须邀伴，每逢这样的游行，你也不必带书。书是理想的伴侣，但你应得带书，是在火车上，在你住处的客室里，不是在你独身漫步的时候。什么伟大的、深沉的、鼓舞的、清明的、优美的、思想的根源不是可以在风籁中，云彩里，山势与地形的起伏里，花草的颜色与香息里寻得？自然是最伟大的一部书，歌德说，在他每一页的字句里我们读得最深奥的消息。并且这书上的文字是人人懂得的；阿尔帕斯与五老峰，雪西里与普陀山，莱茵河与扬子江，梨梦湖与西子湖，建兰与琼花，杭州西溪的芦雪与威尼市夕照的红潮，百灵与夜莺，更不提一般黄的黄麦，一般紫的紫藤，一般青的青草同在大地上生长，同在和风中波动——他们应用的符号是永远一致的，他们的意义是永远明显的，只要你自己心灵上不长疮瘢，眼不盲，耳不塞，这无形迹的最高等教育便永远是你的名分，这不取费的最珍贵的补剂便永远供你的受用；只要你认识了这一部书，你在这世界上寂寞时便不寂寞，穷困时不穷困，苦恼时有安慰，挫折时有鼓励，软弱时有督责，迷失时有南针。

泰山日出

徐志摩

振铎来信要我在《小说月报》的泰戈尔号上说几句话。我也曾答应了，但这一时游济南游泰山游孔陵，太乐了，一时竟拉不拢心思来做整篇的文字，一直挨到现在期限快到，只得勉强坐下来，把我想得到的话不整齐地写出。

我们在泰山顶上看出太阳。在航过海的人，看太阳从地平线下爬上来，本不是奇事；而且我个人是曾饱饫过红海与印度洋无比的日彩的。但在高山顶上看日出，尤其在泰山顶上，我们无餍的好奇心，当然盼望一种特异的境界，与平原或海上不同的。果然，我们初起时，天还暗沉沉的，西方是一片的铁青，东方些微有些白意，宇宙只是——如用旧词形容——一体莽莽苍苍的。但这是我一面感觉劲烈的晓寒，一面睡眼不曾十分醒豁时约略的印象。等到留心回览时，我不由得大声地狂叫——因为眼前只是一个见所未见的境界。原来昨夜整夜暴风的工程，却砌成一座普遍的云海。除了日观峰与我们所在的玉皇顶以外，东西南北只是平铺着弥漫的云气，在朝旭未露前，宛似无量数厚毳长绒的绵羊，交颈接背地眠着，卷耳与弯角都依稀辨认得出。那时候在这茫茫的云海中，我独自站在雾霭溟濛的小岛上，发生了奇异的幻想——

我躯体无限地长大，脚下的山峦比例我的身量，只是一块拳石；这巨人披着散发，长发在风里像一面墨色的大旗，飒飒地飘荡。这巨人竖立在大地的顶尖上，仰面向着东方，平拓着一双长臂，在盼望，在迎接，在催促，在默默地叫唤；在崇拜，在祈祷，在流泪——在流久慕未见而将见悲喜交互的热泪……

这泪不是空流的，这默祷不是不生显应的。

巨人的手，指向着东方——东方有的，在展露的，是什么？

东方有的是瑰丽荣华的色彩，东方有的是伟大普照的光明——出现了，到了，在这里了……

玫瑰汁、葡萄浆、紫荆液、玛瑙精、霜枫叶——大量的染工，在层累的云底工作；无数蜿蜒的鱼龙，爬进了苍白色的云堆。

一方的异彩，揭去了满天的睡意，唤醒了四隅的明霞——光明的神驹，在热奋地驰骋……

云海也活了；眠熟了兽形的涛澜，又回复了伟大的呼啸，昂头摇尾地向着我们朝露染青馒形的小岛冲洗，激起了四岸的水沫浪花，震荡着这生命的浮磋，似在报告光明与欢欣之临莅……

再看东方——海句力士已经扫荡了他的阻碍①，雀屏似的金霞，从无垠的肩上产生，展开在大地的边沿。起……起……用力，用力。纯焰的圆颅，一探再探地跃出了地平，翻登了云背，临照在天空……

歌唱呀，赞美呀，这是东方之复活，这是光明的胜利……

---

① 指希腊神话中赫拉克勒斯完成十二项艰难的任务。

散发祷祝的巨人，他的身彩横亘在无边的云海上，已经渐渐地消翳在普遍的欢欣里；现在他雄浑的颂美的歌声，也已在霞彩变幻中，普彻了四方八隅……

听呀，这普彻的欢声；看呀，这普照的光明！

这是我此时回忆泰山日出时的幻想，亦是我想望泰戈尔来华的颂词。

桨声灯影里的秦淮河

朱自清[①]

一九二三年八月的一晚，我和平伯同游秦淮河；平伯是初泛，我是重来了。我们雇了一只"七板子"，在夕阳已去，皎月方来的时候，便下了船。于是桨声汩——汩，我们开始领略那晃荡着蔷薇色的历史的秦淮河的滋味了。

秦淮河里的船，比北京万生园、颐和园的船好，比西湖的船好，比扬州瘦西湖的船也好。这几处的船不是觉着笨，就是觉着简陋，局促；都不能引起乘客们的情韵，如秦淮河的船一样。秦淮河的船约略可分为两种：一是大船；一是小船，就是所谓"七板子"。大船舱口阔大，可容二三十人。里面陈设着字画和光洁的红木家具，桌上一律嵌着冰凉的大理石面。窗格雕镂颇细，使人起柔腻之

---

① （1898—1948）原名自华，号实秋，后改为自清，字佩弦。原籍浙江绍兴，生于江苏东海。1920 年毕业于北京大学哲学系，后在江苏、浙江等处任中学教师。1925 年任清华大学国文系教授。1934 年和郑振铎等编辑《文学季刊》，和陈望道编辑《太白》杂志。抗日战争爆发后随校南迁，任西南联大教授。所作散文清隽沉郁、语言洗练，文笔秀丽。

感。窗格里映着红色蓝色的玻璃；玻璃上有精致的花纹，也颇悦人目。"七板子"规模虽不及大船，但那淡蓝色的栏杆，空敞的舱，也足系人情思。而最出色处却在它的舱前。舱前是甲板上的一部，上面有弧形的顶，两边用疏疏的栏杆支着。里面通常放着两张藤的躺椅。躺下，可以谈天，可以望远，可以顾盼两岸的河房。大船上也有这个，但在小船上更觉清隽罢了。舱前的顶下，一律悬着灯彩；灯的多少，明暗，彩苏的精粗，艳晦，是不一的，但好歹总还你一个灯彩。这灯彩实在是最能勾人的东西。夜幕垂垂地下来时，大小船上都点起灯火。从两重玻璃里映出那辐射着的黄黄的散光，反晕出一片朦胧的烟霭；透过这烟霭，在黯黯的水波里，又逗起缕缕的明漪。在这薄霭和微漪里，听着那悠然的间歇的桨声，谁能不被引入他的美梦去呢？只愁梦太多了，这些大小船儿如何载得起呀？我们这时模模糊糊地谈着明末的秦淮河的艳迹，如《桃花扇》及《板桥杂记》里所载的。我们真神往了。我们仿佛亲见那时华灯映水，画舫凌波的光景了。于是我们的船便成了历史的重载了。我们终于恍然秦淮河的船所以雅丽过于他处，而又有奇异的吸引力的，实在是许多历史的影像使然了。

秦淮河的水是碧阴阴的，看起来厚而不腻，或者是六朝金粉所凝吗？我们初上船的时候，天色还未断黑，那漾漾的柔波是这样恬静、委婉，使我们一面有水阔天空之想，一面又憧憬着纸醉金迷之境了。等到灯火明时，阴阴的变为沉沉了：黯淡的水光，像梦一般；那偶然闪烁着的光芒，就是梦的眼睛了。我们坐在舱前，因了那隆起的顶棚，仿佛总是昂着首向前走着似的；于是飘飘然如御风而行的我们，看着那些自在的湾泊着的船，船里走马灯般的人物，便像是下界一般，迢迢的远了，又像在雾里看花，尽朦朦胧胧的。

这时我们已过了利涉桥，望见东关头了。沿路听见断续的歌声：有从沿河的妓楼飘来的，有从河上船里渡来的。我们明知那些歌声，只是些因袭的言词，从生涩的歌喉里机械地发出来的；但它们经了夏夜的微风的吹漾和水波的摇拂，袅娜着到我们耳边的时候，已经不单是她们的歌声，而混着微风和河水的密语了。于是我们不得不被牵惹着，震撼着，相与浮沉于这歌声里了。从东关头转弯，不久就到大中桥。大中桥共有三个桥拱，都很阔大，俨然是三座门儿；使我们觉得我们的船和船里的我们，在桥下过去时，真是太无颜色了。桥砖是深褐色，表明它的历史的长久；但都完好无缺，令人叹息于古昔工程的坚美。桥上两旁都是木壁的房子，中间应该有街路？这些房子都破旧了，多年烟熏的迹，遮没了当年的美丽。我想象秦淮河的极盛时，在这样宏阔的桥上，特地盖了房子，必然是髹（xiū）漆得富富丽丽的；晚间必然是灯火通明的，现在却只剩下一片黑沉沉！但是桥上造着房子，毕竟使我们多少可以想见往日的繁华；这也慰情聊胜无了。过了大中桥，便到了灯月交辉、笙歌彻夜的秦淮河，这才是秦淮河的真面目哩。

大中桥外，顿然空阔，和桥内两岸排着密密的人家的景象大异了。一眼望去，疏疏的林，淡淡的月，衬着蔚蓝的天，颇像荒江野渡光景；那边呢，郁葱葱的，阴森森的，又似乎藏着无边的黑暗；令人几乎不信那是繁华的秦淮河了。但是河中眩晕着的灯光，纵横着的画舫，悠扬着的笛韵，夹着那吱吱的胡琴声，终于使我们认识绿如茵陈酒的秦淮水了。此地天裸露着的多些，故觉夜来的独迟些；从清清的水影里，我们感到的只是薄薄的夜——这正是秦淮河的夜。大中桥外，本来还有一座复成桥，是船夫口中的我们的游踪尽处，或也是秦淮河繁华的尽处了。我的脚曾踏过复成桥的脊，在十三四岁的时候。但是两次游秦淮河，却都不曾见着复成桥的面；明知总在前途的，却常觉得有些虚无缥缈似的。我想，不见倒也好。这时正是盛夏。我们下船后，借着新生的晚凉和河上的微风，暑气已渐渐消散；到了此地，豁然开朗，身子顿然轻了——习习的清风荏苒在面上，手上，衣上，这便又感到了一缕新凉了。南京的日光，大概没有杭州猛烈；西湖的夏夜老是热蓬蓬的，水像沸着一般，秦淮河的水却尽是这样冷冷地绿着。任你人影的憧憧，歌声的扰扰，总像隔着一层薄薄的绿纱面幂似的；它尽是这样静静地，冷冷地绿着。我们出了大中桥，走不上半里路，船夫便将船划到一旁，停了桨由它宕着。他以为那里正是繁华的极点，再过去就是荒凉了；所以让我们多多赏鉴一会儿。他自己却静静地蹲着。他是看惯这光景的了，大约只是一个无可无不可。这无可无不可，无论是升的沉的，总之，都比我们高了。

那时河里热闹极了；船大半泊着，小半在水上穿梭似的来往。停泊着的都在近市的那一边，我们的船自然也夹在其中。因为这边略略地挤，便觉得那边十分地疏了。在每一只船从那边过去时，我们能画出它的轻轻的影和曲曲的波，在我们的心上；这显着是空，且显着是静了。那时处处都是歌声和凄厉的胡琴声，圆润的喉咙，确乎是很少的。但那生涩的、尖脆的调子能使人有少年的、粗率不拘的感觉，也正可快我们的意。况且多少隔开些儿听着，因为想象与渴慕的作美，总觉更有滋味；而竞发的喧嚣，抑扬的不齐，远近的杂沓，和乐器的嘈嘈切切，合成另一意味的谐音，也使我们无所适从，如随着大风而走。这实在因为我们的心枯涩久了，变为脆弱；故偶然润泽一下，便疯狂似的不能自主了。但秦淮河确也腻人。即如船里的人面，无论是和我们一堆儿泊着的，无论是从我们眼前过去的，总是模模糊糊的，甚至渺渺茫茫的；任你张圆了眼睛，揩净了眦垢，也是枉然。这真够人想呢。在我们停泊的地方，灯光原是纷然的；不过这些灯光都是黄而有晕的。黄已经不能明了，再加上了晕，便更不成了。灯愈多，晕就愈甚；在繁星般的黄的交错里，秦淮河仿佛笼上了一团光雾。光芒与雾气腾腾地晕着，什么都只剩下了轮廓；所以人面的详细的曲线，便消失于我们的眼底了。但灯光究竟夺不了那边的月色；灯光是浑的，月色是清的。在混沌的灯光里，渗入一派清辉，却真是奇迹！那晚月儿已瘦削了两三分，她晚妆才罢，盈盈地上了柳梢头。天是蓝得可爱，仿佛一汪水似的；月儿便更出落得精神了。岸上原有三株两株的垂杨柳，淡淡的影子，在水里摇曳着。它们那柔细的枝条浴着月光，就像一支支美人的臂膊，交互地缠着，挽着；又像是月儿披着的发。而月儿偶尔也从它们的交叉处偷偷窥看我们，大有小姑娘怕羞的样子。岸上另有几株不知名的老树，光光地立着；在月光里照起来，却又俨然是精神矍铄的老人。远处——快到天际线了，才有一两片白云，亮得现出异彩，像是美丽的贝壳一般。白云下便是黑黑的一带轮廓，是一条随意画的不规则的曲线。这一段光景，和河中的风味大异了。但灯与月竟能并存着、交融着，使月成了缠绵的月，灯射着渺渺的灵辉，这正是天之所以厚秦淮河，也正是天之所以厚我们了。

这时却遇着了难解的纠纷。秦淮河上原有一种歌妓，是以歌为业的。从前都在茶舫上，唱些大曲之类。每日午后一时起，什么时候止，却忘记了。晚上照样也有一回，也在黄晕的灯光里。我从前过南京时，曾随着朋友去听过两次。因为茶舫里的人脸太多了，觉得不大适意，终于听不出所以然。前年听说歌妓被取缔了，不知怎的,颇设想了几次——却想不出什么。这次到南京,先到茶舫上去看看。觉得颇是寂寥,令我无端地怅怅了。不料她们却仍在秦淮河里挣扎着,不料她们竟会纠缠到我们,我于是很张皇了,她们也乘着"七板子",她们总是坐在舱前的。舱前点着石油汽灯,光亮炫人眼目:坐在下面的,自然是纤毫毕见了——引诱客人们的力量,也便在此了。舱里躲着乐工等人,映着汽灯的余辉蠕动着;他们是永远不被注意的。每船的歌妓大约都是二人;天色一黑,她们的船就在大中桥外往来不息地兜生意。无论行着的船,泊着的船,都要来兜揽的。这都是我后来推想出来的。那晚不知怎样,忽然轮着我们的船了。我们的船好好地停着,一只歌舫划向我们来了,渐渐和我们的船并着了。烁烁的灯光逼得我们皱起了眉头;我们的风尘色全给它托出来了,这使我踧踖(cù jí)不安了,那时一个伙计跨过船来,拿着摊开的歌折,就近塞向我的手里,说:"点几出吧!"他跨过来的时候,我们船上似乎有许多眼光跟着。同时相近的别的船上也似乎有许多眼睛炯炯地向我们船上看着。我真窘了!我也装出大方的样子,向歌妓们瞥了一眼,但究竟是不成的!我勉强将那歌折翻了一翻,却不曾看清了几字;便赶紧递还那伙计,一面不好意思地说:"不要,我们……不要。"他便塞给平伯,平伯掉转头去,摇手说:"不要!"那人还腻着不走。平伯又回过脸来,摇着头道:"不要!"于是那人重到我处,我窘着再拒绝了他。他这才有所不屑似的走了。我的心立刻放下,如释了重负一般。我们就开始自白了。

我说我受了道德律的压迫,拒绝了她们,心里似乎很抱歉的。这所谓抱歉,一面对于她们,一面对于我自己。她们于我们虽然没有很奢的希望,但总有些希望的。我们拒绝了她们,无论理由如何充足，却使她们的希望受了伤，这总有几分不作美了。这是我觉得很怅怅的。至于我自己，更有一种不足之感。我这时被四面的歌声诱惑了，降伏了；但是远远的，远远的歌声总仿佛隔着重衣搔痒似的，越搔越搔不着痒处。我于是憧憬着贴耳的妙音了。在歌舫划来时，我的憧憬，变为盼望；我固执地盼望着，有如饥渴。虽然从浅薄的经验里，也能够推知，那贴耳的歌声，将剥去了一切的美妙；但一个平常的人像我的，谁愿凭了理性之力去丑化未来呢？我宁愿自己骗着了。不过我的社会感性是很敏锐的；我的思力能拆穿道德律的西洋镜，而我的感情却终于被它压服着。我于是有所顾忌了，尤其是在众目昭彰的时候。道德律的力，本来是民众赋予的；在民众的面前，自然更显出它的威严了。我这时一面盼望，一面却感到了两重的禁制：一，在通俗的意义上，接近妓者总算一种不正当的行为；二，妓是一种不健全的职业，我们对于她们，应有哀矜勿喜之心，不应赏玩地去听她们的歌。在众目睽睽之下，这两种思想在我心里最为旺盛。她们暂时压倒了我的听歌的盼望，这便成就了我的灰色的拒绝。那时的心是在异常状态中，觉得颇是昏乱。歌舫去了，暂时宁静之后，我的思绪又如潮涌了。两个相反的意思在我心头往复：卖歌和卖淫不同，听歌和狎妓不同，又干道德甚事？——但是，但是，她们既被逼得以歌为业，她们的歌必无艺术味的；况她们的身世，我们究竟该同情的。所以拒绝倒也是正办。但这些意思终于不曾撇开我的听歌的盼望。它力量异常坚强，它总想将别的思绪踏在脚下。从这重重的争斗里，我感到了浓厚的不足之感。这不足之感使我的心盘旋不安，起坐都不安宁了。唉！我承认我是一个自私的人！平伯呢，却与我不同。他引周启明先生的诗，"因为我有妻子，所以我爱一切的女人；因为我有子女，所以我爱一切的孩子。"他的意思可以见了。他因为推及的同情，爱着那些歌妓，并且尊重着她们，所以拒绝了她们。在这种情形下，他自然以为听歌是对于她们的一种侮辱。但他也是想听歌的，虽然不和我一样。所以在他的心中，当然也有一番小小的争斗；争斗的结果，是同情胜了。至于道德律，在他是没有什么的；因为他很有蔑视一切的倾向，民众的力量在他是不大觉着的。这时他的心意的活动比较简单，又比较松弱，故事后还怡然自若，我却不能了。这里平伯又比我高了。

在我们谈话中间，又来了两只歌舫。伙计照前一样地请我们点戏，我们照前一样地拒绝了。我受了三次窘，心里的不安更甚了。清艳的夜景也为之减色。船夫大约因为要赶第二趟生意，催着我们回去；我们无可无不可地答应了。我们渐渐和那些昏黄的灯光远了，只有些月色冷清清地随着我们的归舟。我们的船竟没个伴儿，秦淮河的夜正长哩！到大中桥近处，才遇着一只来船。这是一只载妓的板船，黑漆漆的没有一点光。船头上坐着一个妓女；暗里看出，白地小花的衫子，黑的下衣。她手里拉着胡琴，口里唱着青衫的调子。她唱得响亮而圆转；当她的船箭一般驶过去时，余音还袅袅地在我们耳际，使我们倾听而向往。想不到在弩末的游踪里，还能领略到这样的清歌！这时船过大中桥了，森森的水影，如黑暗张着巨口，要将我们的船吞了下去。我们回顾那渺渺的黄光，不胜依恋之情；我们感到了寂寞了！这一段地方夜色甚浓，又有两头的灯火招邀着；桥外的灯火不用说了，过了桥另有东关头疏疏的灯火。我们忽然仰头看见依人的素月，不觉深悔归来之早了！走过东关头，有一两只大船湾泊着，又有几只船向我们来着。嚣嚣的一阵歌声人语，仿佛笑我们无伴的孤舟哩。东关头转弯，河上的夜色更浓了；临水的妓楼上，时时从帘缝里射出一线一线的灯光；仿佛黑暗从酣睡里眨了一眨眼。我们默然地对着，静听那汩——汩的桨声，几乎要入睡了，朦胧里却温寻着适才的繁华的余味。我那不安的心在静里愈显活跃了！这时我们都有了不足之感，而我的更其浓厚。我们却又不愿回去，于是只能由懊悔而怅惘了。船里便满载着怅惘了。直到利涉桥下，微微嘈杂的人声，才使我豁然一惊，那光景却又不同。右岸的河房里，都大开了窗户，里面亮着晃晃的电灯，电灯的光射到水上，蜿蜒曲折，闪闪不息，正如跳舞着的仙女的臂膀。我们的船已在她的臂膀里了，如睡在摇篮里一样，倦了的我们便又入梦了。那电灯下的人物，只觉得像蚂蚁一般，更不去萦念。这是最后的梦，可惜是最短的梦！黑暗重复落在我们面前，我们看见傍岸的空船上一星两星的，枯燥无力又摇摇不定的灯光。我们的梦醒了，我们知道就要上岸了；我们心里充满了幻灭的情思。

一九二三年十月十一日作完，于温州

可爱的成都

老舍[1]

到成都来，这是第四次。第一次是在四年前，住了五六天，参观全城的大概。第二次是在三年前，我随同西北慰劳团北征，路过此处，故仅留二日。第三次是慰劳归来，在此小住，留四日，见到不少的老朋友。这次——第四次——是受冯焕璋先生之约，去游灌县与青城山，由上山下来，顺便在成都玩几天。

成都是个可爱的地方。对于我，它特别可爱，因为：

（一）我是北平人，而成都有许多与北平相似之处，稍稍使我减去些乡思。到抗战胜利后，我想，我总会再来一次，多住些时候，写一部以成都为背景的小说。在我的心中，地方好像也都像人似的，有个性格。我不喜上海，因为我抓不住它的性格，说不清它到底是怎么一回事。我不能与我所不明白的人交朋友，也不能

---

[1] （1899—1966）原名舒庆春，字舍予，北京人，中国现代文学巨匠，杰出的语言大师。他的作品以描写北京底层人民生活见长，语言幽默质朴，充满浓郁的地方色彩。代表作有长篇小说《骆驼祥子》《四世同堂》，话剧《茶馆》《龙须沟》等，深刻反映了社会现实与人性。

描写我所不明白的地方。对成都，真的，我知道的事情太少了；但是，我相信会借它的光儿写出一点东西来。我似乎已看到了它的灵魂，因为它与北平相似。

（二）我有许多老友在成都。有朋友的地方就是好地方。这诚然是个人的偏见，可是恐怕谁也免不了这样去想吧。况且成都的本身已经是可爱的呢。八年前，我曾在齐鲁大学教过书。"七七"抗战后，我由青岛移回济南，仍住齐大。我由济南流亡出来，我的妻小还留在齐大，住了一年多。齐大在济南的校舍现在已被敌人完全占据，我的朋友们的一切书籍器物已被劫一空，那么，今天又能在成都会见其患难的老友，是何等快乐呢！衣物，器具，书籍，丢失了有什么关系！我们还有命，还能各守岗位地去忍苦抗敌，这就值得共进一杯酒了！抗战前，我在山东大学也教过书。这次，在华西坝，无意中也遇到几位山大的老友，"惊喜欲狂"一点也不是过火的形容。一个人的生命，我以为，是一半儿活在朋友中的。假若这句话没有什么错误，我便不能不"因人及地"地喜爱成都了。啊，这里还有几十位文艺界的友人呢！与我的年纪差不多的，如郭子杰、叶圣陶、陈翔鹤诸先生，握手的时节，不知为何，不由得就彼此先看看头发——都有不少根白的了，比我年纪轻一点的呢，虽然头发不露痕迹，可是也显着消瘦，霜鬓瘦脸本是应该引起悲愁的事，但是，为了抗战而受苦，为了气节而不肯折腰，瘦弱衰老不是很自然的结果么？这真是悲喜俱来，另有一番滋味了！

（三）我爱成都，因为它有手有口。先说手，我不爱古玩，第一因为不懂，第二因为没有钱。我不爱洋玩意，第一因为它们洋气十足，第二因为没有美金。虽不爱古玩与洋东西，但是我喜爱现代的手造的相当美好的小东西。假若我们今天还能制造一些美好的物件，便是表示了我们民族的爱美性与创造力仍然存在，并不逊于古人。中华民族在雕刻、图画、建筑、制铜、造瓷……上都有特殊的天才。这种天才在造几张纸，制两块墨砚，打一张桌子，漆一两个小盒上都随时地表现出来。美的心灵使他们的手巧。我们不应随便丢失了这颗心。因此，我爱现代的手造的美好的东西。北平有许多这样的好东西，如地毯、珐琅、玩具……但是北平还没有成都这样多。成都还存着我们民族的巧手。我绝对不是反对机械，而只是说，我们在大的工业上必须采取西洋方法，在小工业上则须保存我们的手。谁知道这二者有无调谐的可能呢？不过，我想，人类文化的明日，恐怕不是家家造大炮，户户有坦克车，而是要以真理代替武力，以善美代替横暴。果然如此，我们便应想一想是否该把我们的心灵也机械化了吧？次说口：成都人多数健谈。文化高的地方都如此，因为"有"话可讲。但是，这且不在话下。

这次，我听到了川剧、洋琴与竹琴。川剧的复杂与细腻，在重庆时我已领略了一点。到成都，我才听到真好的川剧。很佩服贾佩之、萧楷成、周企何诸先生的口。我的耳朵不十分笨，连昆曲——听过几次之后——都能哼出一句半句来。可是，已经听过许多次川剧，我依然一句也哼不出。它太复杂，在牌子上，在音域上，恐怕它比任何中国的歌剧都复杂得好多。我希望能用心地去学几句。假若我能哼上几句川剧来，我想，大概就可以不怕学不会任何别的歌唱了。竹琴本很简单，但在贾树三的口中，它变成极难唱的东西。他不轻易放过一个字去，他用气控制着情，他用"抑"逼出"放"，他由细嗓转到粗嗓而没有痕迹。我很希望成都的口，也和它的手一样，能保存下来。我们不应拒绝新的音乐，可也不应把旧的扫灭。恐怕新旧相通，才能产生新的而又是民族的东西来吧。

还有许多话要说，但是很怕越说越没有道理，前边所说的那一点恐怕已经是糊涂话啊！且就这机会谢谢侯宝璋先生给我在他的客室里安了行军床，吴先忧先生领我去看戏与洋琴，文协分会会员的招待，与朋友们的赏酒饭吃！

风雨天一阁

余秋雨[①]

一

不知怎么回事，天一阁对于我，一直有一种奇怪的阻隔。照理，我是读书人，它是藏书楼，我是宁波人，它在宁波城，早该频频往访的了，然而却一直不得其门而入。1976年春到宁波养病，住在我早年的老师盛钟健先生家，盛先生一直有心设法把我弄到天一阁里去看一段时间书，但按当时的情景，手续颇烦人，我也没有读书的心绪，只得作罢。后来情况好了，宁波市文化艺术界的朋友们总要定期邀我去讲点课，但我每次都是来去匆匆，始终没有去过天一阁。

是啊，现在大批到宁波作几日游的普通上海市民回来后都在大谈天一阁，而我这个经常钻研天一阁藏本重印书籍、对天一阁的

---

① （1946—）浙江余姚人。1966年毕业于上海戏剧学院。曾任上海戏剧学院院长。写有《艺术创造工程》等论著，主要从事散文和小说的创作，有散文集《文化苦旅》等。

变迁历史相当熟悉的人却从未进过阁，实在说不过去。直到 1990 年 8 月我再一次到宁波讲课，终于在讲完的那一天支支吾吾地向主人提出了这个要求。主人是文化局副局长裴明海先生，天一阁正属他管辖，在对我的这个可怕缺漏大吃一惊之余立即决定，明天由他亲自陪同，进天一阁。

但是，就在这天晚上，台风袭来，暴雨如注，整个城市都在柔弱地颤抖。第二天上午如约来到天一阁时，只见大门内的前后天井、整个院子全是一片汪洋。打落的树叶在水面上翻卷，重重砖墙间透出湿冷冷的阴气。

看门的老人没想到文化局长会在这样的天气陪着客人前来，慌忙从清洁工人那里借来半高筒雨鞋要我们穿上，还递来两把雨伞。但是，院子里积水太深，才下脚，鞋筒已经进水，唯一的办法是干脆脱掉鞋子，挽起裤管蹚水进去。本来浑身早已被风雨搅得冷飕飕的了，赤脚进水立即通体一阵寒噤。就这样，我和裴明海先生相扶相持，高一脚低一脚地向藏书楼走去。天一阁，我要靠近前去怎么这样难呢？明明已经到了跟前，还把风雨大水作为最后一道屏障来阻拦。我知道，历史上的学者要进天一阁看书是难乎其难的事，或许，我今天进天一阁也要在天帝的主持下举行一个狞厉的仪式？

天一阁之所以叫天一阁，是创办人取《易经》中"天一生水"之义，想借水防火，来免去历来藏书者最大的忧患火灾。今天初次相见，上天分明将"天一生水"的奥义活生生地演绎给了我看，同时又逼迫我以最虔诚的形貌投入这个仪式，剥除斯文，剥除参观式的悠闲，甚至不让穿着鞋子踏入圣殿，卑躬屈膝、哆哆嗦嗦地来到跟前。今天这里再也没有其他参观者，这一切岂不是一种超乎寻常的安排？

二

不错，它只是一个藏书楼，但它实际上已成为一种极端艰难又极端悲怆的文化奇迹。

中华民族作为世界上最早进入文明的人种之一，让人惊叹地创造了独特而美丽的象形文字，创造了简帛，然后又顺理成章地创造了纸和印刷术。这一切，本该迅速地催发出一个书籍的海洋，把壮阔的华夏文明播扬翻腾。但是，野蛮的战火几乎不间断地在焚烧着脆薄的纸页，无边的愚昧更是在时时吞食着易碎的智慧。一个为写书、印书创造好了一切条件的民族竟不能堂而皇之地拥有和保存很多书，书籍在这块土地上始终是一种珍罕而又陌生的怪物。于是，这个民族的精神天地长期处于散乱状态和自发状态，它常常不知自己从哪里来，到哪里去，自己究竟是谁，要干什么。

只要是智者，就会为这个民族产生一种对书的企盼。他们懂得，只有书籍，才能让这么悠远的历史连成缆索，才能让这么庞大的人种产生凝聚，才能让这么广阔的土地长存文明的火种。很有一些文人学士终年辛劳地以抄书、藏书为业，但清苦的读书人到底能藏多少书，而这些书又何以保证历几代而不流散呢？"君子之泽，五世而斩"，功名资财、良田巍楼尚且如此，更遑论区区几箱书？宫廷当然有不少书，但在清代之前，大多构不成整体文化意义上的藏书规格，又每每毁于改朝换代之际，是不能够去指望的。鉴于这种种情况，历史只能把藏书的事业托付给一些非常特殊的人物了。这种人必得长期为官，有足够的资财可以搜集书籍；这种人为官又最好各地迁移，使他们有可能搜集到散落四处的版本；这种人必须有极高的文化素养，对各种书籍的价值有迅捷的敏感；这种人必须有清晰的管理头脑，从建藏书楼到设计书橱都有精明的考虑，从借阅规则到防火措施都有周密的安排；这种人还必须有超越时间的深入谋划，对如何使自己的后代把藏书保存下去有预先的构想。当这些苛刻的条件全都集于一身时，他才有可能成为古代中国的一名藏书家。

这样的藏书家委实也是出过一些的，但没过几代，他们的事业都相继萎谢。他们的名字可以写出长长一串，但他们的藏书却早已流散得一本不剩了。那么，这些名字也就组合成了一种没有成果的努力，一种似乎实现过而最终还是未能实现的悲剧性愿望。

能不能再出一个人呢，哪怕仅仅是一个，他可以把上述种种苛刻的条件提升得更加苛刻，他可以把管理、保存、继承诸项关节琢磨到极端，让偌大的中国留下一座藏书楼，一座，只是一座！上天，可怜可怜中国和中国文化吧。

这个人终于有了，他便是天一阁的创建人范钦。

清代乾嘉时期的学者阮元说："范氏天一阁，自明至今数百年，海内藏书家，唯此岿然独存。"

这就是说，自明至清数百年广阔的中国文化界所留下的一部分书籍文明，终于找到了一所可以稍加归拢的房子。

明以前的漫长历史，不去说它了，明以后没有被归拢的书籍，也不去说它了，我们只向这座房子叩头致谢吧，感谢它为我们民族断残零落的精神史，提供了一个小小的栖脚处。

三

　　范钦是明代嘉靖年间人，自 27 岁考中进士后开始在全国各地做官，到的地方很多，北至陕西、河南，南至两广、云南，东至福建、江西，都有他的宦迹。最后做到兵部右侍郎，官职不算小了。这就为他的藏书提供了充裕的财力基础和搜罗空间。在文化资料十分散乱，又没有在这方面建立起像样的文化市场的当时，官职本身也是搜集书籍的重要依凭。他每到一地做官，总是非常留意搜集当地的公私刻本，特别是搜集其他藏书家不甚重视或无力获得的各种地方志、政书、实录以及历科试士录，明代各地仕人刻印的诗文集，本是很容易成为过眼烟云的东西，他也搜得不少。这一切，光有搜集的热心和资财就不够了。乍一看，他是在公务之暇把玩书籍，而事实上他已经把人生的第一要务看成是搜集图书，做官倒成了业余，或者说，成了他搜集图书的必要手段。他内心隐潜着的轻重判断是这样，历史的宏观裁断也是这样。好像历史要当时的中国出一个藏书家，于是把他放在一个颠簸九州的官位上来成全他。

　　一天公务，也许是审理了一宗大案，也许是弹劾了一名贪官，也许是调停了几处官场恩怨，也许是理顺了几项财政关系，衙堂威仪，朝野声誉，不一而足。然而他知道，这一切的重量加在一起也比不过傍晚时分差役递上的那个薄薄的蓝布包袱，那里边几册按他的意思搜集来的旧书，又要汇入行箧。他那小心翼翼翻动书页的声音，比开道的鸣锣和吆喝都要响亮。

　　范钦的选择，碰撞到了我近年来特别关心的一个命题：基于健全人格的文化良知，或者倒过来说，基于文化良知的健全人格。没有这种东西，他就不可能如此矢志不移，轻常人之所重，重常人之所轻。他曾毫不客气地顶撞过当时在朝廷权势极盛的皇亲郭勋，因而遭到廷杖之罚，并下过监狱。后来在仕途上仍然耿直不阿，公然冒犯权奸严氏家族，严世藩想加害于他，而其父严嵩却说："范钦是连郭勋都敢顶撞的人，你参了他的官，反而会让他更出名。"结果严氏家族竟奈何范钦不得。我们从这些事情可以看到，一个成功的藏书家在人格上至少是一个强健的人。

这一点我们不妨把范钦和他身边的其他藏书家做个比较。与范钦很要好的书法大师丰坊也是一个藏书家，他的字毫无疑问要比范钦写得好，一代书家董其昌曾非常钦佩地把他与文徵明并列，说他们两人是"墨池董狐"，可见在整个中国古代书法史上，他也是一个耀眼的星座。他在其他不少方面的学问也超过范钦，例如他的专著《五经世学》，就未必是范钦写得出来的。但是，作为一个地道的学者艺术学，他太激动，太天真，太脱世，太不考虑前后左右，太随心所欲。起先他也曾狠下一条心变卖掉家里的千亩良田来换取书法名帖和其他书籍，在范钦的天一阁还未建立的时候他已构成了相当的藏书规模，但他实在不懂人情世故，不懂口口声声尊他为师的门生们也可能是巧取豪夺之辈，更不懂得藏书楼防火的技术，结果他的全部藏书到他晚年已有十分之六被人拿走，又有一大部分毁于火灾，最后只得把剩余的书籍转售给范钦。范钦既没有丰坊的艺术才华，也没有丰坊的人格缺陷，因此，他以一种冷峻的理性提炼了丰坊也会有的文化良知，使之变成一种清醒的社会行为。相比之下，他的社会人格比较强健，只有这种人才能把文化事业管理起来。太纯粹的艺术家或学者在社会人格上大多缺少旋转力，是办不好这种事情的。

另一位可以与范钦构成对比的藏书家正是他的侄子范大澈。范大澈从小受叔父影响，不少方面很像范钦，例如他为官很有能力，多次出使国外，而内心又对书籍有一种强烈的癖好；他学问不错，对书籍也有文化价值上的裁断力，因此曾被他搜集到一些重要珍本。他藏书，既有叔父的正面感染，也有叔父的反面刺激。据说有一次他向范钦借书而范钦不甚爽快，便立志自建藏书楼来悄悄与叔父争胜，历数年努力而楼成，他就经常邀请叔父前去做客，还故意把一些珍贵秘本放在案上任叔父随意取阅。遇到这种情况，范钦总是淡淡地一笑而已。在这里，叔侄两位藏书家的差别就看出来了。侄子虽然把事情也搞得很有样子，但背后却隐藏着一个意气性的动力，这未免有点小家子气了。在这种情况下，他的终极性目标是很有限的，只要把楼建成，再搜集到叔父所没有的版本，他就会欣然自慰。结果，这位作为后辈新建的藏书楼只延续几代就合乎逻辑地流散了，而天一阁却以一种怪异的力度屹立着。

实际上，这也就是范钦身上所支撑着的一种超越意气、超越嗜好、超越才情，因此也超越时间的意志力。这种意志力在很长时间内的表现常常让人感到过于冷漠、严峻，甚至不近人情，但天一阁就是靠着它延续至今的。

四

藏书家遇到的真正麻烦大多是在身后，因此，范钦面临的问题是如何把自己的意志力变成一种不可动摇的家族遗传。不妨说，天一阁真正堪称悲壮的历史，开始于范钦死后。我不知道保住这座楼的使命对范氏家族来说算是一种荣幸，还是一场延绵数百年的苦役。

活到80高龄的范钦终于走到了生命尽头，他把大儿子和二儿媳妇（二儿子已亡故）叫到跟前，安排遗产继承事项。老人在弥留之际还给后代出了一个难题，他把遗产分成两份，一份是万两白银，一份是一楼藏书，让两房挑选。

这是一种非常奇怪的遗产分割法。万两白银立即可以享用，而一楼藏书则除了沉重的负担没有任何享用的可能，因为范钦本身一辈子的举止早已告示后代，藏书绝对不能有一本变卖，而要保存好这些藏书每年又要支付一大笔费用。为什么他不把保存藏书的责任和万两白银都一分为二让两房一起来领受呢？为什么他要把权利和义务分割得如此彻底要后代选择呢？

我坚信这种遗产分割法老人已经反复考虑了几十年。实际上这是他自己给自己出的难题：要么后代中有人义无反顾、别无他求地承担艰苦的藏书事业，要么只能让这一切都随自己的生命烟消云散！他故意让遗嘱变得不近情理，让立志继承藏书的一房完全无利可图。因为他知道这时候只要有一丝掺假，再隔几代，假的成分会成倍地扩大，他也会重蹈其他藏书家的覆辙。他没有丝毫意思想讥刺或鄙薄要继承万两白银的那一房，诚实地承认自己没有承接这项历史性苦役的信心，总比在老人病榻前不太诚实地信誓旦旦好得多。但是，毫无疑问，范钦更希望在告别人世的最后一刻听到自己企盼了几十年的声音。他对死神并不恐惧，此刻却不无恐惧地直视着后辈的眼睛。

大儿子范大冲立即开口，他愿意继承藏书楼，并决定拨出自己的部分良田，以田租充当藏书楼的保养费用。

就这样，一场没完没了的接力赛开始了。多少年后，范大冲也会有遗嘱，范大冲的儿子又会有遗嘱……，后一代的遗嘱比前一代还要严格。藏书的原始动机越来越远，而家族的繁衍却越来越大，怎么能使后代众多支脉的范氏世谱中每一家每一房都严格地恪守先祖范钦的规范呢？这实在是一个值得我们一再品味的艰难课题。在当时，一切有历史跨度的文化事业只能交付给家族传代系列，但家族传代本身却是一种不断分裂、异化、自立的生命过程。让后代的后代接受一个需要终身投入的强硬指令，是十分违背生命的自在状态的；让几百年之后的后裔不经自身体验就来沿袭几百年前某位祖先的生命冲动，也难免有许多憋气的地方。不难想象，天一阁藏书楼对于许多范氏后代来说几乎成了一个宗教式的朝拜对象，只知要诚惶诚恐地维护和保存，却不知是为什么。按照今天的思维习惯，人们会在高度评价范氏家族的丰功伟绩之余随之揣想他们代代相传的文化自觉，其实我可肯定此间埋藏着许多难以言状的心理悲剧和家族纷争，这个在藏书楼下生活了几百年的家族非常值得同情。

后代子孙免不了会产生一种好奇，楼上究竟是什么样的呢？到底有哪些书，能不能借来看看？亲戚朋友更会频频相问，作为你们家族世代供奉的这个秘府，能不能让我们看上一眼呢？

范钦和他的继承者们早就预料到这种可能，而且预料藏书楼就会因这种点滴可能而崩塌，因而已经预防在先。他们给家族制定了一个严格的处罚规则，处罚内容是当时视为最大屈辱的不予参加祭祖大典，因为这种处罚意味着在家族血统关系上亮出了"黄牌"，比杖责鞭笞之类还要严重。处罚规则标明：子孙无故开门入阁者，罚不与祭 3 次；私领亲友入阁及擅开书橱者，罚不与祭 1 年；

擅将藏书借出外房及他姓者，罚不与祭 3 年，因而典押事故者，除追惩外，永行摈逐，不得与祭。

在此，必须讲到那个我每次想起都很难过的事件了。嘉庆年间，宁波知府丘铁卿的内侄女钱绣芸是一个酷爱诗书的姑娘，一心想要登天一阁读点书，竟要知府做媒嫁给了范家。现代社会学家也许会责问钱姑娘你究竟是嫁给书还是嫁给人，但在我看来，她在婚姻很不自由的时代既不看重钱也不看重势，只想借着婚配来多看一点书，总还是非常令人感动的。但她万万没有想到，当自己成了范家媳妇之后还是不能登楼，一种说法是族规禁止妇女登楼，另一种说法是她所嫁的那一房范家后裔在当时已属于旁支。反正钱绣芸没有看到天一阁的任何一本书，郁郁而终。

今天，当我抬起头来仰望天一阁这栋楼的时候，首先想到的是钱绣芸那忧郁的目光。我几乎觉得这里可出一个文学作品了，不是写一般的婚姻悲剧，而是写在那很少有人文主义气息的中国封建社会里，一个姑娘的生命如何强韧而又脆弱地与自己的文化渴求周旋。

从范氏家族的立场来看，不准登楼，不准看书，委实也出于无奈。只要开放一条小缝，终会裂成大隙。但是，永远地不准登楼，不准看书，这座藏书楼存在于世的意义又何在呢？这个问题，每每使范氏家族陷入困惑。

范氏家族规定，不管家族繁衍到何等程度，开阁门必得各房一致同意。阁门的钥匙和书橱的钥匙由各房分别掌管，组成一环也不可缺少的连环，如果有一房不到是无法接触到任何藏书的。既然每房都能有效地行使否决权，久而久之，每房也都产生了终极性的思考：被我们层层叠叠堵住了门的天一阁究竟是干什么用的？

就在这时，传来消息，大学者黄宗羲先生要想登楼看书！这对范家各房无疑是一个巨大的震撼。黄宗羲是"吾乡"余姚人，与范氏家族没有任何血缘关系，照理是严禁登楼的，但无论如何他是靠自己的人品、气节、学问而受到全国思想学术界深深钦佩的巨人，范氏各房也早有所闻。尽管当时的信息传播手段非常落后，但由于黄宗羲的行为举止实在是奇崛响亮，一次次在朝野之间造成非凡的轰动效应。他的父亲本是明末东林党重要人物，被魏忠贤宦官集团所杀，后来宦官集团受审，19 岁的黄宗羲在廷质时竟义愤填膺地锥刺和痛殴漏网余党，后又追杀凶手，警告阮大铖，一时大快人心。清兵南下时他与两个弟弟在家乡组织数百人的子弟兵"世忠营"英勇抗清，抗清失败后便潜心学术，边著述边讲学，把民族道义、人格道德溶化在学问中启迪世人，成为中国古代学术天域中第一流的思想家和历史学家。他在治学过程中已经到绍兴钮氏"世学楼"和祁氏"淡生堂"去读过书，现在终于想来叩天一阁之门了。他深知范氏家族的森严规矩，但他还是来了，时间是康熙十二年，即 1673 年。

出乎意外，范氏家族的各房竟一致同意黄宗羲先生登楼，而且允许他细细地阅读楼上的全部藏书。这件事，我一直看成是范氏家族文化品格的一个验证。他们是藏书家，本身在思想学术界和社会政治领域都没有太高的地位，但他们毕竟为一个人而不是为其他人，交出了他们珍藏严守着的全部钥匙。这里有选择，有裁断，有一个庞大的藏书世家的人格闪耀。黄宗羲先生长衣布鞋，悄然登楼了。铜锁在一具具打开，1673 年成为天一阁历史上特别有光彩的一年。

黄宗羲在天一阁翻阅了全部藏书，把其中流通未广者编为书目，并另撰《天一阁藏书记》留世。由此，这座藏书楼便与一位大学者的人格联结起来了。

从此以后，天一阁有了一条可以向真正的大学者开放的新规矩，但这条规矩的执行还是十分苛严，在此后近200年的时间内，获准登楼的大学者也仅有10余名，他们的名字，都是上得了中国文化史的。

这样一来，天一阁终于显现了本身的存在意义，尽管显现的机会是那样小。封建家族的血缘继承关系和社会学术界的整体需求产生了尖锐的矛盾，藏书世家面临着无可调和的两难境地：要么深藏密裹使之留存，要么发挥社会价值而任之耗散。看来像天一阁那样经过最严格的选择作极有限的开放是一个没有办法中的办法。但是，如此严格地在全国学术界进行选择，已远远超出了一个家族的职能范畴了。

直到乾隆决定编纂《四库全书》，这个矛盾的解决才出现了一些新的走向。乾隆谕旨各省采访遗书，要各藏书家，特别是江南的藏书家积极献书。天一阁进呈珍贵古籍600余种，其中有96种被收录在《四库全书》中，有370余种列入存目。乾隆非常感谢天一阁的贡献，多次褒扬奖赐，并授意新建的南北主要藏书楼都仿照天一阁格局营建。

天一阁因此而大出其名，尽管上献的书籍大多数没有发还，但在国家级的"百科全书"中，在钦定的藏书楼中，都有了它的生命。我曾看到好些著作文章中称乾隆下令天一阁为《四库全书》献书是天一阁的一大浩劫，颇觉言之有过。藏书的意义最终还是要让它广泛流播，"藏"本身不应成为终极目的。连堂堂皇家编书都不得不大幅度地动用天一阁的珍藏，家族性的收藏变成了一种行政性的播扬，这证明天一阁获得了大成功，范钦获得了大成功。

<h1 style="text-align:center">五</h1>

天一阁终于走到了中国近代。什么事情一到中国近代总会变得怪异起来，这座古老的藏书楼开始了自己新的历险。

先是太平军进攻宁波时当地小偷趁乱拆墙偷书，然后当废纸论斤卖给造纸作坊。曾有一人出高价从作坊买去一批，却又遭大火焚毁。

这就成了天一阁此后命运的先兆，它现在遇到的问题已不是让不让某位学者上楼的问题了，竟然是窃贼和偷儿成了它最大的对手。

1914年，一个叫薛继渭的偷儿奇迹般地潜入书楼，白天无声无息，晚上动手偷书，每日只以所带枣子充饥，东墙外的河上，有小船接运所偷书籍。这一次几乎把天一阁的一半珍贵书籍给偷走了，它们渐渐出现在上海的书铺里。

薛继渭的这次偷窃与太平天国时的那些小偷不同，不仅数量巨大、操作系统，而且最终与上海的书铺挂上了钩，显然是受到书商的指使。近代都市的书商用这种办法来侵吞一个古老的藏书楼，我总觉得其中蕴含着某种象征意义。把保护藏书楼的种种措施都想到了家的范钦确实没有在防盗的问题上多动脑筋，因为这对在当时这样一个家族的院落来说构不成一种重大威胁。但是，这正像范钦想象不到会有一个近代降临，想象不到近代市场上那些商人在资本的原始积累时期会采取什么手段。一架架的书橱空了，钱绣芸小姐哀怨地仰望终身而未能上的楼板，黄宗羲先生小心翼翼地踩踏过的楼板，现在只留下偷儿吐出的一大堆枣核在上面。

当时主持商务印书馆的张元济先生听说天一阁遭此浩劫，并得知有些书商正准备把天一阁藏本卖给外国人，便立即拨巨资抢救，保存于东方图书馆的"涵芬楼"里。涵芬楼因有天一阁藏书的润泽而享誉文化界，当代不少文化大家都在那里汲取过营养。但是，众所周知，它最终竟又全部焚毁于日本侵略军的炸弹之下。

这当然更不是数百年前的范钦先生所能预料的了。他"天一生水"的防火秘咒也终于失效。

六

然而毫无疑问，范钦和他后代的文化良知在现代并没有完全失去光亮。除了张元济先生外，还有大量的热心人想努力保护好天一阁这座"危楼"，使它不要全然成为废墟。这在现代无疑已成为一个社会性的工程，靠着一家一族的力量已无济于事。幸好，本世纪30年代、50年代、60年代直至80年代，天一阁一次次被大规模地修缮和充实着，现在已成为重点文物保护单位，也是人们游览宁波时大多要去访谒的一个处所。天一阁的藏书还有待于整理，但在文化信息密集、文化沟通便捷的现代，它的主要意义已不是以书籍的实际内容给社会以知识，而是作为一种古典文化事业的象征存在着，让人联想到中国文化保存和流传的艰辛历程，联想到一个古老民族对于文化的渴求是何等悲怆和神圣。

我们这些人，在生命本质上无疑属于现代文化的创造者，但从遗传因子上考察又无可逃遁的是民族传统文化的孑遗，因此或多或少也是天一阁传代系统的繁衍者，尽管在范氏家族看来只属于

"他姓"。登天一阁楼梯时我的脚步非常缓慢，我不断地问自己：你来了吗？你是哪一代的中国书生？

很少有其他参观处所能使我像在这里一样心情既沉重又宁静。阁中一位年老的版本学家颤巍巍地捧出两个书函，让我翻阅明刻本，我翻了一部登科录，一部上海志，深深感到，如果没有这样的孤本，中国历史的许多重要侧面将杳无可寻。由此想到，保存这些历史的天一阁本身的历史，是否也有待于进一步发掘呢？裴明海先生递给我一本徐季子、郑学博、袁元龙先生写的《宁波史话》的小册子，内中有一篇介绍了天一阁的变迁，写得扎实而清晰，使我知道了不少我原先不知道的史实。但在我看来，天一阁的历史是足以写一部宏伟的长篇史诗的。我们的文学艺术家什么时候能把他们的目光投向这种苍老的屋宇和庭园呢？什么时候能把范氏家族和其他许多家族数百年来的灵魂史祖示给现代世界呢？

雅　舍

梁实秋 [1]

到四川来，觉得此地人建造房屋最是经济。火烧过的砖，常常用来做柱子，孤零零地砌起四根砖柱，上面盖上一个木头架子，看上去瘦骨嶙嶙，单薄得可怜；但是顶上铺了瓦，四面编了竹篾墙，墙上敷了泥灰，远远地看过去，没有人能说不像是座房子。我现在住的"雅舍"正是这样一座典型的房子。不消说，这房子有砖柱，有竹篾墙，一切特点都应有尽有。讲到住房，我的经验不算少，什么"上支下摘""前廊后厦""一楼一底""三上三下""亭子间""茅草棚""琼楼玉宇"和"摩天大厦"，各式各样，我都尝试过。我不论住在哪里，只要住得稍久，对那房子便发生感情，非不得已我还舍不

---

[1] （1903—1987）原名梁治华，字实秋。浙江杭县（今杭州）人。早年就读于清华学校。1923 年留学美国，取得哈佛大学文学硕士学位。1926 年回国后，先后任教于东南大学、暨南大学、青岛大学、北京大学。一度主编《新月》月刊。1949 年到台湾，任台湾省立师范学院（今台湾师范大学）英语系主任、文学院院长。1987 年病逝于台北，享年 84 岁。创作以散文著称，风格朴实，有幽默感。译有《莎士比亚全集》。

得搬。这"雅舍",我初来时仅求其能蔽风雨,并不敢存奢望,现在住了两个多月,我的好感油然而生。虽然我已渐渐感觉它并不能蔽风雨,因为有窗而无玻璃,风来则洞若凉亭,有瓦而空隙不少,雨来则渗如滴漏。纵然不能蔽风雨,"雅舍"还是自有它的个性。有个性就可爱。

"雅舍"的位置在半山腰,下距马路有七八十层的土阶。前面是阡陌螺旋的稻田。再远望过去是几抹葱翠的远山,旁边有高粱地,有竹林,有水池,有粪坑,后面是荒僻的榛莽未除的土山坡。若说地点荒凉,则月明之夕,或风雨之日,亦常有客到,大抵好友不嫌路远,路远乃见情谊。客来则先爬几十级的土阶,进得屋来仍须上坡,因为屋内地板乃依山势而铺,一面高,一面低,坡度甚大,客来无不惊叹,我则久而安之,每日由书房走到饭厅是上坡,饭后鼓腹而出是下坡,亦不觉有大不便处。

"雅舍"共是六间,我居其二。篦墙不固,门窗不严,故我与邻人彼此均可互通声息。邻人轰饮作乐,咿唔诗章,喁喁细语,以及鼾声、喷嚏声、吮汤声、撕纸声、脱皮鞋声,均随时由门窗户壁的隙处荡漾而来,破我岑寂。入夜则鼠子瞰灯,才一合眼,鼠子便自由行动,或搬核桃在地板上顺坡而下,或吸灯油而推翻烛台,或攀援而上帐顶,或在门框桌脚上磨牙,使得人不得安枕。但是对于鼠子,我很惭愧地承认,我"没有法子"。

"没有法子"一语是被外国人常常引用着的,以为这话最足代表中国人的懒惰隐忍的态度。其实我的对付鼠子并不懒惰。窗上糊纸,纸一戳就破;门户关紧,而相鼠有牙,一阵咬便是一个洞洞。试问还有什么法子?洋鬼子住到"雅舍"里,不也是"没有法子"?比鼠子更骚扰的是蚊子。"雅舍"的蚊风之盛,是我前所未见的。

"聚蚊成雷"真有其事！每当黄昏时候，满屋里磕头碰脑的全是蚊子，又黑又大，骨骼都像是硬的。在别处蚊子早已肃清的时候，在"雅舍"则格外猖獗，来客偶不留心，则两腿伤处累累隆起如玉蜀黍，但是我仍安之。冬天一到，蚊子自然绝迹，明年夏天——谁知道我还是否住在"雅舍"！

"雅舍"最宜月夜——地势较高，得月较先。看山头吐月，红盘乍涌，一霎间，清光四射，天空皎洁，四野无声，微闻犬吠，坐客无不悄然！舍前有两株梨树，等到月升中天，清光从树间筛洒而下，地上阴影斑斓，此时尤为幽绝。直到兴阑人散，归房就寝，月光仍然逼进窗来，助我凄凉。细雨蒙蒙之际，"雅舍"亦复有趣。推窗展望，俨然米氏章法，若云若雾，一片弥漫。但若大雨滂沱，我就又惶悚不安了，屋顶湿印到处都有，起初如碗大，俄而扩大如盆，继则滴水乃不绝，终乃屋顶灰泥突然崩裂，如奇葩初绽，轰然一声而泥水下注，此刻满室狼藉，抢救无及。此种经验，已数见不鲜。

"雅舍"之陈设，只当得简朴二字，但洒扫拂拭，不使有纤尘。我非显要，故名公巨卿之照片不得入我室；我非牙医，故无博士文凭张挂壁间；我不业理发，故丝织西湖十景以及电影明星之照片亦均不能张我四壁。我有一几一椅一榻，酣睡写读，均已有着，我亦不复他求。但是陈设虽简，我却喜欢翻新布置。西人常常讥笑妇人喜欢变更桌椅位置，以为这是妇人天性喜变之一征。诬否且不论，我是喜欢改变的。中国旧式家庭，陈设千篇一律，正厅上是一条案，前面一张八仙桌，一边一把靠椅，两旁是两把靠椅夹一只茶几。我以为陈设宜求疏落参差之致，最忌排偶。"雅舍"所有，毫无新奇，但一物一事之安排布置俱不从俗。人入我室，即知此是我室。笠翁《闲情偶寄》之所论，正合我意。

"雅舍"非我所有，我仅是房客之一。但思"天地者万物之逆旅"，人生本来如寄，我住"雅舍"一日，"雅舍"即一日为我所有。即使此一日亦不能算是我有，至少此一日"雅舍"所能给予之苦辣酸甜，我实躬受亲尝。刘克庄词："客里似家家似寄。"我此时此刻卜居"雅舍"，"雅舍"即似我家。其实似家似寄，我亦分辨不清。

长日无俚，写作自遣，随想随写，不拘篇章，冠以"雅舍小品"四字，以示写作所在，且志因缘。

北平的冬天

梁实秋

说起冬天，不寒而栗。

我是在北平长大的。北平冬天好冷。过中秋不久，家里就忙着过冬的准备，作"冬防"。阴历十月初一屋里就要生火，煤球、硬煤、柴火都要早早打点。摇煤球是一件大事，一串骆驼驮着一袋袋的煤末子到家门口，煤黑子把煤末子背进门，倒在东院里，堆成好高的一大堆。然后等着大晴天，三五个煤黑子带着筛子、耙子、铲子、两爪钩子就来了，头上包块布，腰间褡布上插一根短粗的旱烟袋。煤黑子摇煤球的那一套手艺真不含糊。煤末子摊在地上，中间做个坑，好倒水，再加预先备好的黄土，两个大汉就搅拌起来。搅拌好了就把烂泥一般的煤末子平铺在空地上，做成一大块蛋糕似的，再用铲子拍得平平的，光溜溜的，约一丈见方。这时节煤黑子已经满身大汗，脸上一条条黑汗水淌了下来，该坐下休息抽烟了。休息毕，煤末子稍稍干凝，便用铲子在上面横切竖切，切成小方块，像厨师切菜切萝卜一般手法伶俐。然后坐下来，地上倒扣一个小花盆，把筛子放在花盆上，另一人把切成方块的煤末子铲进筛子，便开始摇了，就像摇元宵一样，慢慢地把方块摇成煤球。然后摊在地上晒。一筛一筛地摇，一筛一筛地晒。好辛苦的工作，孩子在一边看，觉得好有趣。

万一天色变，雨欲来，煤黑子还得赶来收拾，归拢归拢，盖上点什么，否则煤被雨水冲走，前功尽弃了。这一切他都乐为之，多开发一点酒钱便可。等到完全晒干，他还要再来收煤，才算完满，明年再见。

煤黑子实在很苦，好像大家并不寄予多少同情。从日出做到日落，疲乏的回家途中，遇见几个顽皮的野孩子，还不免听到孩子们唱着歌谣嘲笑他：

> 煤黑子，
> 打算盘，
> 你妈洗脚我看见！

我那时候年纪小，好久好久都没有能明白为什么洗脚不可以令人看见。

煤球儿是为厨房大灶和各处小白炉子用的，就是再穷苦不过的人家也不能不预先储备。有"洋炉子"的人家当然要储备的还有大块的红煤白煤，那也是要砸碎了才能用，也需一番劳力的。南方来的朋友们看到北平家家户户忙"冬防"，觉得奇怪，他不知道北平冬天的厉害。

一夜北风寒，大雪纷纷落，那景致有的瞧的。但是有几个人能有谢道韫女士那样从容吟雪的福分。所有的人都被那砭人肌肤的朔风吹得缩头缩脑，各自忙着做各自的事。我小时候上学，背的书包倒不太重，只是要带墨盒很伤脑筋，必须平平稳稳地拿着，否则墨汁要洒漏出来，不堪设想。有几天还要带写英文字的蓝墨水瓶，更加恼人了。如果伸手提携墨盒墨水瓶，手会冻僵。手套没有用。我大姐给我用绒绳织了两个网子，一装墨盒，一装墨水瓶，同时给我做了一副棉手筒，两手伸进筒内，提着从一个小孔塞进的网绳，于是两手不暴露在外而可提携墨盒墨水瓶了。饶是如此，手指关节还是冻得红肿，作奇痒。脚后跟生冻疮更是稀松平常的事。临睡时母亲为我们备热水烫脚，然后钻进被窝，这才觉得一日之中尚有温暖存在。

北平的冬景不好看么？那倒也不。大清早，榆树顶的干枝上经常落着几只乌鸦，呱呱地叫个不停，好一幅古木寒鸦图！但是远不及西安城里的乌鸦多。北平喜鹊好像不少，在屋檐房脊上叽叽喳喳地叫，翘着的尾巴倒是很好看的，有人说它是来报喜，我不知喜自何来。麻雀很多，可是竖起羽毛像披蓑衣一般，在地面上蹦蹦跳跳地觅食，一副可怜相。不知什么人放鸽子，一队鸽子划空而过，盘旋又盘旋，白羽衬青天，哨子呼呼响。又不知是哪一家放风筝，沙雁蝴蝶龙睛鱼，弦弓上还带着锣鼓。隆冬之中也还点缀着一些情趣。

过新年是冬天生活的高潮。家家贴春联、放鞭炮、煮饺子、接财神。其实是孩子们狂欢的季节，换新衣裳、磕头、逛厂甸儿，流着鼻涕举着琉璃喇叭大沙雁儿。五六尺长的大糖葫芦糖稀上沾着一层尘沙。北平的尘沙来头大，是从蒙古戈壁大沙漠刮来的，来时真是胡尘涨宇，八表同昏。脖领里、鼻孔里、牙缝里，无往不是沙尘，这才是真正的北平冬天的标志。愚夫愚妇们忙着逛财神庙、白云观去会神仙，甚至赶妙峰山进头炷香，事实上无非是在泥泞沙尘中打滚而已。

在北平，裘马轻狂的人固然不少，但是绝大多数的人到了冬天都是穿着粗笨臃肿的大棉袍、棉裤、棉袄、棉袍、棉背心、棉套裤、棉风帽、棉毛窝、棉手套。穿丝棉的是例外。至若拉洋车的、挑水的、掏粪的、换洋取灯儿的、换肥子儿的、抓空儿的、打鼓儿的……哪一个不是衣裳单薄，在寒风里打颤？在北平的冬天，一眼望出去，几乎到处是萧瑟贫寒的景象，无须走向粥厂门前才能体会到什么叫作饥寒交迫的境况。北平是大地方，从前是辇毂所在，后来也是首善之区，但也是"朱门酒肉臭，路有冻死骨"的地方。

北平冷，其实有比北平更冷的地方。我在沈阳度过两个冬天。房屋双层玻璃窗，外层凝聚着冰雪，内层若是打开一个小孔，冷气就逼人而来。马路上一层冰一层雪，又一层冰一层雪，我有一次去赴宴，在路上连跌了两跤，大家认为那是寻常事。可是也不容易跌断腿，衣服穿得多。一位老友来看我，觌面不相识，因为他的眉毛须发全都结了霜！街上看不到一个女人走路。路灯电线上踞着一排鸦雀之类的鸟，一声不响，缩着脖子发呆，冷得连叫的力气都没有。更北的地方如黑龙江，一定冷得更有可观。北平比较起来不算顶冷了。

冬天实在是很可怕。诗人说："如果冬天来到，春天还会远么？"但愿如此。

访　沈　园

郭沫若[①]

一

绍兴的沈园，是南宋诗人陆游写《钗头凤》的地方。当年著名的林园，其中一部分已经辟为"陆游纪念室"。

二

《钗头凤》的故事，是陆游生活中的悲剧。他在二十岁时曾经

---

① （1892—1978）原名郭开贞，四川乐山人。1914年赴日本学医，回国后从事文艺运动，成为新文学的奠基者之一。1921年与郁达夫、成仿吾等组织创造社，出版第一部诗集《女神》。1926年参加北伐战争，1927年参加南昌起义。1928年起旅居日本，从事中国古代史和古文字学的研究工作。1937年抗日战争全面爆发后回国从事抗日救亡运动，并写下许多历史剧和大量诗文。中华人民共和国成立后曾任中央人民政府委员、政务院副总理兼文化教育委员会主任等职，创作了大量的剧本、散文和小说。

和他的表妹唐琬（蕙仙）结婚，伉俪甚笃。但不幸唐琬为陆母所不喜，二人被迫离析。

十余年后，唐琬已改嫁赵家，陆游也已另娶王氏。一日，陆游往游沈园，无心之间与唐琬及其后夫赵士程相遇。陆既未忘前盟，唐亦心念旧欢。唐劝其后夫遣家童送陆酒肴以致意。陆不胜悲痛，因题《钗头凤》一词于壁。其词云：

> 红酥手，黄縢酒，满城春色宫墙柳。
> 东风恶，欢情薄，一怀愁绪，几年离索。错，错，错。
> 春如旧，人空瘦，泪痕红浥鲛绡透。
> 桃花落，闲池阁，山盟虽在，锦书难托。莫，莫，莫。

这词为唐琬所见，她还有和词，有"病魂常似秋千索""怕人寻问，咽泪装欢，瞒，瞒，瞒"等语。和词韵调不甚谐，或许是好事者所托。但唐终抑郁成病，至于夭折。我想，她的早死，赵士程是不能没有责任的。

四十年后，陆游已经七十五岁了。曾梦游沈园，更深沉地触动了他的隐痛。他又写了两首很哀婉的七绝，题目就叫《沈园》。

> 城上斜阳画角哀，沈园非复旧池台。
> 伤心桥下春波绿，曾是惊鸿照影来。

> 梦断香消四十年，沈园柳老不吹绵。
> 此身行作稽山土，犹吊遗踪一泫然。

这是《钗头凤》故事的全部，是很动人的一幕悲剧。

三

十月二十七日我到了绍兴，留宿了两夜。凡是应该参观的地方，大都去过了。二十九日，我要离开绍兴了。清早，争取时间，去访问了沈园。

在陆游生前已经是"非复旧池台"的沈园，今天更完全改变了面貌。我所看到的沈园是一片田圃。有一家旧了的平常院落，在左侧的门楣上挂着一个两尺多长的牌子，上面写着"陆游纪念室（沈园）"字样。

大门是开着的，我进去看了。里面似乎住着好几家人。只在不大的正中的厅堂上陈列着有关陆游的文物。有陆游浮雕像的拓本，有陆游著作的木板印本，有当年的沈园图，有近年在平江水库工地上发现的陆游第四子陆子坦夫妇的圹记，等等。我跑马观花地看了一遍，又连忙走出来了。

向导的同志告诉我："在田圃中有一个葫芦形的小池和一个大的方池是当年沈园的故物"。

我走到有些树木掩荫着的葫芦池边去看了一下，一池都是苔藻。池边有些高低不平的土堆，据说是当年的假山。大方池也远远望了一下，水量看来是丰富的，周围是稻田。

待我回转身时，一位中年妇人，看样子好像是中学教师，身材不高，手里拿着一本小书，向我走来。

她把书递给我，说："我就是沈家的后人，这本书送给你。"

我接过书来看时，是齐治平著的《陆游》，中华书局出版。我连忙向她致谢。

她又自我介绍地说："老母亲病了，我是从上海赶回来的。"

"令堂的病不严重吧？"我问了她。

"幸好，已经平复了。"

正在这样说着，斜对面从菜园地里又走来了一位青年，穿着黄色军装。赠书者为我介绍："这是我的儿子，他是从南京赶回来的。"

我上前去和他握了手。想到同志们在招待处等我去吃早饭，吃了早饭便得赶快动身，因此我便匆匆忙忙地告了别。

这是我访问沈园时出乎意外的一段插话。

四

这段插话似乎颇有诗意。但它横在我的心中，老是使我不安。我走得太匆忙了，忘记问清楚那母子两人的姓名和住址。

我接受了别人的礼物，没有东西也没有办法来回答，就好像欠了一笔债的一样。

《陆游》这个小册子，在我的旅行箧里放着，我偶尔取出翻阅。一想到《钗头凤》的故事便使我不能不联想到我所遭遇的那段插话。我依照着《钗头凤》的调子，也酝酿了一首词来：

宫墙柳，今乌有，沈园蜕变怀诗叟。秋风袅，晨光好，满畦蔬菜，一池萍藻。草，草，草。

沈家后，人情厚，《陆游》一册蒙相授。来归宁，为亲病。病情何似？医疗有庆。幸，幸，幸。

　　的确，"满城春色宫墙柳"的景象是看不见了。但除"满畦蔬菜，一池萍藻"之外，我还看见了一些树木，特别是有两株新栽的杨柳。

　　陆游和唐琬是和封建社会搏斗过的人。他们的一生是悲剧，但他们是胜利者。封建社会在今天已经被和根推翻了，而他们的优美形象却永远活在人们的心里。

　　沈园变成了田圃，在今天看来，不是零落，而是蜕变。世界改造了，昨天的富室林园变成了今天的人民田圃。今天的"陆游纪念室"还只是细胞，明天的"陆游纪念室"会发展成为更美丽的池台——人民的池台。

　　陆游有知，如果他今天再到沈园来，他决不会伤心落泪，而是会引吭高歌的。他会看到桥下的"惊鸿照影"——唐琬的影子，真像飞鸿一样，永远在高空中飞翔。

佛国巡礼

倪贻德[1]

经过了一夜的海行，在晨光熹微中，在烟雨蒙蒙里，普陀山像海市蜃楼一般地出现在我们眼前了。这真像童话中的奇迹一般，在浊浪滔滔的大海中，有这样一处世外的桃源仙境。我们好像从尘世中来，将要到达西方极乐土地似的。就是立在岸上来招呼游客的许多土人，远望过去，也好像是西方的接引使者，来引渡众生的样子。我倚在船栏上，任风雨吹打在我的身上，心里好像已经忘情于一切，只沉浸在空灵虚无的幻想里。

位在浙江的海面上，舟山群岛中最优秀的一个岛屿的普陀，是佛门的圣地，是夏季避暑的场所，这是世人所熟知的了。我常常听到许多游了普陀回来的朋友说，那地方的岩石是如何奇险，海潮的声音是如何悲壮，寺院的建筑是如何庄严，整个的氛围气是如何清静而高旷。听了这样的话，使我时常起往游普陀的遐想。

_____

① （1901—1970）现代艺术的重要推动者之一。他早年留学日本，学习油画，回国后积极投身于新美术运动，倡导艺术创新。倪贻德的作品融合了中西艺术风格，注重形式与色彩的探索，代表作有《西湖风景》《静物》等。

但我的想去普陀，一方面也是想去描写一些海景的原故。海，海是一个那样神秘的东西，它是广无法际，深不可测，它有着无限的威力，它的变幻又是如何不可捉摸。描写海，是能表现出一种力量的美，和明快而空远的感觉的。在西洋画上，描写海的画家，也有很多很多。而写实主义者的柯尔培（Courbet），他所描写的海景，尤有特色。那题为《浪》的一画，是大海中有三艘帆船的风景，前景描写着怒涛的碎片，空中满卷着黑云，画面上具有重厚的写实感，浪的动，海的深，都十分地表现出实在感来。又如《骤雨》的一画，前景右面是岩石，左面是波涛，而上面大部分是天空，黑云之中，降下猛烈的骤雨，表现出一种急烈的冲动。现代画家之中，像佛拉芒克所画的海景的悲剧的情景，马谛斯和裘绯等所画的平静海岸上的清快味，都具有特殊的作风。看了那样的画，每使我激动起描写海景的兴趣。

普陀是避暑的胜地，所以一般人都是在夏季往游的。夏的普陀，住满了数千数万的避暑客，形成一种欢腾热闹的场面。然而正因为这样，普陀本来所特有的静寂的情调，反被打破了。游普陀，我想应当从一种平静的心境，趁游人稀少的时节，作孤寂的行脚，或是躺在苍翠的松林下，静听海潮的悲鸣；或是坐在海岸的危岩上，闲看白云的飞荡。这样，才能充分地享受到这南海佛国的清趣吧。春天，海上吹着和风，碧空白云片片，除了少数香客之外，游人是绝迹的。那么，我们正可乘这时候，去做一次写生的行旅。

宗教常常利用了艺术来作宣传，而艺术也往往因了宗教而发达，这在西洋是如此，在东方也何独不然？中国以前的许多雄伟壮丽的建筑，除了宫殿之外，差不多完全因了佛教而光大起来的。名山胜景的地方，那一处没有丛林古刹点缀在那里，为山河生色。尤其这普陀，可说完全被佛教的势力所占领了，寺院的建筑，布满在山前山后，形成了极庄严的伟观，如果没有那些佛门子弟的经营，普陀到现在恐怕还是一个荒岛吧。当我走上南天门下面的层层的石级的时候，心里这样感到。

我们随着向导，走过许多曲折的夹树的山径，便到了我们预定旅居的报本堂。这儿是找不到一家旅馆的，寺院，就兼营着旅馆的事业。但那寺院的建筑和设备，并不比较上海的许多大旅社为低劣。反之，更显得宽敞而安乐。这报本堂，是普济寺后面的专为香客旅居的寺院的内堂，在普陀，听说这是最高贵的住处。庭前花木的荫深，屋内陈饰的华贵，即使是富人的别墅，亦无以过之。从我所住的楼上望出去，白茫茫的一片海水，寂寂地躺在中午的阳光下。海岸上有一带疏疏的松林，松涛浪涛的声音，合为一片，间以一声二声的梵钟，不时轻轻地送到我们的耳里，使人万念俱消，静如止水。半个月来在上海时所受的精神上的痛苦，好像完全忘了的样子。我觉得像这样的环境，对于像我那样厌倦了都市生活的人，怕是最适宜的吧。我很欢慰在那里有十多天小住的幸福。

怀了一种好奇的心境，我们把行装安排好之后，就想去看一看海的伟观了。走出寺门，经过一个小小的市集，再转一个湾，一片橙黄色的海滩，就展开在我的眼前，那便是所谓十里沙滩了。海水缓缓地打到滩上来，又退了出去，沙滩被冲成那样平滑而松软，人经过那地方，留着步步的脚印。我们一面走，一面在沙中拾着美丽的贝壳，有时又向着海的彼方狂叫起来，好像是回复到儿童时代的情景。这地方，听说便是夏季的海水浴场，到了盛暑的时候，有无数的青年男女，到这里来浴在海波里，享受青春的幸福的。

但这里海水的色彩都呈现一种黄赭色，实在是美中不足的地方。所谓碧海蓝天，海水应当是碧色才更能引人入胜吧。这使我想起香港的情景，你若是从香港仔向南望下去，那一湾海波，澄清碧绿，像水晶一般透明，白色的风帆，愉快地行驶过的时候，那种清凉的色彩，明快的感觉，会使你充分地感到一种南国的抒情味。而在这普陀的海岸，却只看到滔滔的浊浪，连接天际，和岛上的岩石，海中的舟楫，都没有明快的对比。表现在画面上，很容易引起沉闷的感觉。

然而普陀的岩石，毕竟是可爱的，这里的海边，不像吴淞口岸那样的只见浅草平原，却是随处都有奇险玲珑的崖岩，把海岸线形成高低曲折的奇兀姿态。海潮浸入的时候，波涛冲在岩石上，激起雪白的浪花，再从石缝里流泻出去。而在这中间，发出梵钟似的洪音，因此有潮音洞、梵音洞那样的名称。我常常欢喜坐在这样的岩石上，凝视着白沫的飞扬，静听着潮音的澎湃，任浪花把衣襟沾湿，自己好像忘情于一切的样子。

这样的天空海阔的景色，对于游览不消说是能唤起高旷放逸的心怀的。但绘在画面上，不免有些空虚单调。我画了一二幅之后，就觉得有点心厌了。老是那橙黄色的海水、白色的浪花、赭色的崖石、青的天空，此外，就空无所有了。这样的地方，我想最好是在盛夏暴雨袭来时候，描写那种黑云飞卷、怒浪激冲的恐怖的情调，确能表现出一种强力的悲壮的美。但在这春风和煦的时候，除了这平静的原始的情趣之外，便什么也没有了。

比较具有人间情味的，只有南天门的一角，因为这是和大陆交通的唯一的码头，乌篷的渔船，都聚集在那里，有的扬帆远去，出没天际。有时也可以看得见一二艘巨大的商轮和军舰，远远地停泊在海中。码头上，有许多做苦力的土人、卖食物的小贩，这就增加了不少的生气。站在稍高的地方望下去，南天门的雄姿，坚实地盘踞在海涯上，像是以十分自信的千钧的力量，震慑着波涛的泛滥的样子。

但普陀的山景，比较海景更能引起我的兴趣。普陀原是突出于海中的群山之一，到处都起伏着峰峦岗陵，其中佛顶山要算是第一高峰，登临其上，可以俯览全岛的形势，海阔天空，极目无际。但是我以为山的景色，与其山顶，不如山麓的富于诗意。那儿常可以看见疏疏落落的茅居草舍，依山而筑，农家的男女，操作在高原的田亩间，竹篱柴门的前面，常闻犬吠鸡啼的声音，令人想起陶渊明的诗句来，尤其是在日落黄昏、暮烟疏雨的时候，山脚下笼罩着一层苍茫的烟幕，缕缕白色的炊烟，缭绕在茅舍的烟突上，一种松枝燃烧的香味，弥漫在山野的四周，从我们所住的寺院的楼上望下去，就有这样的一幅山居图。

层峦叠翠的风景，在中国画的表现手法上，有着很大的成功，但在西洋画上，只要有适当的技巧去处置它，更能获得美满的效果。这样的画材，在普陀是常可以发现出来。最好是在早晨，或新雨之后，空气中包含着浓厚的湿意，山腰间的白雾还没有退尽。在暗淡之中有几处分外鲜明，在模糊之中有几处分外清晰，那树，那山，那疏落的家屋，都若隐若现地出没在烟雾之中。这样的情景，正是我理想中所追求的 Motive，想不到在这岛上随处都可以获得。

在这周围不到十里的岛上，大大小小的寺院却有数百处之多，可说是全国佛教的中心点了。这许多寺院里面，规模最大而僧徒最众的，除了我们所在的普济寺之外，便是法雨寺了。法雨寺依山傍海，四围环绕苍翠的松林，寺前横隔清碧的溪流，那处境的幽邃、佛殿的雄伟，更较其他的禅院为优胜。我想，这里大约一定有道高德厚的高僧住着吧。我又羡慕那些僧众，他们可说是享尽人间的清福了。而同时我又生了一种怀疑，他们这些佛门头陀，都是不事生产的，那么又怎样能享到如此悠闲的生活呢？

然而这只限于方丈住持之类。大多数的和尚，到底还是苦的。在普陀，寂静的山道间，所能够遇到的，尽是那些秃顶缁衣的方外之人。这真是古怪，做和尚大约都生就了和尚的面相的吧。他们都有一种与常人不同的变了形的颜面，就像我们平时在庙里所看到的罗汉那样的狰狞而滑稽的脸相。他们大都是行脚僧，四海漂泊，到处为家，久经了风霜的那种憔悴的神态，褴褛破旧的百补袈裟，这里面也许有坚毅卓绝的苦行头陀，然而大多数还是因了穷愁末路而逃入空门，以谋一饭之饱的吧？我想。

看了这样的情形，每使我想起一种人生的孤寂感来。他们永远享不到家庭的和乐、儿女的情爱，他们永远只能流放在这天涯海角的孤岛上。我很怕自己也许有一天也走到这样的人生末路上来。普陀，我是再也住不下去了。当我初来的时候，对于这世外桃源有无限的怀慕，而不到旬日，我已感到这孤岛上的枯燥而荒凉了。这里，太缺少人间味了。沉寂的空气层层包围了我，使我的呼吸也要窒息似的。我好像被放逐在荒岛上，永远不能回到人间去的样子。那百无聊赖的讽诵经忏的声音，那令人万念俱灰的梵钟的清音，在黑暗的深夜里，我听了直要哭了出来。这时，即使看到了一条妇人的裤子，听到了几声小孩子的哭声，也能感到莫大的欢慰吧。

这儿虽然也有人家，也有市集，然而因为佛教的势力过于庞大，他们也都成为佛门的附属者了。他们因佛教而生活，为佛教而服务，他们自身也都佛教化了。而尤其使我感到痛苦的，便是吃不到一点鱼肉的荤腥。每天青菜豆腐，淡茶粗饭，我的几天不知肉味的肠胃，感到极度恐慌了。

我于是想起了上海。上海，我虽然有时对它起了厌倦。但现在想起来，实在是可爱的。想起了那都会中心点的车轮的交织，夜市中的红绿灯光的辉映，那男人们为生活而紧张的神情，那女人为风情万种而摆动屁股的姿态，那长街上喧腾的人气，那菜市中诱人食欲的香味……想起了这些，使我十分地感到都市的亲切味来。

啊，上海实在是可爱的，我要回去。

1933 年春

紫藤萝瀑布

宗璞 [1]

我不由得停住了脚步。

从未见过开得这样盛的藤萝，只见一片辉煌的淡紫色，像一条瀑布，从空中垂下，不见其发端，也不见其终极，只是深深浅浅的紫，仿佛在流动，在欢笑，在不停地生长。紫色的大条幅上，泛着点点银光，就像迸溅的水花。仔细看时，才知那是每一朵紫花中的最浅淡的部分，在和阳光互相挑逗。

这里春红已谢，没有赏花的人群，也没有蜂围蝶阵。有的就是这一树闪光的、盛开的藤萝。花朵儿一串挨着一串、一朵接着一

---

[1] （1928—）原名冯钟璞，常用笔名宗璞，笔名另有丰非、任小哲等。原籍河南省唐河县，生于北京，著名哲学家冯友兰之女。抗战爆发时，随父赴昆明，就读西南联大附属中学。1946年入南开大学外文系，1948年转入清华大学外文系，同年在《大公报》发表处女作《A.K.C》。1951年调入中国文联研究部，1956年至1958年在《文艺报》任外国文学的编辑。1960年调入《世界文学》编辑部。主要撰写散文和小说。主要作品有《宗璞散文小说选》，散文集《丁香结》，长篇小说《南渡记》，翻译《缪塞诗选》（合译）、《拉帕其尼的女儿》等。

朵，彼此推着挤着，好不活泼热闹！

"我在开花！"它们在笑。

"我在开花！"它们嚷嚷。

每一穗花都是上面的盛开、下面的待放。颜色便上浅下深，好像那紫色沉淀下来了，沉淀在最嫩最小的花苞里。

每一朵盛开的花像是一个张满了的小小的帆，帆下带着尖底的舱。船舱鼓鼓的，又像一个忍俊不禁的笑容，就要绽开似的。那里装的是什么仙露琼浆？我凑上去，想摘一朵。

但是我没有摘。我没有摘花的习惯。我只是伫立凝望，觉得这一条紫藤萝瀑布不只在我眼前，也在我心上缓缓流过。

流着流着，它带走了这些时一直压在我心上的关于生死的疑惑，关于疾病的痛楚。我浸在这繁密的花朵的光辉中，别的一切暂时都不存在，有的只是精神上的宁静和生的喜悦。

这里除了光彩，还有淡淡的芳香，香气似乎也是浅紫色的，梦幻一般轻轻地笼罩着我。

忽然记起十多年前家门外也曾有过一大株紫藤萝，它依傍一株枯槐爬得很高，但花朵从来都稀落，东一穗西一串伶仃地挂在树梢，好像在察言观色，试探什么。后来索性连那稀零的花串也没有了。

园中别的紫藤萝花架也都拆掉，改种了果树。那时的说法是，花和生活腐化有什么必然关系。我曾遗憾地想：这里再看不见藤萝花了。

过了这么多年，藤萝又开花了，而且开得这样盛，这样密，紫色的瀑布遮住了粗壮的盘虬卧龙般的枝干，不断地流着、流着，流向人的心底。

花和人都会遇到各种各样的不幸，但是生命的长河是无止境的。

我抚摸了一下那小小的紫色的花舱，那里满装生命的酒酿，它张满了帆，在这闪光的花的河流上航行。它是万花中的一朵，也正是由每一个一朵，组成了万花灿烂的流动的瀑布。

在这浅紫色的光辉和浅紫色的芳香中，我不觉加快了脚步。

1982 年 5 月 6 日

黄山小记

菡子[1]

黄山在影片和山水画中是静静的，仿佛天上仙境，好像总在什么辽远而悬空的地方；可是身历其境，你可以看到这里其实是生机蓬勃的，万物在这儿生长发展，是最现实而活跃的童话诞生的地方。

从每一条小径走进去，阳光仅在树叶的空隙中投射过来星星点点的光彩，两旁的小花小草却都挤到路边来了；每一棵嫩芽和幼苗都在生长，无处不在使你注意：生命！生命！生命！就在这些小路上，我相信许多人都观看过香榧的萌芽，它伸展翡翠色的扇形，触摸得到它是"活"的。新竹是幼辈中的强者，静立一时，看着它往外钻，撑开根上的笋衣，周身蓝云云的，还罩着一层白绒，出落在人间，多么清新！这里的奇花都开在高高的树上，望春花、木莲

① （1921—2003）又名方晓，江苏溧阳人。1934 年考入苏州女子师范学校。1938 年参加新四军，曾任《淮南大众》报社社长兼总编辑、华东妇联宣传部副部长、中国作协创委会副主任、上海文艺出版社编审、上海市作协副主席。她创作的小说、散文，文笔优美，格调清新。

花，都能与罕见的玉兰媲美，只是她们的寿命要长得多；最近发现的仙女花，生长在高峰流水的地方，她涓洁、清雅，穿着白纱似的晨装，正像喷泉的姐妹。她早晨醒来，晚上睡着，如果你一天窥视着她，她是仙辈中最娇弱的幼年了。还有嫩黄的"兰香灯笼"——这是我们替她起的名字，先在低处看见她眼瞳似的小花，登高却看到她放苞了，成了一串串的灯笼，在一片雾气中，她亮晶晶的，在山谷里散发着一阵阵的兰香味，仿佛真是在喜庆之中；杜鹃花和高山玫瑰个儿矮些，但她们五光十色，异香扑鼻，人们也不难发现她们的存在。紫蓝色的青春花、暗红的灯笼花，也能攀山越岭，四处丛生，她们是行人登高热烈的鼓舞者。在这些植物的大家庭里，我认为还是叶子耐看而富有生气，它们形状各异，大小不一，有的纤巧，有的壮丽，有的是花是叶巧不能辨；叶子兼有红黄紫绿各种不同颜色，就是通称的绿叶，颜色也有深浅，万绿丛中一层层地深或一层层地浅，深的葱葱郁郁，油绿欲滴，浅的仿佛玻璃似的透明，深浅相同，正构成林中幻丽的世界。这里的草也是有特色的，悬岩直挂着长须（龙须草），沸水烫过三遍的幼草还能复活（还魂草），有一种草，一百斤中可以炼过三斤铜来，还有仙雅的灵芝草，既然也长在这儿，不知可肯屈居为它们的同类？黄山树木中最有特色的要算松树了，奇美挺秀，蔚然可观，日没中的万松林，映在纸上是世上少有的奇妙的剪影。松树大都长在石头缝里，只要有一层尘土就能立脚，往往在断崖绝壁的地方伸展着它们的枝翼，塑造坚强不屈的形象。"迎客松""异萝松""麒麟松""凤凰松""黑虎松"，都是松中之奇，莲花峰前的"蒲团松"顶上，可围坐七人对饮，这是多么有趣的事。

鸟儿是这个山林的主人，无论我登多高（据估计有两万石级），总听见它们在头顶的树林中歌唱，我不觉把它们当作我的引路人了。在这三四十里的山途中，我常常想起不知谁先在这奇峰峻岭中种的树，有一次偶尔得到了答复，原来就是这些小鸟的祖先，它们衔了种子飞来，又靠风儿做媒，就造成了林，这个传说不会完全没有道理吧。玉屏楼和散花精舍招待员都是听"神鸦"的报信为客人备茶的，相距头十里，聪明的鸦儿却能在一小时之内在这边传送了客来的消息，又飞到另一个地方去。夏天的黎明，我发现有一种鸟儿是能歌善舞的，它像银燕似的自由飞翔，忽上忽下，忽左忽右，我难以捉摸它灵活的舞姿，它的歌声清脆嘹亮委婉动听，是一支最亲切的晨歌，从古人的黄山游记中我猜出它准是八音鸟或山乐鸟。

在这里居住的动物最聪明的还是猴子，它们在细心观察人们的生活，据说新四军游击队在这山区活动的时候，看见它们抬过担架，它们当中也有"医生"。一个猴子躺下，就去找一个猴医来，由它找些药草给病猴吃。在深邃绿林之中，也有人看见过老虎、蟒蛇、野牛、羚羊出没，有人明明看见过美丽的鹿群，至今还能描述它们机警的眼睛。我们还在从始信峰回温泉的途上小溪中捉到过十三条娃娃鱼，它们古装打扮，有些像《梁山伯与祝英台》中的书童，头上一面一个圆髻。一定还有许多我不知道的动物，古来号称五百里的黄山，实在还有许多我们不能到达的地方，最好有个黄山勘探队，去找一找猴子的王国和鹿群的家乡以及各种动物的老窠。

从黄山发出最高音的是瀑布流泉。有名的"人字瀑""九龙瀑""百丈瀑"并非常常可以看到，但是急雨过后，水自天上来，白龙骤下，风声瀑声，响彻天地之间，"带得风声入浙川"，正是它一路豪爽之气。平时从密林里观流泉，如丝如带，缭绕林间，往往和飘泊的烟云结伴同行。路边的溪流淙淙作响，有人随口念道："人在泉上过，水在脚边流"，悠闲自得可以想见。可是它绝非静物，有时如一斛珍珠迸发，有时如两丈白缎飘舞，声貌动人，乐于与行人对歌。温泉出自朱砂，有时可以从水中捧出它的本色，但它汇聚成潭，特别在游泳池里，却好像是翠玉色的，蓝得发亮，像晴明的天空。

在狮子林清凉台两次看东方日出，第一次去迟了些，我只能为一片雄浑瑰丽的景色欢呼，内心洋溢着燃烧般的感情，第二次我才虔诚地默察它的出现。先是看到乌云镶边的衣裙，姗姗移动，然后太阳突然上升了，半圆形的，我不知道它有多大，它的光辉立即四射开来，随着它的上升，它的颜色倏忽千变，朱红、橙黄、淡紫……它是如此灿烂、透明，在它的照耀下万物为之增色，大地的一切也都苏醒了，可是它自己却在通体的光亮中逐渐隐着身子，和宇宙融成一体。如果我不认识太阳，此时此景也会用这个称号去称赞它。云彩在这山区也是天然的景色，住在山上，清晨，白云常来做客，它在窗外徘徊，伸手可取，出外散步，就踏着云朵走来走去。有时它们弥漫一片使整个山区形成茫茫的海面，只留最高的峰尖，像大海中的点点岛屿，这就是黄山著名的云海奇景。我爱在傍晚看五彩的游云，它们扮成侠士仕女，骑龙跨凤，有盛装的车舆、随行的乐队，当他们列队缓缓行进时，隔山望去，有时像海面行舟一般。在我脑子里许多美丽的童话，都是由这些游云想起来的。黄山号称七十二峰，各有自己的名称，什么莲花峰、始信峰、天都峰、石笋峰……或象形或寓意各有其肖似之处。峰上由怪石奇树形成的"采莲船""五女牧羊""猴子观桃""喜鹊登海""梦笔生花"等等，胜过匠人巧手的安排。对那连绵不绝的峰部，我愿意远远地从低处看去，它们与松树相接，映在天际，黑白分明，真有锦绣的感觉。

漫游黄山，随处可以歇脚，解放以后不仅云谷寺、半山寺面目一新，同时保留了古刹的风貌，但是比起前后山崭新的建筑如观瀑楼、黄山宾馆、黄山疗养院、岩音小筑、玉屏楼、北海宾馆、管理处大楼和游泳池等，又都是小巫见大巫了，上山的路，休息的亭子，跨溪的小桥，更今非昔比，过去使人视为畏途和冷落荒芜的地方，现在却像你的朋友似的在前面频频招手。这些建筑都有自己的光彩，它新颖雄伟，使黄山的每一个角落都显得生动起来。这里原是避暑胜地，酷暑时外面热得难受，这里还是春天气候。但也不妨春秋冬去，那里四季都是最清新而丰美的公园。

古今多少诗人画家描写过黄山的异峰奇景，我是不敢媲美的。旅行家徐霞客说过："五岳归来不看山，黄山归来不看岳"，我阅历不深，只略能领会他豪迈的总评。登在这里的照片，我也只能证明它的真实而无法形容它的诗情画意，看来我的小记仅是为了补充我所见闻而画中看不到的东西。

1957 年 12 月为《安徽画报》补白

修改后作安徽《黄山》画册代序

天山景物记

碧野 [1]

朋友，你到过天山吗？天山是我们祖国西北边疆的一条大山脉，连绵几千里，横亘准噶尔盆地和塔里木盆地之间，把广阔的新疆分为南北两半。远望天山，美丽多姿，那常年积雪高插云霄的群峰，像集体起舞时的维吾尔族少女的珠冠，银光闪闪；那富于色彩的不断的山峦，像孔雀正在开屏，艳丽迷人。

天山不仅给人一种稀有美丽的感觉，而且更给人一种无限温柔的感情。它有丰饶的水草，有绿发似的森林。当它披着薄薄云纱的时候，它像少女似的含羞；当它被阳光照耀得非常明朗的时候，又像年轻母亲饱满的胸膛。人们会同时用两种甜蜜的感情交织着去爱它，既像婴儿喜爱母亲的怀抱，又像男子依偎自己的恋人。

---

[1] （1916—2008）原名黄潮洋。广东大埔人。1935 年开始文学创作，在《泡沫》文艺月刊发表处女作《窑工》，历任莽原出版社总编辑、《人报》副刊主编、华北大学教师、新疆文联专业作家、作协湖北分会副主席。代表作《在哈萨克牧场》《情满青山》《月亮湖》。

如果你愿意，我陪你进天山去看一看。

雪峰·溪流·森林

七月间新疆的戈壁滩炎暑逼人，这时最理想是骑马上天山。新疆北部的伊犁和南部的焉耆都出产良马，不论伊犁的哈萨克马或者焉耆的蒙古马，骑上它爬山就像走平川，又快又稳。

进入天山，戈壁滩上的炎暑就远远地被撇在后边，迎面送来的雪山寒气，立刻会使你感到像秋天似的凉爽。蓝天衬着高耸的巨大的雪峰，在太阳下，几块白云在雪峰间投下云影，就像白缎上绣上了几朵银灰的暗花。那融化的雪水，从高悬的山涧、从峭壁断崖上飞将下来，像千百条闪耀的银链。这飞将下来的雪水，在山脚汇成冲激的溪流，浪花往上抛，形成千万朵盛开的白莲。可是每到水势缓慢的洄水涡，却有鱼儿跳跃。当这个时候，饮马溪边，你坐在马鞍上，就可以俯视那阳光透射到的清澈的水底，在五彩斑斓的水石间，鱼群闪闪的鳞光映着雪水清流，给寂静的天山添上了无限生机。

再往里走，天山显得越优美，沿着白皑皑群峰的雪线以下，是蜿蜒无尽的翠绿的原始森林，密密的塔松像撑天的巨伞，重重叠叠的枝丫，只漏下斑斑点点细碎的日影，骑马穿行林中，只听见马蹄溅起漫流在岩石上的水声，增添了密林的幽静。在这林海深处，连鸟雀也少飞来，只偶然能听到远处的几声鸟鸣。这时，如果你下马坐在一块岩石上吸烟休息，虽然林外是阳光灿烂，而遮去了天日的密林中却闪耀着你烟头的红火光。从偶然发现的一棵两棵烧焦的枯树看来，这里也许来过辛勤的猎人，在午夜中他们生火宿过营，烤过猎获的野味。这天山上有的是成群的野羊、草鹿、野牛和野骆驼。

如果说进到天山这里还像是秋天，那么再往里走就像是春天了。山色逐渐变柔嫩，山形也逐渐变得柔和，很有一伸手就可以触摸到嫩脂似的感觉。这里溪流缓慢，萦绕着每一个山脚，在轻轻荡漾着的溪流两岸，满是高过马头的野花，红、黄、蓝、白、紫，五彩缤纷，像织不完的织锦那么绵延，像天边的彩霞那么耀眼，像高空的长虹那么绚烂。这密密层层成丈高的野花，朵儿赛八寸的玛瑙盘，瓣儿赛巴掌大。马走在花海中，显得格外矫健，人浮在花海上，也显得格外精神。在马上你用不着离鞍，只要稍微伸手就可以满怀捧到你最心爱的大鲜花。

虽然天山这时并不是春天，但是有哪一个春天的花园能比得过这时天山的无边繁花呢？

迷人的夏季牧场

就在雪的群峰的围绕中，一片奇丽的千里牧场展现在你的眼前。墨绿的原始森林和鲜艳的野花，给这辽阔的千里牧场镶上了双重富丽的花边。千里牧场长着一色青翠的酥油草，清清的溪水齐着两岸的草丛在漫流。草原是这样无边的平展，就像风平浪静的海洋。在太阳下，那点点水泡似的蒙古包在闪烁着白光。

当你尽情策马在这千里草原上驰骋的时候，处处都可以看见千百成群肥壮的羊群、马群和牛群。它们吃了含有乳汁的酥油草，毛色格外发亮，好像每一根毛尖都冒着油星。特别是那些被碧绿的草原衬托得十分清楚的黄牛、花牛、白羊、红羊，在太阳下就像绣在绿色缎面上的彩色图案一样美。

有的时候，风从牧群中间送过来银铃似的叮当声，那是哈萨克牧女们坠满衣角的银饰在风中击响。牧女们骑着骏马，优美的身姿映衬在蓝天、雪山和绿草之间，显得十分动人。她们欢笑着跟着嬉逐的群马驰骋，而每当停下来，就倚马轻轻地挥动着牧鞭歌唱她们的爱情。

这雪峰、绿林、繁花围绕着的天山千里牧场，虽然给人一种低平的感觉，但位置却在海拔两三千米以上。每当一片乌云飞来，云脚总是扫着草原，洒下阵雨，牧群在雨云中出没，加浓了云意，很难分辨得出哪是云头哪是牧群。而当阵雨过去，雨洗后的草原就变得更加清新碧绿，远看像块巨大的蓝宝石，近看缀满草尖上的水珠，却又像数不清的金刚钻。

特别诱人的是牧场的黄昏，周围的雪峰被落日映红，像云霞那么灿烂；雪峰的红光映射到这辽阔的牧场上，形成一个金碧辉煌的世界，蒙古包、牧群和牧女们，都镀上了一色的玫瑰红。当落日沉没，周围雪峰的红光逐渐消退，银灰色的暮霭笼罩草原的时候，你就可以看见无数点点的红火光，那是牧民们在烧起铜壶准备晚餐。

你用不着客气，任何一个蒙古包都是你的温暖的家，只要你朝有火光的地方走去，不论走进哪一家蒙古包，好客的哈萨克牧民都会像对待亲兄弟似的热情地接待你。渴了你可以先喝一盆马奶，饿了有烤羊排、有酸奶疙瘩、有酥油饼，你可以一如哈萨克牧民那样豪情地狂饮大嚼。

当家家蒙古包的吊壶三脚架下的野牛粪只剩下一堆红火烬的时候，夜风就会送来东不拉的弦音和哈萨克牧女们婉转嘹亮的歌声。这是十家八家聚居在一处的牧民们齐集到一家比较大的蒙古包里，欢度一天最后的幸福时辰。

过后，整个草原沉浸在夜静中。如果这时你披上一件皮衣走出蒙古包，在月光下或者繁星下，你就可以朦胧地看见牧群在夜的草原上轻轻地游荡，夜的草原是这么宁静而安详，只有漫流的溪水声引起你对这大自然的遐思。

野马·蘑菇圈·旱獭·雪莲

夜幕中，草原在繁星的闪烁下或者在月光的披照中，该发生多少动人的情景，但人们却在安静的睡眠中疏忽过去了；只有当黎明来到这草原上，人们才会发现自己的马群里的马匹在一夜间忽然变多了，而当人们怀着惊喜的心情走拢去，马匹立刻就分为两群，其中一群会奔腾离你远去，那长长的鬣鬃在黎明淡青的天光下，就像许多飘曳的缎幅。这个时候，你才知道那是一群野马。夜间，它们混入牧群，跟牧马一块嬉戏追逐。它们机警善跑，游走无定，几匹最骠壮的公野马领群，它们对许多牧马都熟悉，相见彼此用鼻子对闻，彼此用头亲热地摩擦，然后就合群在一起吃草、嬉逐。黎明，当牧民们走出蒙古包，就是它们分群的一刻。公野马总是掩护着母野马和野马驹远离人们。当野马群远离人们站定的时候，在日出的草原上，还可以看见屹立护群的公野马的长鬣鬃，那鬣鬃一直披垂到膝下，闪着美丽的光泽。

日出后的草原千里通明，这时最便于去发现蘑菇。天山蘑菇又嫩又肥厚，又大又鲜甜。这个时候你只要立马草原上瞭望，便可以发现一些特别翠绿的圆点子，那就是蘑菇圈。你对着它朝直驰马前去，就很容易在这直径三四丈宽的一圈沁绿的酥油草丛里，发现像夏天夜空里的繁星似的蘑菇。眼看着这许许多多雪白的蘑菇隐藏在碧绿的草丛中，谁都会动心。一只手忙不过来，你自然会用双手去采，身上的口袋装不完，你自然会添上你的帽子，甚至马靴去装。第一次采到这么多新鲜蘑菇，对一个远来的客人来说是一桩最快乐的事。你把鲜蘑菇在溪水里洗净，不要油，不要盐，光是白煮来吃就有一种特别鲜甜的滋味，如果你再加上一条野羊腿，那就又鲜甜又浓香。

天山上奇珍异品很多，我们知道水獭是生活在水滨和水里的，而天山上却生长着旱獭。在牧场边缘的山脚下，你随处都可以看见一个个洞穴，这就是旱獭居住的地方。从九十月大雪封山，到第二年四五月冰消雪化，旱獭要整整在它们的洞穴里冬眠半年。只有到了夏至后，发青的酥油草才把它们养得胖墩墩、圆滚滚。这时它们的毛色麻黄发亮，肚子拖着地面，短短的四条腿行走迟缓，正可以大量捕捉。

另一种奇珍异品是雪莲。如果你从山脚往上爬，超越天山雪线以上，就可以看见青凛凛的雪的寒光中挺立着一朵朵玉琢似的雪莲，这习惯于生长在奇寒环境中的雪莲，根部扎入岩隙间，汲取着雪水，承受着雪光，柔静多姿，洁白晶莹。这生长在人迹罕到的海拔几千米雪线以上的灵花异草，据说是稀世之宝——一种很难求得的妇女良药。

天然湖与果子沟

在天山峰峦的高处，常常出现有巨大的天然湖，就像美女晨妆时开启的明净的镜面。湖面平静，水清见底，高空的白云和四周的雪峰清晰地倒映水中，把湖山天影融为晶莹的一体。在这幽静的湖中，唯一活动的东西就是天鹅。天鹅的洁白增添了湖水的明净，天鹅的叫声增添了湖面的幽静。人家说山色多变，而事实上湖色也是多变，如果你站立高处瞭望湖面，眼前是一片爽心悦目的碧水茫茫，如果你再留意一看，接近你的视线的是鳞光闪闪，像千万条银鱼在游动，而远处平展如镜，没有一点纤尘或者没有一根游丝的侵扰。湖色越远越深，由近到远，是银白、淡蓝、深青、墨绿，界线非常分明。传说中有这么一个湖是古代一个不幸的哈萨克少女滴下的眼泪，湖色的多变正是象征着那个古代少女的万种哀愁。

就在这个湖边，传说中的少女的后代子孙们现在已在放牧着羊群。湖水滋润着湖边的青草，青草喂胖了羊群，羊奶哺育着少女的后代子孙。当然，这象征着哈萨克族不幸的湖，今天已经变为实际的幸福湖。

山高爽朗，湖边清净，日里披满阳光，夜里缀满星辰，牧民们的蒙古包随着羊群环湖周游，他们的羊群一年年繁殖，他们恋爱、生育，他们弹琴歌唱自己幸福的生活。

高山的雪水汇入湖中，又从像被一刀劈开的峡谷岩石间，泻落到千丈以下的山涧里去，水从悬崖上像条飞链似的泻下，即使站在十几里外的山头上，也能看见那飞链的白光。如果你走到悬崖跟前，脚下就会受到一种惊心动魄的震撼。俯视水链冲泻到深谷的涧石上，溅起密密的飞沫，在日中的阳光下，形成蒙蒙的瑰丽的彩色水雾。就在急湍的涧流边，绿色的深谷里也散布着一顶顶牧民的蒙古包，像水洗的玉石那么洁白。

如果你顺着弯弯曲曲的涧流走，沿途汇入千百泉流就逐渐形成溪流，然后沿途再汇入涧流和溪流，就形成河流奔腾出天山。

就在这种深山野谷的溪流边，往往有着果树夹岸的野果子沟。春天繁花开遍峡谷，秋天果实压满山腰。每当花红果熟，正是鸟雀野兽的乐园。这种野果子沟往往不为人们所发现。其中有这么一条野果子沟，沟里长满野苹果，连绵五百里。春天，五百里的苹果花开无人知，秋天，五百里成熟累累的苹果无人采。老苹果树凋枯了，更多的新苹果树苗长起来。多少年来。这条五百里长沟堆积了几丈厚的野苹果泥。

现在，已经有人发现了这条野苹果沟，开始在沟里开辟猪场，用野苹果来养育成群成群的乌克兰大白猪；而且有人已经开始计划在沟里建立酿酒厂，把野苹果酿造成大量芬芳的美酒，让这大自然的珍品化成人们的血液，增进人们的健康。

朋友，天山的丰美景物何止这些。天山绵延几千里，不论高山、深谷，不论草原、湖泊，不论森林、溪流，处处都有丰饶的物品，处处都有奇丽的美景，你要我说我可真说不完。如果哪一天你有豪情去游天山，临行前别忘了通知我一声，也许我可能给你当一个不很出色的向导。当向导在我只是一个漂亮的借口，其实我私心里也很想找个机会去重游天山。

（原载《人民文学》1956 年 12 月号）

西湾四笔

李鹏翥 [1]

西湾漫步

在澳门，如果要避开繁嚣的市廛，寻找幽静的风光，那么，坐三轮车游西湾是一个很好的节目。

西湾接连南湾，背枕西望洋山麓，前临十字门海面，长堤迤逦，惊涛拍岸，绿荫如盖，鸟鸣枝头，到此真可尘虑俱消、赏心悦目的。

对于西湾的美景，曾有不少诗人吟咏。黄沛功的两首五言绝诗，是着重写西湾海景的：

吐纳鱼龙气，源头东海来。西湾一片月，漫作金银台。
远望疑烟生，陡起如云矗。打上山树巅，随风散珠玉。

---

[1] （1934—2014）广东梅县人。历任澳门中华学生联合会主席、《澳门日报》总编辑兼副董事长。主编《澳门手册》，著有《澳门古今》《濠江文谭》。

事实上，西湾的雪浪银涛，海鸥飞翔，景色十分迷人，不少画家曾以此入画，港澳摄影家凭一张海鸥艺术照片，赢得多少沙龙荣誉。

七十年前，还没有西湾。《香山县志》称："澳有南北二湾，规圆如镜，故曰濠镜，是称澳焉。"那个时候，南湾与妈阁、山径隔阂，到1910年间，澳葡才将西望洋山及妈阁山，两山南面的海滩填筑成堤岸马路，东端近烧灰炉一段，称为西湾街；西端近妈阁山一段，称为民国大马路。因为葡萄牙适于当时政变，改为共和国，即将西湾的大路，定名如上，以资纪念。

习俗相沿所指的西湾区域，一般都以东端由竹仔室炮台起，沿堤西行，至西端的妈阁炮台止，中间有两个湾，蜿蜒多姿。

西湾或称西环，朝晖夕阴，是澳门著名的姻缘路，也是晨运者的去处，时见情侣双双，漫步其间。

古堡风光

西湾的最西端，有一个颇具历史的古堡，名为妈阁炮台，又名圣地亚哥炮台。

这个炮台，史籍有载。《澳门纪略》云："娘妈角炮台，在西望洋下，炮二十有六。"《香山县志》则称："娘妈阁炮台，列炮二十五，铜具十二，余铁。"

炮台历史悠久，距今已逾三百五十年，是澳门葡萄牙当局于公元一六二二年前建筑，用以防御澳城的入口水道的。据称当年的炮台面积纵一百五十步，横五十五步，形成一个阅台，离海面三十英尺。炮台墙基厚二十八指尺，墙顶厚十七指尺，而其栏高，只不过离台面三指尺，高不能御人或炮，但适应枪战之用而已。堡中有石池，可贮水备用。背后设有营房，驻兵六十人，由一个队长率领。地下有军械粮食贮藏库。有一道围墙将炮台与营房连系，约距十五步，便是海滨碟垒，布置重炮，扼守妈阁海上通道。

古堡墙内，原设有小天主教堂。广不盈丈，深十余尺，布置简陋，为全澳最小的天主教堂，仅供昔日堡内士兵参拜。年中只开放一次，余时均告封闭，因为它的堂号圣地亚哥，妈阁炮台亦称圣地亚哥炮台。

时至今日，这一个小炮台碉堡，已失去战斗价值。西湾马路横贯炮台而过，台前遍置石椅，种树栽花，供游人憩息，是一个幽静的风景点。商人利用它风光如画，向政府投得经营权，大兴土木，依山因形，建成别具特色的炮台酒店。其中餐厅泳池，式式俱备，最富有气氛的是瀑布山泉，淙淙流泻于甬道走廊，自然优雅。

南欧建筑

西湾不仅以海堤蜿蜒、风光优美见称，同时因名门望族、豪绅富商纷纷在湾时建筑美轮美奂的楼房、别墅，作为私邸憩息之所，是以艺术性建筑物林立，为澳门著名的高等住宅区之一。

在圣地亚哥古堡不远的钓鱼台附近，有一座富丽堂皇的南欧宫殿式建筑，背枕树木翁郁的西望洋山，面临碧水浩瀚的十字门，阶前塔松耸立，花草绕栏，气派豪华，格调高雅。

这一幢建筑，材料上乘，包括三十年代最好的中国瓷砖，新加坡柚木以及自意大利定造的一组彩色瓷砖浮雕——由五幅画、二十个全裸美女和四名孩童组成，仙桃佳果，锦上添花。这组玲珑浮凸，别开生面的彩色瓷砖浮雕，镶嵌在正面的屋槽下，成为整座建筑最有特色、最惹人注目的标志。

建筑的主人是澳门第一位葡国伯爵飞能地士的嫡孙，当时的澳门土生贵族、泰国驻澳领事兼电灯公司副总经理，人称为"亚啤"的飞能地士。一九三二年建成后主人住了不到三年，战后即转售给商人，年前辟为金舫酒店。后来又以二百多万元易手给香港的一个财团，现在华屋夷然，一片瓦砾，准备兴建大厦，当年绅士淑女、衣香鬓影的丽构已成历史陈迹。

这座名建筑的隔邻，也是一座南欧式的建筑，阳台突出，伸手可攀，瓷砖壁画别具风姿。这原是利宵中学美术教师喇拉李士的别墅。他在一九四九年死于肝癌，因鳏居无偶，又无子女，遗嘱将别墅捐作防癌病院，由仁慈堂管理，曾使用一个时期，今已暂歇。

西湾赏月

西湾堤岸的马路自开辟至今，行将七十年。沿堤种植的榕树，苍劲蓊郁，气根飘垂，博得不少游人赞叹。而朱椅间陈，过客疲累，假此小憩，远眺云山，亦有宠辱皆忘之乐。

西湾沿堤，除了巨宅林立之外，澳门惟一的网球场，亦在中段，每当夕阳黄昏，常见三二球友，到此挥拍健身。网球会之上的半山，花圃绿茵之中，有一座建筑华美的红色楼房，高悬葡国旗帜，这是澳葡总督的私邸，俗称为竹仔室兵头住家。

原来往日的澳督，曾在二龙喉侧的兵头花园内居住。后来因附近山泽荒芜，疟蚊太多，便迁到南湾兵头行。兵头行改为澳督行政公署后，才在环境优美的西望洋山与妈阁山之间的圣珊泽马路口，建筑两层高的私邸。这里背山面海，俯瞰西湾，涛声入耳，风光在目，是澳中风景线之一。

在蜿蜒长堤、湾圆如镜之间，会动脑筋的商人，开设了露天茶座，既有咖啡红茶，又有啤酒汽水，坐在老榕树下，浅斟低酌，闲话谈心，心旷神怡，别有风味。

西湾赏月，是每年中秋澳人的一个好节目。雪社诗人冯印雪的五言古诗《辛西中秋西湾玩月》，开首一段描述此中风光，颇为生动：

　　碧落悬飞镜，海天任横恣。初乃笼薄云，须臾已消渐。汤汤一江水，月色布其媚。辽迥足游目，景物孕幽异。微波碎金块，片帆渡鹭翅。远山如美女，婉娴临流岊。偃坐堤上石，玩赏真无忌。

第三辑——卷烟火，一饭一歌

"这也是生活"

鲁迅

这也是病中的事情。

有一些事，健康者或病人是不觉得的，也许遇不到，也许太微细。到得大病初愈，就会经验到；在我，则疲劳之可怕和休息之舒适，就是两个好例子。我先前往往自负，从来不知道所谓疲劳。书桌面前有一把圆椅，坐着写字或用心地看书，是工作；旁边有一把藤躺椅，靠着谈天或随意地看报，便是休息；觉得两者并无很大的不同，而且往往以此自负。现在才知道是不对的，所以并无大不同者，乃是因为并未疲劳，也就是并未出力工作的缘故。

我有一个亲戚的孩子，高中毕了业，却只好到袜厂里去做学徒，心情已经很不快活的了，而工作又很繁重，几乎一年到头，并无休息。他是好高的，不肯偷懒，支持了一年多。有一天，忽然坐倒了，对他的哥哥道："我一点力气也没有了。"

他从此就站不起来，送回家里，躺着，不想饮食，不想动弹，不想言语，请了耶稣教堂的医生来看，说是全体什么病也没有，然而全体都疲乏了。也没有什么法子治。自然，连接而来的是静静地死。我也曾经有过两天这样的情形，但原因不同，他是做乏，我是病乏的。我的确什么欲望也没有，似乎一切都和我不相干，所有举动都是多事，我没有想到死，但也没有觉得生；这就是所谓"无欲望状态"，是死亡的第一步。曾有爱我者因此暗中下泪；然而我有转机了，我要喝一点汤水，我有时也看看四近的东西，如墙壁、苍蝇之类，此后才能觉得疲劳，才需要休息。

象心纵意地躺倒，四肢一伸，大声打一个呵欠，又将全体放在适宜的位置上，然后弛懈了一切用力之点，这真是一种大享乐。在我是从来未曾享受过的。我想，强壮的，或者有福的人，恐怕也未曾享受过。

记得前年，也在病后，做了一篇《病后杂谈》，共五节，投给《文学》，但后四节无法发表，印出来只剩了头一节了。虽然文章前面明明有一个"一"字，此后突然而止，并无"二""三"，仔细一想是就会觉得古怪的，但这不能要求于每一位读者，甚而至于不能希望于批评家。于是有人据这一节，下我断语道："鲁迅是赞成生病的。"现在也许暂免这种灾难了，但我还不如先在这里声明一下："我的话到这里还没有完。"

有了转机之后四五天的夜里，我醒来了，喊醒了广平。"给我喝一点水。并且去开开电灯，给我看来看去地看一下。"

"为什么？……"她的声音有些惊慌，大约是以为我在讲昏话。

"因为我要过活。你懂得么？这也是生活呀。我要看来看去地看一下。"

"哦……"她走起来，给我喝了几口茶，徘徊了一下，又轻轻地躺下了，不去开电灯。我知道她没有懂得我的话。

街灯的光穿窗而入，屋子里显出微明，我大略一看，熟识的墙壁，壁端的棱线，熟识的书堆，堆边的未订的画集，外面的进行着的夜，无穷的远方，无数的人们，都和我有关。我存在着，我在生活，我将生活下去，我开始觉得自己更切实了，我有动作的欲望——但不久我又坠入了睡眠。

第二天早晨在日光中一看，果然，熟识的墙壁，熟识的书堆……这些，在平时，我也时常看它们的，其实是算作一种休息。但我们一向轻视这等事，纵使也是生活中的一片，却排在喝茶搔痒之下，或者简直不算一回事。我们所注意的是特别的精华，毫不在枝叶。给名人作传的人，也大抵一味铺张其特点，李白怎样做诗，怎样要颠，拿破仑怎样打仗，怎样不睡觉，却不说他们怎样不要颠，要睡觉。其实，一生中专门要颠或不睡觉，是一定活不下去的，人之有时能要颠和不睡觉，就因为倒是有时不要颠和也睡觉的缘故。然而人们以为这些平凡的都是生活的渣滓，一看也不看。

于是所见的人或事，就如盲人摸象，摸着了脚，即以为象的样子像柱子。中国古人，常欲得其"全"，就是制妇女用的"乌鸡白凤丸"，也将全鸡连毛血都收在丸药里，方法固然可笑，主意却是不错的。

删夷枝叶的人，决定得不到花果。

为了不给我开电灯，我对于广平很不满，见人即加以攻击；到得自己能走动了，就去一翻她所看的刊物，果然，在我卧病期中，全是精华的刊物已经出得不少了，有些东西，后面虽然仍旧是"美容妙法""古木发光"，或者"尼姑之秘密"，但第一面却总有一点激昂慷慨的文章。作文已经有了"最中心之主题"：连义和拳时代和德国统帅瓦德西睡了一些时候的赛金花，也早已封为九天护国娘娘了。

尤可惊服的是先前用《御香缥缈录》，把清朝的宫廷讲得津津有味的《申报》上的《春秋》，也已经时而大有不同，有一天竟在卷端的《点滴》里，教人当吃西瓜时，也该想到我们土地的被割碎，像这西瓜一样。自然，这是无时无地无事而不爱国，无可訾议的。但倘使我一面这样想，一面吃西瓜，我恐怕一定咽不下去，即使用劲咽下，也难免不能消化，在肚子里咕咚地响它好半天。这也未必是因为我病后神经衰弱的缘故。我想，倘若用西瓜作比，讲过国耻讲义，却立刻又会高高兴兴地把这西瓜吃下，成为血肉的营养的人，这人恐怕是有些麻木。对他无论讲什么讲义，都是毫无功效的。

　　我没有当过义勇军，说不确切。但自己问：战士如吃西瓜，是否大抵有一面吃，一面想的仪式的呢？我想：未必有的。他大概只觉得口渴，要吃，味道好，却并不想到此外任何好听的大道理。吃过西瓜，精神一振，战斗起来就和喉干舌敝时候不同，所以吃西瓜和抗敌的确有关系，但和应该怎样想的上海设定的战略，却是不相干。这样整天哭丧着脸去吃喝，不多久，胃口就倒了，还抗什么敌。

　　然而人往往喜欢说得稀奇古怪，连一个西瓜也不肯主张平平常常地吃下去。其实，战士的日常生活，是并不全部可歌可泣的，然而又无不和可歌可泣之部相关联，这才是实际上的战士。

一篇道地的庄稼话——扫帚

老向[1]

扫帚是河北的庄稼名儿，在书本子上叫作地肤、地葵、涎衣、鸭舌、千头子、千心妓女之类，一时也数不清，道不明。不过农家所以种植它，并不在乎它享有那么些个典雅的名字，而是因为它生得茎密枝繁，绑成扫帚，可以粪除一切的污秽，可以当作农家重要的工具。至于点缀风景，也只是自然的结果，农家压根儿就没有那种意识。

春天一到惊蛰，人们就开始栽蒜，蒜畦里慢慢地加多小坑儿，那里边就埋伏上极细小的扫帚籽儿。本来扫帚不一定要夹杂在蒜

---

[1] （1901—1968）原名王向辰。河北人。早年就读于北平师范学校。1919年入北京师范学校学习，因参加五四运动遭军阀通缉离校。1923年入北京大学中文系学习，后辍学到南方加入北伐军。1929年又回北大上学，毕业后在青岛大学、吉林大学任教。抗战期间，任职于国立编译馆。解放后，从事戏曲改革和通俗文艺编辑。1958年从事戏曲资料管理工作。著作有散文集《巴山夜话》，短篇小说集《民间集》《黄土泥》，中篇小说《庶务日记》等。

畦里。不过在扫帚还不至于长大，蒜头儿就可以收获，并不妨碍它的发展。这样一亩蒜至少可以卖到六七元，在农家实在可以说是有效的收入。所以，凡是不过于爱惜人力和地力的人家，多半都是扫帚地里先种上一季蒜。其先，扫帚苗儿丛生着，渐次地剔拔，最后，一个坑儿里只留下一棵顶肥顶大的，使它尽量地生长；剔拔下来的嫩苗儿，用开水煮了拌上蒜，再能加上一点盐，那便是乡村珍味。

扫帚并不需要多么好的肥料，施上一点槽脚粪就得了。在每一棵扫帚向阳的一面，做半圆形的细沟，粪就填在沟里。这沟的深浅与半圆的大小，都需要相当地考究，一不适合，粪劲儿便不能全部用在根子上。——不过在麦熟以前，得有大量的水去浇它。现在乡下浇水的利器是水车，拉水车得要牲口，可是家里若没有二十亩好地，连一个比狗略大点的小毛驴也养不起；而且就是有了牲口要不喂些粮食，它也没有力气整天地拉水车；到了春天连人吃的都不过是些白薯面和萝卜干儿，哪有粮食给牲口吃！所以，农人们的意思，以为那些建设农村的专员们，先慢着拟他们的纸上计划，只要能把水车改良到不用牲口而用人力也可以推得动了，其功就不在神农黄帝之下！浇水，真称得起是第一着儿苦活儿。以种扫帚而论，除了浇水，顶多再耪两遍也就够了，并不需要更多的工力。

菊花被人称赞，因为她不屑于和那些凡卉俗花争一日之长，而自有她的凌霜傲枝。其实扫帚草一样的也有那种气概。过了麦熟，扫帚不需要浇水了，夏秋两季一个很长的时间，会被人们完全忘却。它没有美丽的花，也不结香甜的果，只是悄悄地充实自己的筋骨，培养自己扫除一切的能力。等到别的庄稼活到尽头，它已经长得像一棵小桧树似的有两三围大，屹立旷野，巍巍独尊，好像说："这并不是自己有怎样的坚实壮大，实在是别的庄稼太纤弱，太早熟了！"

江南的霜叶，不是很能动人游兴吗？这农村秋后的扫帚草，满田满野，红紫万千，景色也并不比霜叶差些。在一只黑漆的瓷瓶上，衬着大朵的红牡丹；枯树林中，忽然透出一段古刹红墙；灰色沉沉的乡下，有三两个村姑穿着红衣裳；秋后谷收草萎，一切缺乏生气的田间，生着无数深红浅紫的扫帚：都不能不说是极胆大极艺术的点缀。

由深绿变成浅红，由浅红变成深紫，这扫帚便是很正确的气候测度表。正当要刨白薯，筛花生，削棉花楷，大家忙得手脚不得闲的时候，扫帚趁着这个热闹季儿，也就应该往村里拔。所以在这晚秋的一周间，乡庄里又看不到一个闲人来往。不过拔扫帚这个工作，必须有力气，又得很细心。先把两手倒背过去身子略矮一矮，把扫帚轻轻地驮住，然后向起一立，扫帚便拔出土来。倘若遇上粗手笨脚的鲁莽汉子，把扫帚的枝茎折断了，这收获就得减成色。所以做这类活儿，跟拔麦子一样，饭食上得有特别的着数儿。

绑扫帚，虽然也算是一种庄稼活儿，可是因为偏于手艺，所以不是人人都能做得了。如果不赶紧绑上，晒得太干了就容易折断了。在几天以内，有这种手艺的人们，好像喜神一样，到处受欢迎。一天挣到铜元一百五十枚的高工价不必说，顿饭还得有酒喝，不过，也真不容易，你见了他们光着膀子还不住地出汗，那股子劲儿，你一定会这样地想：酒菜给这种人吃了真不冤枉！他们把一棵蓬头散发的扫帚拿在手中，端详一下，顺溜一下，搁在桌案上，再压上一块木板，然后他们坐在木板上面，用一枝手指粗细的柳条儿，在扫帚柄儿上打上两道箍。这两道箍不容易勒得很紧；讲究把扫帚使得只剩下一个枯碴儿，两道箍也不能有丝毫松懈，才算是艺儿。据说一天绑六七十个扫帚并不算什么，所困难的是样式得要一律，像是模子里刻出来的一般。绑好了两道箍，再拿起镰刀来把根子削光滑了，以便于把握。那刃上一点钢也没有的破镰刀，到了他们手里，就仿佛"削铁如泥"的宝剑似的，用起来毫不费力。

在扫帚打箍的时候，扫帚籽儿会被揉下一大半来，一种极细极多的籽粒，堆在桌案下面。如果有上一亩地的扫帚籽儿，一粒也不浪费地种在地里，不出三年，准会布满了全世界。据说最初大家对于这些种子，找不出它的用处，又不能随便抛弃；一个不小心，把它混在粪土里去了，看吧，明年你的地里便会有拔不胜拔的扫帚苗生出来；如果把它燠了炕，也怕有烧不尽的留在灰里，一样惹祸。近来人们聪明了，知道把它堆在北墙根儿下面，到了来春，泼上些水使它生出细长的芽子来，再垫在猪圈里去造粪肥田。这真是一举两得的法子。也有人说，把扫帚籽儿上锅炮烙，再调上些香油，治疗冻疮，十分有效。不晓得医学上是不是承认这一点。

有许多的东西是这样，只要多了，就是奇观。以这并不怎样贵重的扫帚说，绑好了，压上木板，不论房上，院里，门外，都一排一排地垛起来，人们只能在它们夹缝中来往看，仿佛甘心为它们而生活着。因此，可以使人悟到，有些带兵的人往往觉得多多益善，也许为的是愉快观瞻而不是为着作战。

扫帚压在明年春天，用大车拉到集市或是庙会上去发卖。在这个年头儿，卖一角钱一把，一亩地以四百把计，还可以折卖四十元。比起种谷子棉来，并不是不合算。有人疑惑它长得太大了些，一定多耗地力，影响到明年的庄稼；但是据老农们说并不如此，到明春种大麦或露仁，还是一样长得好。所差的，要种其他的庄稼，除了粮食还可以落下一把柴草，扫帚是连根儿卖；而且农家得现钱出货，才能堵撑饥荒。扫帚是由种上的日子起，非过一年不能折卖出去，未免远水不解近渴。所以人们还不肯把全数的地亩都种上扫帚。

立在村口远望，看到春天撒上的一把扫帚籽儿，已经有了红紫万千的成果，令人感到无限的美丽与和平景象。在这秋高气爽的日子，喜欢到山里去欣赏霜叶的人们，何不来到农村，一观扫帚的奇景？

北京的茶食

周作人 [①]

　　在东安市场的旧书摊上买到一本日本文章家五十岚力的《我的书翰》，中间说起东京的茶食店的点心都不好吃了，只有几家如上野山下的空也，还做得好点心，吃起来馅和糖及果实浑然融合，在舌头上分不出各自的味来。想起德川时代江户的二百五十年的繁华，当然有这一种享乐的流风余韵留传到今日，虽然比起京都来自然有点不及。北京建都已有五百余年之久，论理于衣食住方面应有多少精微的造就，但实际似乎并不如此，即以茶食而论，就不曾知道什么特殊的有滋味的东西。固然我们对于北京情形不甚熟悉，只是随便撞进一家饽饽铺里去买一点来吃，但是就撞过的经验来说，总没有很好吃的点心买到过。难道北京竟是没有好的茶食，还是有而我们不知道呢？这也未必全是为贪口腹之欲，总觉得住

─────────────────────

① （1885—1967）原名櫆寿，字启明。浙江绍兴人。青年时代留学日本，曾任北京大学等校教授，并从事诗歌和理论写作。作小品散文，力主平和冲淡。晚年主要从事翻译工作。著有《自己的园地》《雨天的书》《谈龙集》等。

在古老的京城里吃不到饱含历史的精炼的或颓废的点心是一个很大的缺陷。北京的朋友们，能够告诉我两三家做得上好点心的饽饽铺吗？

我对于二十世纪的中国货色，有点不大喜欢，粗恶的模仿品，美其名曰国货，要卖得比外国货更贵些。新房子里卖的东西，便不免都有点怀疑，虽然这样说好像遗老的口吻，但总之关于风流享乐的事我是颇迷信传统的。我在西四牌楼以南走过，望着异馥斋的丈许高的独木招牌，不禁神往，因为这不但表示他是义和团以前的老店，那模糊阴暗的字迹又引起我一种焚香静坐的安闲而丰腴的生活的幻想。我不曾焚过什么香，却对于这件事很有趣味，然而终于不敢进香店去，因为怕他们在香盒上已放着花露水与日光皂了。我们除日用必需的东西以外，必须还有一点无用的游戏与享乐，生活才觉得有意思。我们看夕阳，看秋河，看花，听雨，闻香，喝不求解渴的酒，吃不求饱的点心，都是生活上必要的——虽然是无用的装点，而且是愈精炼愈好。可怜现在的中国生活，却是极端地干燥粗鄙，别的不说，我在北京彷徨了十年，终未曾吃到好点心。

故乡的野菜

周作人

　　我的故乡不止一个，凡我住过的地方都是故乡。故乡对于我并没有什么特别的情分，只因钓于斯游于斯的关系，朝夕会面，遂成相识，正如乡村里的邻舍一样，虽然不是亲属，别后有时也要想念到他。我在浙东住过十几年，南京东京都住过六年，这都是我的故乡；现在住在北京，于是北京就成了我的家乡了。

　　日前我的妻往西单市场买菜回来，说起有荠菜在那里卖着，我便想起浙东的事来。荠菜是浙东人春天常吃的野菜，乡间不必说，就是城里只要有后园的人家都可以随时采食，妇女小儿各拿一把剪刀一只"苗篮"，蹲在地上搜寻，是一种有趣味的游戏的工作。那时小孩们唱道："荠菜马兰头，姊姊嫁在后门头。"后来马兰头有乡人拿来进城售卖了，但荠菜还是一种野菜，须得自家去采。关于荠菜向来颇有风雅的传说，不过这似乎以吴地为主。《西湖游览志》云："三月三日男女皆戴荠菜花。谚云，三春戴荠花，桃李羞繁华。"顾禄的《清嘉录》上亦说："荠菜花俗呼野菜花，因谚有三月三蚂蚁上灶山之语，三日人家皆从野菜花置灶陉上，以厌虫蚁。清晨村童叫卖不绝。或妇女簪髻上以祈清目，俗号眼亮花。"但浙东人却不很理会这些事情，只是挑来做菜或炒年糕吃罢了。

黄花麦果通称鼠曲草，系菊科植物，叶小微圆互生，表面有白毛，花黄色，簇生梢头。春天采嫩叶，捣烂去汁，和粉作糕，称黄花麦果糕。小孩们有歌赞美之云：

> 黄花麦果韧结结，
> 关得大门自要吃：
> 半块拿弗出，
> 一块自要吃。

清明前后扫墓时，有些人家——大约是保存古风的人家——用黄花麦果做供，但不作饼状，做成小颗如指顶大，或细条如小指，以五六个作一攒，名曰茧果，不知是什么意思，或因蚕上山时设祭，也用这种食品，故有是称，亦未可知。自从十二三岁时外出不参与外祖家扫墓以后，不复见过茧果，近来住在北京，也不再见黄花麦果的影子了。日本称为"御形"，与荠菜同为春天的七草之一，也采来做点心用，状如艾饺，名曰"草饼"，春分前后多食之，在北京也有，但是吃去总是日本风味，不复是儿时的黄花麦果糕了。

扫墓时候所常吃的还有一种野菜，俗名草紫，通称紫云英。农人在收获后，播种田内，用作肥料，是一种很被贱视的植物，但采取嫩茎瀹食，味颇鲜美，似豌豆苗。花紫红色，数十亩接连不断，一片锦绣，如铺着华美的地毯，非常好看，而且花朵状若蝴蝶，又如鸡雏，尤为小孩所喜。间有白色的花，相传可以治痢，很是珍重，但不易得。日本《俳句大辞典》云："此草与蒲公英同是习见的东西，从幼年时代便已熟识，在女人里边，不曾采过紫云英的人，恐未必有罢。"中国古来没有花环，但紫云英的花球却是小孩常玩的东西，这一层我还替那些小人们欣幸的。浙东扫墓用鼓吹，所以少年们常随了乐音去看"上坟船里的姣姣"；没有钱的人家虽没有鼓吹，但是船头上篷窗下总露出些紫云英和杜鹃的花束，这也就是上坟船的确实的证据了。

十三年二月

蹲在洋车上

萧红

看到了乡巴佬坐洋车，忽然想起一个童年的故事。

当我还是小孩的时候，祖母常常进街。我们并不住在城外，只是离市镇较偏的地方罢了！有一天，祖母又要进街，命令我：

"叫你妈妈把斗风给我拿来！"

那时因为我过于娇惯，把舌头故意缩短一些，叫斗篷作斗风，所以祖母学着我，把风字拖得很长。

她知道我最爱惜皮球，每次进街的时候，她问我：

"你要些什么呢？"

"我要皮球。"

"你要多大的呢！"

"我要这样大的。"

我赶快把手臂拱向两面，好像张着的鹰的翅膀。大家都笑了！祖父轻动着嘴唇，好像要骂我一些什么话，因我的小小的姿势感动了他。

祖母的斗篷消失在高烟囱的背后。

等她回来的时候，什么皮球也没带给我，可是我也不追问一声：

"我的皮球呢？"

因为每次她也不带给我，下次祖母再上街的时候，我仍说是要皮球，我是说惯了！我是熟练而惯于做那种姿势。

祖母上街尽是坐马车回来。今天却不是，她睡在仿佛是小槽子里，大概是槽子装置了两个大车轮。非常轻快，雁似的从大门口飞来，一直到房门。在前面挽着的那个人，把祖母停下，我站在玻璃窗里，小小的心灵上，有无限的奇秘冲击着。我以为祖母不会从那里头走出来，我想祖母为什么要被装进槽子里呢？我渐渐惊怕起来，我完全成个呆气的孩子，把头盖顶住玻璃，想尽方法理解我所不能理解的那个从来没有见过的槽子。

很快我领会了！看见祖母从口袋里拿钱给那个人，并且祖母非常兴奋，她说叫着，斗篷几乎从她的肩上脱溜下去！

"呵！今天我坐的东洋驴子回来的，那是过于安稳呀！还是头一次呢，我坐过安稳的车了！"

祖父在街上也看见过人们所呼叫的东洋驴子，妈妈也没有奇怪。只是我，仍旧头皮顶撞在玻璃那儿，我眼看那个驴子从门口飘飘地不见了！我的心魂被引了去。

等我离开窗子，祖母的斗篷已是脱在炕的中央，她嘴里叨叨地讲着她街上所见的新闻。可是我没有留心听，就是给我吃什么糖果之类，我也不会留心吃，只是那样的车子太吸引我了！太捉住我小小的心灵了！

夜晚在灯光里，我们的邻居，刘三奶奶摇闪着走来，我知道又是找祖母来谈天的。所以我稳当当地占了一个位置在桌边。于是我咬起嘴唇来，仿佛大人样能了解一切话语。祖母又讲关于街上所见的新闻，我用心听，我十分费力！

"……那是可笑，真好笑呢！一切人站下瞧，可是那个乡下佬还是不知道笑自己。拉车的回头才知道乡巴佬是蹲在车子前放脚的地方，拉车的问：'你为什么蹲在这地方？'

"他说怕拉车的过于吃力，蹲着不是比坐着强吗？比坐在那里不是轻吗？所以没敢坐下……"

邻居的三奶奶，笑得几个残齿完全摆在外面。我也笑了！祖母还说，她感到这个乡巴佬难以形容，她的态度，她用所有的一切字眼，都是引人发笑。

"后来那个乡巴佬，你说怎么样！他从车上跳下来，拉车的问他为什么跳？他说：'若是蹲着吗！那还行。坐着，我实在没有那样的钱。'拉车的说：'坐着，我不多要钱。'那个乡巴佬到底不信这话，从车上搬下他的零碎东西，走了。他走了！"

我听得懂，我觉得费力，我问祖母：

"你说的，那是什么驴子？"

她不懂我的半句话，拍了我的头一下，当时我真是不能记住那样繁复的名词。过了几天祖母又上街，又是坐驴子回来的，我的心里渐渐羡慕那驴子，也想要坐驴子。

过了两年，六岁了！我的聪明，也许是我的年岁吧，支持着我使我愈见讨厌我那个皮球，那真是太小，而又太旧了；我不能喜欢黑脸皮球，我爱上邻家孩子手里那个大的；买皮球，好像我的志愿，一天比一天坚决起来。

向祖母说，她答："过几天买吧，你先玩这个吧！"

又向祖父请求，他答："这个不是还很好吗？不是没有出气吗？"

我得知他们的意思是说旧皮球还没有破，不能买新的。于是把皮球在脚下用力捣毁它，任是怎样捣毁，皮球仍是很圆，很鼓，后来到祖父面前让他替我踏破！祖父变了脸色，像是要打我，我跑开了！

从此，我每天表示不满意的样子。

终于一天晴朗的夏日，戴起小草帽来，自己出街去买皮球了！朝向母亲曾领我到过的那家铺子走去。离家不远的时候，我的心志非常光明，能够分辨方向，我知道自己是向北走。过了一会儿，不然了！太阳我也找不着了！一些些的招牌，依我看来都是一个样，街上的行人好像每个都要撞倒我似的，就连马车也好像是旋转着。我不晓得自己走了多远，但我实在疲劳。不能再寻找那家商店，我急切地想回家，可是家也被寻觅不到。我是从哪一条路来的？究竟家是在什么方向？

我忘记一切危险，在街心停住，我没有哭，把头向天，愿看见太阳。因为平常爸爸不是拿着指南针看看太阳就知道或南或北吗？我既然看了，只见太阳在街路中央，别的什么都不能知道，我无心留意街道，跌倒在阴沟板上面。

"小孩！小心点！"

身边的马车夫驱着车子过去，我想问他我的家在什么地方，他走过了！我昏沉极了！忙问一个路旁的人：

"你知道我的家吗？"

他好像知道我是被丢的孩子，或许那时候我的脸上有什么急慌的神色，那人跑向路的那边去。把车子拉过来，我知道他是洋车夫，他和我开玩笑一般：

"走吧！坐车回家吧！"

我坐上了车，他问我，总是玩笑一般地：

"小姑娘！家在哪里呀？"

我说："我们离南河沿不远，我也不知道哪面是南，反正我们南边有河。"

走了一会儿，我的心渐渐平稳，好像被动荡的一盆水，渐渐静止下来，可是不多一会儿，我忽然忧愁了！抱怨自己皮球仍是没有买成！从皮球联想到祖母骗我给买皮球的故事，很快又联想到祖母讲的关于乡巴佬坐东洋车的故事。于是我想试一试，怎样可以像个乡巴佬。该怎样蹲法呢？轻轻地从座位滑下来，当我还没有蹲稳当的时节，拉车的回过头来：

"你要做什么呀？"

我说："我要蹲一蹲试试，你答应我蹲吗？"

他看我已经偎在车前放脚的那个地方，于是他向我深深地做了一个鬼脸，嘴里哼着：

"倒好哩！你这样孩子，很会淘气！"

车子跑得不很快，我忘记街上有没有人笑我。车跑到红色的大门楼，我知道家了！我应该起来呀！应该下车呀！不，目的想给祖母一个意外的发笑，等车拉到院心，我仍蹲在那里，像耍猴人的猴样，一动不动。祖母笑着跑出来了！祖父也是笑！我怕他们不晓得我的意义，我用尖音喊：

"看我！乡巴佬蹲东洋驴子！乡巴佬蹲东洋驴子呀！"

只有妈妈大声骂着我，忽然我怕她要打我，我是偷着上街。洋车忽然放停，从上面我倒滚下来，不记得跌伤没有。祖父猛力打了拉车的，说他欺侮小孩，说他不让小孩坐车让蹲在那里。没有给他钱，从院子里把他轰出去。

所以后来，无论祖父对我怎样疼爱，心里总是生着隔膜，我不同意他打洋车夫，我问：

"你为什么打他呢？那是我自己愿意蹲着的。"

祖父把眼睛斜视一下："有钱的孩子是不受什么气的。"

现在我是二十多岁了！我的祖父死去多年了！在这样的年代中，我没发现一个有钱的人蹲在洋车上；他有钱，他不怕车夫吃力，他自己没拉过车，自己所尝到的，只是被拉着舒服滋味。假若偶尔有钱家的小孩子要蹲在车厢中玩一玩，那么孩子的祖父出来，拉洋车的便要被打。

可是我呢？现在变成个没有钱的孩子了！

1934 年 3 月 16 日

夏　天

汪曾祺[①]

　　夏天的早晨真舒服。空气很凉爽，草上还挂着露水（蜘蛛网上也挂着露水），写大字一张，读古文一篇。夏天的早晨真舒服。

　　凡花大都是五瓣，栀子花却是六瓣。山歌云："栀子花开六瓣头。"栀子花粗粗大大，色白，近蒂处微绿，极香，香气简直有点叫人受不了，我的家乡人说是"碰鼻子香"。栀子花粗粗大大，又香得掸都掸不开，于是为文雅人不取，以为品格不高。栀子花说："哼，我就是要这样香，香得痛痛快快，你们管得着吗！"

　　人们往往把栀子花和白兰花相比。苏州姑娘串街卖花，娇声叫卖："栀子花！白兰花！"白兰花花朵半开，娇娇嫩嫩，如象牙白

---

① （1920—1997）江苏高邮人。1939 年考入西南联大中国文学系。1940 年，开始创作小说。毕业后历任中学教师、北京市文联干部、《北京文艺》编辑。1962 年任北京京剧团（今北京京剧院）编剧，直至离休。1985 年，当选中国作家协会理事。1996 年 12 月，推选为中国作家协会顾问。1997 年 5 月因病医治无效去世，享年 77 岁。他的创作涉及小说、散文、戏剧、文论等，又兼及书画。

玉，香气文静，但有点甜俗，为上海长三堂子的"倌人"所喜，因为听说白兰花要到夜间枕上才格外香。我觉得红"倌人"的枕上之花，不如船娘鬓边花更为刺激。

夏天的花里最为幽静的是珠兰。

牵牛花短命。早晨沾露才开，午时即已萎谢。

秋葵也命薄。瓣淡黄，白心，心外有紫晕。风吹薄瓣，楚楚可怜。

凤仙花有单瓣者，有重瓣者。重瓣者如小牡丹，凤仙花茎粗肥，湖南人用以腌"臭咸菜"，此吾乡所未有。

马齿苋、狗尾巴草、益母草，都长得非常旺盛。

淡竹叶开浅蓝色小花，如小蝴蝶，很好看。叶片微似竹叶而较柔软。

"万把钩"即苍耳。因为结的小果上有许多小钩，碰到它就会挂在衣服上，得小心摘去。所以孩子叫它"万把钩"。

我们那里有一种"巴根草"，贴地而长，见缝扎根，一棵草蔓延开来，长了很多根，横的，竖的，一大片。而且非常顽强，拉扯不断。很小的孩子就会唱：

> 巴根草，
> 绿茵茵，
> 唱个唱，
> 把狗听。

最讨厌的是"臭芝麻"。掏蟋蟀、捉金铃子，常常沾了一裤腿。其臭无比，很难除净。西瓜以绳络悬之井中，下午剖食，一刀下去，喀嚓有声，凉气四溢，连眼睛都是凉的。

天下皆重"黑籽红瓤"，吾乡独以"三白"为贵：白皮、白瓤、白籽。"三白"以东墩产者最佳。

香瓜有：牛角酥，状似牛角，瓜皮淡绿色，刨去皮，则瓜肉浓绿，籽赤红，味浓而肉脆，北京亦有，谓之"羊角蜜"；虾蟆酥，不甚甜而脆，嚼之有黄瓜香；梨瓜，大如拳，白皮，白瓤，生脆有梨香；有一种较大，皮色如虾蟆，不甚甜，而极"面"，孩子们称之为"奶奶哼"，说奶奶一边吃，一边"哼"。

蝈蝈，我的家乡叫作"叫蛐子"。叫蛐子有两种。一种叫"侉叫蛐子"。那真是"侉"，跟一个叫驴子似的，叫起来"咭咭咭咭"很吵人。喂它一点辣椒，更吵得厉害。一种叫"秋叫蛐子"，全身碧绿如玻璃翠，小巧玲珑，鸣声亦柔细。

别出声，金铃子在小玻璃盒子里爬呢！它停下来，吃两口食——鸭梨切成小骰子块。于是它叫了"丁零零零"……

乘凉。

搬一张大竹床放在天井里，横七竖八一躺，浑身爽利，暑气全消。看月华。月华五色晶莹，变幻不定，非常好看。月亮周围有一个模模糊糊的大圆圈，谓之"风圈"，近几天会刮风。"乌猪子过江了。"——黑云漫过天河，要下大雨。

一直到露水下来，竹床子的栏杆都湿了，才回去，这时已经很困了，才沾藤枕（我们那里夏天都枕藤枕或漆枕），已入梦乡。

鸡头米老了，新核桃下来了，夏天就快过去了。

葡萄月令

汪曾祺

一月，下大雪。

雪静静地下着。果园一片白。听不到一点声音。

葡萄睡在铺着白雪的窖里。

二月里刮春风。

立春后，要刮四十八天"摆条风"。风摆动树的枝条，树醒了，忙忙地把汁液送到全身。树枝软了。树绿了。

雪化了，土地是黑的。

黑色的土地里，长出了茵陈蒿。碧绿。

葡萄出窖。

把葡萄窖一锹一锹挖开。挖下的土，堆在四面。葡萄藤露出来了，乌黑的。有的梢头已经绽开了芽苞，吐出指甲大的苍白的小叶。它已经等不及了。

把葡萄藤拉出来，放在松松的湿土上。

不大一会儿，小叶就变了颜色，叶边发红；——又不大一会儿，绿了。

三月，葡萄上架。

先得备料。把立柱、横梁、小棍，槐木的、柳木的、杨木的、桦木的，按照树棵大小，分别堆放在旁边。立柱有汤碗口粗的、饭碗口粗的、茶杯口粗的。一棵大葡萄得用八根、十根，乃至十二根立柱。中等的，六根、四根。

先刨坑，竖柱。然后搭横梁，用粗铁丝摽紧。然后搭小棍，用细铁丝缚住。

然后，请葡萄上架。把在土里趴了一冬的老藤扛起来，得费一点劲。大的，得四五个人一起来。"起！——起！"哎，它起来了。把它放在葡萄架上，把枝条向三面伸开，像五个指头一样地伸开，扇面似的伸开。然后，用麻筋在小棍上固定住。葡萄藤舒舒展展，凉凉快快地在上面待着。

上了架，就施肥。在葡萄根的后面，距主干一尺，挖一道半月形的沟，把大粪倒在里面。葡萄上大粪，不用稀释，就这样把原汁大粪倒下去。大棵的，得三四桶。小葡萄，一桶也就够了。

四月，浇水。

挖窨挖出的土，堆在四面，筑成垄，就成一个池子。池里放满了水。葡萄园里水汽泱泱，沁人心肺。

葡萄喝起水来是惊人的。它真是在喝哎！葡萄藤的组织跟别的果树不一样，它里面是一根一根细小的导管。这一点，中国的古人早就发现了。《图经》云："根苗中空相通。圃人将货之，欲得厚利，暮溉其根，而晨朝水浸子中矣，故俗呼其苗为木通。""暮溉其根，而晨朝水浸子中矣"，是不对的。葡萄成熟了，就不能再浇水了。再浇，果粒会涨破。"中空相通"却是很准确的。浇了水，不大一会儿，它就从根直吸到梢，简直是小孩嘬奶似的拼命往上嘬。

浇过了水，你再回来看看吧：梢头切断过的破口，就嗒嗒地往下滴水了。

是一种什么力量使葡萄拼命地往上吸水呢？

施了肥，浇了水，葡萄就使劲抽条、长叶子。真快！原来是几根根枯藤，几天工夫，就变成青枝绿叶的一大片。

五月，浇水、喷药、打梢、掐须。

葡萄一年不知道要喝多少水，别的果树都不这样。别的果树都是刨一个"树碗"，往里浇几担水就得了，没有像它这样的"漫灌"，整池子地喝。

喷波尔多液。从抽条长叶，一直到坐果成熟，不知道要喷多少次。喷了波尔多液，太阳一晒，葡萄叶子就都变成蓝的了。

葡萄抽条，丝毫不知节制，它简直是瞎长！几天工夫，就抽出好长的一节的新条。这样长法还行呀，还结不结果呀？因此，过几天就得给它打一次条。葡萄打条，也用不着什么技巧，是个人就能干，拿起树剪，劈劈啪啪，把新抽出来的一截都给它铰了就得了。一铰，一地的长着新叶的条。

葡萄的卷须，在它还是野生的时候是有用的，好攀附在别的什么树木上。现在，已经有人给它好好地固定在架上了，就一点用也没有了。卷须这东西最耗养分——凡是作物，都是优先把养分输送到顶端，因此，长出来就给它掐了，长出来就给它掐了。

葡萄的卷须有一点淡淡的甜味。这东西如果腌成咸菜，大概不难吃。

五月中下旬，果树开花了。果园，美极了。梨树开花了，苹果树开花了，葡萄也开花了。

都说梨花像雪，其实苹果花才像雪。雪是厚重的，不是透明的。梨花像什么呢? ——梨花的瓣子是月亮做的。

有人说葡萄不开花,哪能呢! 只是葡萄花很小,颜色淡黄微绿,不钻进葡萄架是看不出的。而且它开花期很短。很快,就结出了绿豆大的葡萄粒。

六月,浇水、喷药、打条、掐须。

葡萄粒长了一点了,一颗一颗,像绿玻璃料做的纽子。硬的。

葡萄不招虫。葡萄会生病,所以要经常喷波尔多液。但是它不像桃,桃有桃食心虫;梨,梨有梨食心虫。葡萄不用疏虫果。——果园每年疏虫果是要费很多工的。虫果没有用,黑黑的一个半干的球,可是它耗养分呀! 所以,要把它"疏"掉。

七月,葡萄"膨大"了。

掐须、打条、喷药,大大地浇一次水。

追一次肥。追硫铵。在原来施粪肥的沟里撒上硫铵。然后,就把沟填平了,把硫铵封在里面。

汉朝是不会追这次肥的,汉朝没有硫铵。

八月,葡萄"着色"。

你别以为我这里是把画家的术语借用来了。不是的。这是果农的语言,他们就叫"着色"。

下过大雨,你来看看葡萄园吧,那叫好看! 白的像白玛瑙,红的像红宝石,紫的像紫水晶,黑的像黑玉。一串一串,饱满、瓷实、挺括,璀璨琳琅。你就把《说文解字》里的玉字偏旁的字都搬了来吧,那也不够用呀!

可是你得快来! 明天,对不起,你全看不到了。我们要喷波尔多液了。一喷波尔多液,它们的晶莹鲜艳全都没有了,它们蒙上一层蓝兮兮、白糊糊的东西,成了磨砂玻璃。我们不得不这样干。葡萄是吃的，不是看的。我们得保护它。

过不两天，就下葡萄了。

一串一串剪下来，把病果、瘪果去掉，妥妥地放在果筐里。果筐满了，盖上盖，要一个棒小伙子跳上去蹦两下，用麻筋缝的筐盖。——新下的果子，不怕压，它很结实，压不坏。倒怕是装不紧，咣里咣当的。那，来回一晃悠，全得烂！

葡萄装上车，走了。

去吧，葡萄，让人们吃去吧！

九月的果园像一个生过孩子的少妇，宁静、幸福，而慵懒。我们还给葡萄喷一次波尔多液。哦，下了果子，就不管了？人，总不能这样无情无义吧。

十月，我们有别的农活儿。我们要去割稻子。葡萄，你愿意怎么长，就怎么长着吧。

十一月，葡萄下架。

把葡萄架拆下来。检查一下，还能再用的，搁在一边。糟朽了的，只好烧火。立柱、横梁、小棍，分别堆垛起来。

剪葡萄条。干脆得很，除了老条，一概剪光。葡萄又成了一个大秃子。

剪下的葡萄条，挑有三个芽眼的，剪成二尺多长的一截，捆起来，放在屋里，准备明春插条。

其余的，连枝带叶，都用竹笤帚扫成一堆，装走了。葡萄园光秃秃。

十一月下旬，十二月上旬，葡萄入窖。

这是个重活。把老本放倒，挖土把它埋起来。要埋得很厚实。外面要用铁锹拍平。这个活儿不能马虎。都要经过验收，才给记工。

葡萄窖，一个一个长方形的土墩墩。一行一行，整整齐齐地排列着。风一吹，土色发了白。

这真是一年的冬景了。热热闹闹的果园，现在什么颜色都没有了。眼界空阔，一览无余，只剩下发白的黄土。

下雪了。我们踏着碎玻璃碴似的雪，检查葡萄窖，扛着铁锹。

一到冬天，要检查几次。不是怕别的，怕老鼠打了洞。葡萄窖里很暖和，老鼠爱往这里面钻。它倒是暖和了，咱们的葡萄可就受了冷啦！

给我的孩子们

丰子恺[①]

我的孩子们！我憧憬于你们的生活，每天不止一次！我想委屈地说出来，使你们自己晓得。可惜到你们懂得我的话的意思的时候，你们将不复是可以使我憧憬的人了。这是何等可悲哀的事啊！

瞻瞻！你尤其可佩服。你是身心全部公开的真人。你什么事体都像拼命地用全副精力去对付。小小的失意，像花生米翻落地了，自己嚼了舌头了，小猫不肯吃糕了，你都要哭得嘴唇翻白，昏去一两分钟。外婆普陀烧香买回来给你的泥人，你何等鞠躬尽瘁地抱他，喂他；有一天你自己失手把他打破了，你的号哭的悲哀，比大人们的破产、brokenheart、丧考妣、全军覆没的悲哀都要真切。

[①]（1898—1975）浙江桐乡人。早年从李叔同学音乐、绘画，从夏丏尊学国文，后游学日本，回国后在上海、浙江、重庆等地从事美术和音乐教学。中华人民共和国成立后，任上海中国画院院长等职。丰子恺的散文大多叙述自己亲身经历的生活和日常接触的人事，表现出浓厚的生活情趣，散文风格朴实平淡，感情率真。代表作有散文集《缘缘堂随笔》。

两把芭蕉扇做的脚踏车，麻雀牌堆成的火车、汽车，你何等认真地看待，挺直了嗓子叫"汪——""咕咕咕……"，来代替汽笛。宝姐姐讲故事给你听，说到"月亮姐姐挂下一只篮来，宝姐姐坐在篮里吊了上去，瞻瞻在下面看"的时候，你何等激昂地同她争，说："瞻瞻要上去，宝姐姐在下面看！"甚至哭到漫姑面前去求审判。我每次剃了头，你真心地疑我变了和尚，好几时不要我抱。最是今年夏天，你坐在我膝上发现了我腋下的长毛，当作黄鼠狼的时候，你何等伤心，你立刻从我身上爬下去，起初眼瞪瞪地对我端详，继而大失所望地号哭，看看，哭哭，如同对被判定了死罪的亲友一样。你要我抱你到车站里去，多多益善地要买香蕉，满满地撬了两手回来，回到门口时你已经熟睡在我的肩上，手里的香蕉不知落在哪里去了。这是何等可佩服的真率、自然与热情！大人间的所谓"沉默""含蓄""深刻"的美德，比起你来，全是不自然的、病的、伪的！

你们每天做火车、做汽车、办酒、请菩萨、堆六面画、唱歌，全是自动的，创造创作的生活。大人们的呼号"归自然！""生活的艺术化！""劳动的艺术化！"在你们面前真是出丑得很了！依样画几笔画，写几篇文的人称为艺术家、创作家，对你们更要愧死！

你们的创作力，比大人真是强盛得多哩：瞻瞻！你的身体不及椅子的一半，却常常要搬动它，与它一同翻倒在地上；你又要把一杯茶横转来藏在抽斗里，要皮球停在壁上，要拉住火车的尾巴；要月亮出来；要天停止下雨。在这等小小的事件中，明明表示着你们的弱小的体力与智力不足以应付强盛的创作欲、表现欲的驱使，因而遭逢失败。然而你们是不受大自然的支配，不受人类社会的束缚的创造者，所以你的遭逢失败，例如火车尾巴拉不住，月亮呼不出来的时候，你们绝不承认是事实的不可能，总以为是爹爹妈妈不肯帮你们办到，同不许你们弄自鸣钟同例，所以愤愤地哭了，你们的世界何等广大！

你们一定想：终天无聊地伏在案上弄笔的爸爸，终天闷闷地坐在窗下弄引线的妈妈，是何等无气性的奇怪的动物！你们所视为奇怪动物的我与你们的母亲，有时确实难为了你们，摧残了你们，回想起来，真是不安心得很！

阿宝！有一晚你拿软软的新鞋子，和自己脚上脱下来的鞋子，给凳子的脚穿了，光袜立在地上，得意地叫"阿宝两只脚，凳子四只脚"的时候，你母亲喊着"齷齪了袜子！"立刻擒你到藤榻上，动手毁坏你的创作。当你蹲在榻上注视你母亲动手毁坏的时候，你的小心里一定感到"母亲这种人，何等杀风景而野蛮"吧！

瞻瞻！有一天开明书店送了几册新出版的毛边的《音乐入门》来。我用小刀把书页一张一张地裁开来，你侧着头，站在桌边默默地看。后来我从学校回来，你已经在我的书架上拿了一本连史纸印的中国装的《楚辞》，把它裁破了十几页，得意地对我说："爸爸！瞻瞻也会裁了！"瞻瞻！这在你原是何等成功的欢喜，何等得意的作品！却被我一个惊骇的"哼！"字喊得你哭了。那时候你也一定抱怨"爸爸何等不明"吧！

软软！你常常要弄我的长锋羊毫，我看见了总是无情地夺脱你。现在你一定轻视我，想道："你终于要我画你的画集的封面！"

最不安心的，是有时我还要拉一个你们所最怕的陆露沙医生来，教他用他的大手来摸你们的肚子，甚至用刀来在你们臂上割几下，还要叫妈妈和漫姑擒住了你们的手脚，捏住了你们的鼻子，把很苦的水灌到你们的嘴里去。这在你们一定认为是太无人道的野蛮举动吧！

孩子们！你们果真抱怨我，我倒欢喜；到你们的抱怨变为感激的时候，我的悲哀来了！

我在世间，永没有逢到像你们这样出肺肝相示的人。世间的人群结合，永没有像你们这样彻底地真实而纯洁。最是我到上海去干了无聊的所谓"事"回来，或者去同不相干的人们做了叫作"上课"的一种把戏回来，你们在门口或车站旁等我的时候，我心中何等惭愧又欢喜！惭愧我为什么去做这等无聊的事，欢喜我又得暂时放怀一切地加入你们的真生活的团体。

但是，你们的黄金时代有限，现实终究要暴露的。这是我经验过来的情形，也是大人们谁也经验过的情形。我眼看见儿时的伴侣中的英雄、好汉，一个个退缩、顺从、妥协、屈服起来，到像绵羊的地步。我自己也是如此。"后之视今，亦犹今之视昔"，你们不久也要走这条路呢！

我的孩子们！憧憬于你们的生活的我，痴心要为你们永远挽留这黄金时代在这册子里。然这真不过像"蜘蛛网落花"略微保留一点春的痕迹而已。且到你们懂得我这片心情的时候，你们早已不是这样的人，我的画在世间已无可印证了！这是何等可悲哀的事啊！

一九二六年

有了小孩以后

老舍

　　艺术家应以艺术为妻，实际上就是当一辈子光棍儿。在下闲暇无事，往往写些小说，虽一回还没自居过文艺家，却也感觉到家庭的累赘。每逢困于油盐酱醋的灾难中，就想到独人一身，自己吃饱便天下太平，岂不妙哉。

　　家庭之累，大半由儿女造成。先不用提教养的花费，只就淘气哭闹而言，已足使人心慌意乱。小女三岁，专会等我不在屋中，在我的稿子上画圈拉杠，且美其名曰"小济会写字"！把人要气没了脉，她到底还是有理！再不然，我刚想起一句好的，在脑中盘旋，自信足以愧死莎士比亚，假若能写出来的话。当是时也，小济拉拉我的肘，低声说："上公园看猴？"于是我至今还未成莎士比亚。小儿一岁整，还不会"写字"，也不晓得去看猴，但善亲亲，闭眼，张口展览上下四个小牙。我若没事，请求他闭眼，露牙，小胖子总会东指西指地打岔。赶到我拿起笔来，他那一套全来了，不但亲脸，闭眼，还"指"令我也得表演这几招。有什么办法呢?!

　　这还算好的。赶到小济午后不睡，按着也不睡，那才难办。到这么四点来钟吧，她的困闹开始，到五点钟我已没有人味。什么也不对，连公园的猴都变成了臭的，而且猴之所以臭，也应当由我负责。小胖子也有这种困而不睡的时候，大概多数是与小济同时发难。两位小醉鬼一齐找毛病，我就是诸葛亮恐怕也得唱空城计，一点办法没有！在这种干等束手被擒的时候，偏偏会来一两封快信——催稿子！我也只好闹脾气了。不大一会儿，把太太也闹急了，一家大小四口，都成了醉鬼，其热闹至为惊人。大人声言离婚，小孩怎说怎不是，于离婚的争辩中瞎打混。一直到七点后，二位小天使已困得动不得，离婚的宣言才无形地撤销。这还算好的。遇上小胖子出牙，那才真叫厉害，不但白天没有情理，夜里还得上夜班。一会儿一醒，若被针扎了似的惊啼，他出牙，谁也不用打算睡。他的牙出利落了，大家全成了红眼虎。

不过，这一点也不妨碍家庭中爱的发展，人生的巧妙似乎就在这里。记得 Frank Harris 仿佛有过这么点记载：他说王尔德为那件不名誉的案子过堂被审，一开头他侃侃而谈，语多幽默。及至原告提出几个男妓作证人，王尔德没了脉，非失败不可了。Harris 以为王尔德必会说："我是个戏剧家，为观察人生，什么样的人都当交往。假若我不和这些人接触，我从哪里去找戏剧中的人物呢？"可是，王尔德竟自没这么答辩，官司就算输了！

把王尔德且放在一边；艺术家得多去经验，Harris 的意见，假若不是特为王尔德而发的，的确是不错。连家庭之累也是如此。还拿小孩们说吧——这才来到正题——爱他们吧，嫌他们吧，无论怎说，也是极可宝贵的经验。

在没有小孩的时候，一个人的世界还是未曾发现美洲的时候的。小孩是哥仑布，把人带到新大陆去。这个新大陆并不很远，就在熟习的街道上和家里。你看，街市上给我预备的，在没有小孩的时候，似乎只有理发馆、饭铺、书店、邮政局等。我想不出婴儿医院、糖食店、玩具铺等等的意义。连药房里的许许多多婴儿用的药和粉，报纸上婴儿自己药片的广告，百货店里的小袜子小鞋，都显着多此一举，劳而无功。及至小天使自天飞降，我的眼睛似乎戴上了一双放大镜，街市依然那样，跟我有关系的东西可是不知增加了多少倍！婴儿医院不但挂着牌子，敢情里边还有医生呢。不但有医生，还是挺神气，一点也得罪不得。拿着医生所给的神符，到药房去，敢情那些小瓶子小罐都有作用。不但要买瓶子里的白汁黄面和各色的药饼，还得买瓶子罐子，轧粉的钵，量奶的漏斗，乳头，卫生尿布，玩艺多多了！百货店里那些小衣帽，小家具，也都有了意义；原先以为多此一举的东西，如今都成了非它不行；有时候铺中缺乏了我所要的那一件小物品，我还大有看不起他们的意思：既是百货店，怎能不预备这件东西呢?！慢慢地，全街上的铺子，除了金店与古玩铺，都有了我的足迹；连当铺也走得怪熟。铺中人也渐渐熟识了，甚至可以随便闲谈，以小孩为中心，谈得颇有味儿。伙计们，掌柜们，原来不仅是站柜作买卖，家中还有小孩呢！有的铺子，竟自敢允许我欠账，仿佛一有了小孩，我的人格也好了些，能被人信任。三节的账条来得很踊跃，使我明白了过节过年的时候怎样出汗。

小孩使世界扩大，使隐藏着的东西都显露出来。非有小孩不能明白这个。看着别人家的孩子，肥肥胖胖，整整齐齐，你总觉得小孩们理应如此，一生下来就戴着小帽，穿着小袄，好像小雏鸡生下来就披着一身黄绒似的。赶到自己有了小孩，才能晓得事情并不这么简单。一个小娃娃身上穿戴着全世界的工商业所能供给的，给全家人以一切啼笑爱怨的经验，小孩的确是位小活神仙！

有了小活神仙，家里才会热闹。窗台上，我一向认为是摆花的地方。夏天呢，开着窗，风儿轻轻吹动花与叶，屋中一阵阵的清香。冬天呢，阳光射到花上，使全屋中有些颜色与生气。后来，有了小孩，那些花盆很神秘地都不见了，窗台上满是瓶子罐子，数不清有多少。尿布有时候上了写字台，奶瓶倒在书架上。大扫除才有了意义，是的，到时候非痛痛快快地收拾一顿不可了，要不然东西就有把人埋起来的危险。上次大扫除的时候，我由床底下找到了但丁的《神曲》。不知道这老家伙干吗在那里藏着玩呢！

人的数目也增多了，而且有很多问题。在没有小孩的时候，用一个仆人就够了，现在至少得用俩。以前，仆人"拿糖"，满可以暂时不用；没人做饭，就外边去吃，谁也不用拿捏谁。有了小孩，这点豪气趁早收起去。三天没人洗尿布，屋里就不要再进来人。牛奶等项是非有人管理不可，有儿方知卫生难，奶瓶子一天就得烫五六次；没仆人简直不行！有仆人就得捣乱，没办法！

好多没办法的事都得马上有办法，小孩子不会等着"国联"慢慢解决儿童问题。这就长了经验。半夜里去买药，药铺的门上原来有个小口，可以交钱拿药，早先我就不晓得这一招。西药房里敢情也打价钱，不等他开口，我就提出："还是四毛五？"这个"还是"使我省五分钱，而且落个行家。这又是一招。找老妈子有作坊，当票儿到期还可以入利延期，也都被我学会。没工夫细想，大概自从有了儿女以后，我所得的经验至少比一张大学文凭所能给我的多着许多。大学文凭是由课本里掏出来的，现在我却念着一本活书，没有头儿。

连我自己的身体现在都会变形，经小孩们的指挥，我得去装马装牛，还须装得像个样儿。不但装牛像牛，我也学会牛的忍性，小胖子觉得"开步走"有意思，我就得百走不厌；只作一回，绝对不行。多咱他改了主意，多咱我才能"立正"。在这里，我体验出母性的伟大，觉得打老婆的人们满该下狱。

中秋节前来了个老道，不要米，不要钱，只问有小孩没有？看见了小胖子，老道高了兴，说十四那天早晨须给小胖子左腕上系一根红线，备清水一碗，烧高香三炷，必能消灾除难。右邻家的老太太也出来看，老道问她有小孩没有，她惨淡地摇了摇头。到了十四那天，倒是这位老太太的提醒，小胖子的左腕上才拴了一圈红线。小孩子征服了老道与邻家老太太。一看胖手腕的红线，我觉得比写完一本伟大的作品还骄傲，于是上街买了两尊兔子王，感到老道、红线、兔子王，都有绝大的意义！

载 1936 年 11 月 25 日《谈风》第 3 期

听听那冷雨

余光中[①]

　　惊蛰一过，春寒加剧。先是料料峭峭，继而雨季开始，时而淋淋漓漓，时而淅淅沥沥，天潮潮湿湿，即连在梦里，也似乎把伞撑着。而就凭一把伞，躲过一阵潇潇的冷雨，也躲不过整个雨季。连思想也都是潮润润的。每天回家，曲折穿过金门街到厦门街迷宫式的长巷短巷，雨里风里，走入霏霏令人更想入非非。想这样子的台北凄凄切切完全是黑白片的味道，想整个中国整部中国的历史无非是一张黑白片子，片头到片尾，一直是这样下着雨的。这种感觉，不知道是不是从安东尼奥尼那里来的。不过那一块土地是久

[①] （1928—2017）原籍福建永春，生于南京。1947 年后就读于金陵大学外文系、厦门大学外文系。1949 年后在台湾大学外文系求学。1958 年赴美进修。1959 年任台湾师范大学英语系讲师，曾两次赴美国讲学。返台后相继任台湾师范大学副教授、教授，台湾政治大学西语系主任。1974 年任香港中文大学教授，兼任文学院院长和外文所所长。1984 年返台任教。2017年 12 月于台湾逝世，享年 89 岁。余光中从事诗歌、散文、评论、翻译，被誉为文坛的"璀璨五彩笔"。其散文作品富于诗意，文字典雅，俊逸而雄浑。

违了，二十五年，四分之一的世纪，即使有雨，也隔着千山万山，千伞万伞。二十五年，一切都断了，只有气候，只有气象报告还牵连在一起。大寒流从那块土地上弥天卷来，这种酷冷吾与古大陆分担。不能扑进她怀里，被她的裙边扫一扫吧，也算是安慰孺慕之情。

这样想时，严寒里竟有一点温暖的感觉了。这样想时，他希望这些狭长的巷子永远延伸下去，他的思路也可以延伸下去，不是金门街到厦门街，而是金门到厦门。他是厦门人，至少是广义的厦门人，二十年来，不住在厦门，住在厦门街，算是嘲弄吧，也算是安慰。不过说到广义，他同样也是广义的江南人、常州人、南京人、川娃儿、五陵少年。杏花春雨江南，那是他的少年时代了。再过半个月就是清明。安东尼奥尼的镜头摇过去，摇过去又摇过来。残山剩水犹如是。皇天后土犹如是。纭纭黔首纷纷黎民从北到南犹如是。那里面是中国吗？那里面当然还是中国，永远是中国。只是杏花春雨已不再，牧童遥指已不再，剑门细雨渭城轻尘也都已不再。然则他日思夜梦的那片土地，究竟在哪里呢？

在报纸的头条标题里吗？还是香港的谣言里？还是傅聪的黑键白键、马思聪的跳弓拨弦？还是安东尼奥尼的镜底勒马洲的望中？还是故宫博物院的壁头和玻璃橱内，京戏的锣鼓声中、太白和东坡的韵里？

杏花。春雨。江南。六个方块字，或许那片土就在那里面。而无论赤县也好神州也好中国也好，变来变去，只要仓颉的灵感不灭、美丽的中文不老，那形象，那磁石一般的向心力当必然长在。因为一个方块字是一个天地。太初有字，于是汉族的心灵、他祖先的回忆和希望便有了寄托。譬如凭空写一个"雨"字，点点滴滴，滂滂沱沱，淅沥淅沥淅沥，一切云情雨意，就宛然其中了。视觉上的这种美感，岂是什么rain也好pluie也好所能满足？翻开一部《辞源》或《辞海》，金木水火土，各成世界，而一入"雨"部，古神州的天颜千变万化，便悉在望中，美丽的霜雪云霞，骇人的雷电霹雳，展露的无非是神的好脾气与坏脾气，气象台百读不厌、门外汉百思不解的百科全书。

听听，那冷雨。看看，那冷雨。嗅嗅闻闻，那冷雨，舔舔吧，那冷雨。雨在他的伞上、这城市百万人的伞上、雨衣上、屋上、天线上，雨下在基隆港、在防波堤、在海峡的船上，清明这季雨。雨是女性，应该最富于感性。雨气空濛而迷幻，细细嗅嗅，清清爽爽新新，有一点点薄荷的香味，浓的时候，竟发出草和树沐发后特有的淡淡土腥气，也许那竟是蚯蚓和蜗牛的腥气吧，毕竟是惊蛰了啊。也许地上的地下的生命、也许古中国层层叠叠的记忆皆蠢蠢而蠕，也许是植物的潜意识和梦吧，那腥气。

第三次去美国，在高高的丹佛他山居了两年。美国的西部，多山多沙漠，千里干旱，天，蓝似盎格鲁－撒克逊人的眼睛，地，红如印第安人的肌肤，云，却是罕见的白鸟。落基山簇簇耀目的雪峰上，很少飘云牵雾。一来高，二来干，三来森林线以上，杉柏也止步，中国诗词里"荡胸生层云"，或是"商略黄昏雨"的意趣，是落基山上难睹的景象。落基山岭之胜，在石，在雪。那些奇岩怪石，相叠互倚，砌一场惊心动魄的雕塑展览，给太阳和千里的风看。那雪，白得虚虚幻幻，冷得清清醒醒，那股皑皑不绝一仰难尽的气势，压得人呼吸困难，心寒眸酸。不过要领略"白云回望合，青霭入看无"的境界，仍须回来中国，台湾湿度很高，最饶云气氤氲雨意迷离的情调。两度夜宿溪头，树香沁鼻，宵寒袭肘，枕着润碧湿翠、苍苍交叠的山影和万籁都歇的岑寂，仙人一样睡去。山中一夜饱雨，次晨醒来，在旭日未升的原始幽静中，冲着隔夜的寒气，踏着满地的断柯折枝和仍在流泻的细股雨水，一径探入森林的秘密，曲曲弯弯，步上山去。溪头的山，树密雾浓，翁郁的水汽从谷底冉冉升起，时稠时稀，蒸腾多姿，幻化无定，只能从雾破云开的空处，窥见乍现即隐的一峰半壑，要纵览全貌，几乎是不可能的。至少入山两次，只能在白茫茫里和溪头诸峰玩捉迷藏的游戏，回到台北，世人问起，除了笑而不答心自闲，故作神秘之外，实际的印象，也无非山在虚无之间罢了。云缭烟绕，山隐水迢的中国风景，由来予人宋画的韵味。那天下也许是赵家的天下，那山水却是米家的山水。而究竟，是米氏父子下笔像中国的山水，还是中国的山水上纸像宋画。恐怕是谁也说不清楚了吧？

　　雨不但可嗅，可观，更可以听。听听那冷雨。听雨，只要不是石破天惊的台风暴雨，在听觉上总有一种美感。大陆上的秋天，无论是疏雨滴梧桐，或是骤雨打荷叶，听去总有一点凄凉，凄清，凄楚，于今在岛上回味，则在凄楚之外，更笼上一层凄迷了。饶你多少豪情侠气，怕也经不起三番五次的风吹雨打。一打少年听雨，红烛昏沉。两打中年听雨，客舟中，江阔云低。三打白头听雨在僧庐下，这便是亡宋之痛，一颗敏感心灵的一生：楼上，江上，庙里，用冷冷的雨珠子串成。十年前，他曾在一场摧心折骨的鬼雨中迷失了自己。雨，该是一滴湿漓漓的灵魂，窗外在喊谁。

　　雨打在树上和瓦上，韵律都清脆可听。尤其是铿铿敲在屋瓦上，那古老的音乐，属于中国。王禹偁（chēng）在黄冈，破如椽的大竹为屋瓦。据说住在竹楼上面，急雨声如瀑布，密雪声比碎玉，而无论鼓琴，咏诗，下棋，投壶，共鸣的效果都特别好。这样岂不像住在竹筒里面，任何细脆的声响，怕都会加倍夸大，反而令人耳朵过敏吧。

雨天的屋瓦，浮漾湿湿的流光，灰而温柔，迎光则微明，背光则幽暗，对于视觉，是一种低沉的安慰。至于雨敲在鳞鳞千瓣的瓦上，由远而近，轻轻重重轻轻，夹着一股股的细流沿瓦槽与屋檐潺潺泻下，各种敲击音与滑音密织成网，谁的千指百指在按摩耳轮。"下雨了"，温柔的灰美人来了，她冰冰的纤手在屋顶拂弄着无数的黑键啊灰键，把晌午一下子奏成了黄昏。

在古老的大陆上，千屋万户是如此。二十多年前，初来这岛上，日式的瓦屋亦是如此。先是天暗了下来，城市像罩在一块巨幅的毛玻璃里，阴影在户内延长复加深。然后凉凉的水意弥漫在空间，风自每一个角落里旋起，感觉得到，每一个屋顶上呼吸沉重都覆着灰云。雨来了，最轻的敲打乐敲打这城市，苍茫的屋顶，远远近近，一张张敲过去，古老的琴，那细细密密的节奏，单调里自有一种柔婉与亲切，滴滴点点滴滴，似幻似真，若孩时在摇篮里，一曲耳熟的童谣摇摇欲睡，母亲吟哦鼻音与喉音。或是在江南的泽国水乡，一大筐绿油油的桑叶被啮于千百头蚕，细细琐琐屑屑，口器与口器咀咀嚼嚼。雨来了，雨来的时候瓦这么说，一片瓦说千亿片瓦说，说轻轻地奏吧沉沉地弹，徐徐地叩吧挞挞地打，间间歇歇敲一个雨季，即兴演奏从惊蛰到清明，在零落的坟上冷冷奏挽歌，一片瓦吟千亿片瓦吟。

在日式的古屋里听雨，听四月，霏霏不绝的黄梅雨，朝夕不断，旬月绵延，湿黏黏的苔藓从石阶下一直侵到他舌底、心底。到七月，听台风台雨在古屋顶上一夜盲奏，千寻海底的热浪沸沸被狂风挟来，掀翻整个太平洋只为向他的矮屋檐重重压下，整个海在他的蜗壳上哗哗泻过。不然便是雷雨夜，白烟一般的纱帐里听羯鼓一通又一通，滔天的暴雨滂滂沛沛扑来，强劲的电琵琶忐忑忐忐忐忑忑，弹动屋瓦的惊悸腾腾欲掀起。不然便是斜斜的西北雨斜斜，刷在窗玻璃上，鞭在墙上，打在阔大的芭蕉叶上，一阵寒濑泻过，秋意便弥漫日式的庭院了。

在日式的古屋里听雨，春雨绵绵听到秋雨潇潇，从少年听到中年，听听那冷雨。雨是一种单调而耐听的音乐，是室内乐是室外乐，户内听听，户外听听，冷冷，那音乐。雨是一种回忆的音乐，听听那冷雨，回忆江南的雨下得满地是江湖，下在桥上和船上，也下在四川，在秧田，和蛙塘，下肥了嘉陵江，下湿布谷咕咕的啼声。雨是潮潮润润的音乐，下在渴望的唇上，舐舐那冷雨。

因为雨是最最原始的敲打乐，从记忆的彼端敲起。瓦是最最低沉的乐器，灰蒙蒙的温柔覆盖着听雨的人，瓦是音乐的雨伞撑起。但不久公寓的时代来临，台北，你怎么一下子长高了，瓦的音乐竟成了绝响。千片万片的瓦翩翩。美丽的灰蝴蝶纷纷飞走，飞入历史的记忆。现在雨下下来下在水泥的屋顶和墙上，没有音韵的雨季。树也砍光了，那月桂，那枫树、柳树和擎天的巨椰，雨来的时候不再有丛叶嘈嘈切切，闪动湿湿的绿光迎接。鸟声减了啾啾，蛙声沉了咯咯，秋天的虫吟也减了唧唧。七十年代的台北不需要这些，一个乐队接一个乐队便遣散尽了。要听鸡叫，只有去《诗经》的韵里寻找。现在只剩下一张黑白片，黑白的默片。

正如马车的时代去后，三轮车的时代也去了。曾经在雨夜，三轮车的油布篷挂起，送她回家的途中，篷里的世界小得多可爱，而且躲在警察的辖区以外。雨衣的口袋越大越好，盛得下他的一只手里握一只纤纤的手。台湾的雨季这么长，该有人发明一种宽宽的双人雨衣，一人分穿一只袖子，此外的部分就不必分得太苛。而无论工业如何发达，一时似乎还废不了雨伞。只要雨不倾盆，风不横吹，撑一把伞在雨中仍不失古典的韵味。任雨点敲在黑布伞或是透明的塑胶伞上，将骨柄一旋，雨珠向四方喷溅，伞缘便旋成了一圈飞檐。跟女友共一把雨伞，该是一种美丽的合作吧。最好是初恋，有点兴奋，更有点不好意思，若即若离之间，雨不妨下大一点。真正初恋，恐怕是兴奋得不需要伞的，手牵手在雨中狂奔而去，把年轻的长发和肌肤交给漫天的淋淋漓漓，然后向对方的唇上颊上尝凉凉甜甜的雨水。不过那要非常年轻且激情，同时，也只能发生在法国的新潮片里吧。

大多数的雨伞想不会为约会张开。上班下班，上学放学，菜市来回的途中，现实的伞，灰色的星期三。握着雨伞，他听那冷雨打在伞上。索性更冷一些就好了，他想。索性把湿湿的灰雨冻成干干爽爽的白雨，六角形的结晶体在无风的空中回回旋旋地降下来，等须眉和肩头白尽时，伸手一拂就落了。二十五年，没有受故乡白雨的祝福，或许发上下一点白霜是一种变相的自我补偿吧。一位英雄，经得起多少次雨季？他的额头是水成岩削成还是火成岩？他的心底究竟有多厚的苔藓？厦门街的雨巷走了二十年与记忆等长，一座无瓦的公寓在巷底等他，一盏灯在楼上的雨窗子里，等他回去，向晚餐后的沉思冥想去整理青苔深深的记忆。前尘隔海。古屋不再。听听那冷雨。

一九七四年春分之夜

守 岁 烛

缪崇群①

蔚蓝静穆的空中，高高地飘着一两个稳定不动的风筝，从不知道远近的地方，时时传过几声响亮的爆竹——在夜晚，它的回音是越发撩人了。

岁是暮了。

今年侥幸没有他乡做客，也不曾颠沛在那遥迢的异邦，身子就在自己的家里；但这个陋小低晦的四围，没有一点生气，也没有一点温情，只有像垂死般的宁静，冰雪般的寒冷。一种寂寥与没落的悲哀，于是更深地把我笼罩了，我永日沉默在冥想的世界里。

因为想着逃脱这种氛围，有时我便独自到街头徜徉去，可是那些如梭的车马，鱼贯的人群，也同样不能给我一点兴奋或慰藉，他们映在我眼睑的不过是一幅熙熙攘攘的世相，活动的，滑稽的，杂

---

① （1907—1945）江苏南京人。1925 年去日本，就读于庆应大学文学系。1928 年归国。1930 年在南京任《文艺月刊》及《中央日报》副刊《文学周刊》编辑。主要作品有散文集《晞露集》《寄健康人》《废墟集》《夏虫集》《石屏随笔》《眷眷草》，短篇小说集《归客与鸟》。

乱的写真，看罢了所谓年景归来，心中越是惆怅得没有一点皈依了。

啊！What is a home without mother?（没有母亲的家是什么？）

我又陡然地记忆起这句话了——它是一个歌谱的名字，可惜我不能唱它。

在那五年前的除夕的晚上，母亲还能斗胜了她的疾病，精神很焕发地和我们在一起聚餐，然而我不知怎么那样的不会凑趣，我反郁郁地沉着脸，仿佛感到一种不幸的预兆似的。

"你怎么了？"母亲很担心地问。

"没有怎么，我是好好的。"

我虽然这样回答着，可是那两股辛酸的眼泪，早禁不住地要流出来了。我急忙转过脸，或低下头，为避免母亲的视线。

"少年人总要放快活些，我像你这般大的年纪，还一天玩到晚，什么心思都没有呢。"

母亲已经把我看破了。

我没有言语。父亲默默地呷着酒，弟弟尽独自夹他所喜欢吃的东西。自己因为早熟一点的缘故，不经意地便养成了一种易感的性格。每当人家欢喜的时刻，自己偏偏感到哀愁；每当人家热闹的时刻，自己却又感到一种莫名的孤独。究竟为什么呢？我是回答不出来的……

——没有不散的筵席，这句话的黑影，好像整整投满了我的窄隘的心胸。

饭后过了不久，母亲便拿出两个红纸包儿来，一个给弟弟，一个给我，给弟弟的一个，立刻便被他拿走了，给我的一个，却还在母亲的手里握着。红纸包儿里裹着压岁钱，这是我们每年所最盼切而且数目最多的一笔收入，但这次我是没有一点兴致接受它的。

"妈，我不要吧，平时不是一样的有吗？再说我已经渐渐长大了。"

"唉，孩子，在父母面前，八十岁也算不上大的。"

"妈妈自己尽辛苦节俭，哪里有什么富余的呢。"我知道母亲每次都暗暗添些钱给我，所以我更不愿意接受了。

"这是我心愿给你们用的……"母亲还没说完，这时父亲忽然在隔壁带着笑声地嚷了："不要给大的了，他又不是小孩子。"

"别睬他，快拿起来吧。"母亲也抢着说，好像哄一个婴孩，唯恐他受了惊吓似的……

佛前的香气，蕴满了全室，烛光是煌煌的。那慈祥、和平、娴静的烟纹，在黄金色的光幅中缭绕着，起伏着，仿佛要把人催得微醉了，定一下神，又似乎自己乍从梦里醒觉过来一样。

母亲回到房里的时候，父亲已经睡了；但她并不立时卧下休息，她仅沉思般地坐在床头，这时我心里真凄凉起来了，于是我也走进了房里。房里没有灯，靠着南窗底下，烧着一对明晃晃的蜡烛。

"妈今天累了吧？"我想赶去这种沉寂的空气，并且打算伴着母亲谈些家常。我是深深知道我刚才那种态度太不对了。

"不——"她望了我一会儿又问，"你怎么今天这样不喜欢呢？"

我完全追悔了，所以我也很坦白地回答母亲："我也说不出为什么，逢到年节，心里总感觉着难受似的。"

"年轻的人，不该这样的，又不像我们老了，越过越淡。"

——是的，越过越淡，在我心里，也这样重复地念了一遍。

"房里也点蜡烛做什么？"我走到烛前，剪着烛花问。

"你忘记了么？这是守岁烛，每年除夕都要点的。"

那一对美丽的蜡烛，它们真好像穿着红袍的新人。上面还题着金字：寿比南山……

"太高了一点吧？"

"你知道守岁守岁，要从今晚一直点到明朝呢。最好是一同熄——所谓同始同终——如果有剩下来的便留到清明晚间照百虫，这烛光一照，百虫便无影无踪了……"

在烛光底下，我们不知坐了多久；我们究竟把我们的残余的，惟有的一岁守住了没有呢，哪怕是蜡烛再高一点，除夕更长一些？外面的爆竹，还是密一阵疏一阵地响着，只有这一对守岁烛是默默无语，它的火焰在不定地摇曳，泪是不止地垂滴，自始至终，自己燃烧着自己。

明年，母亲便去世了，过了一个阴森森的除夕。

第二年，第三年，我都不在家里……是去年的除夕罢，在父亲的房里，又燃起了"一对"明晃晃的守岁烛了。

——母骨寒了没有呢？我只有自己问着自己。

又届除夕了，环顾这陋小，低晦，没有一点生气与温情的四围——比去年更破落了的家庭。唉，我除了凭吊那些黄金的过往以外，哪里还有一点希望与期待呢？

岁虽暮，阳春不久就会到来……

心暮了，生命的火焰，将在长夜里永久逝去了！

我的空中楼阁

李乐薇[1]

山如眉黛，小屋恰似眉梢的痣一点。

十分清新，十分自然，我的小屋玲珑地立于山脊一个柔和的角度上。

世界上有很多已经很美的东西，还需要一些点缀，山也是。小屋的出现，点破了山的寂寞，增加了风景的内容。山上有了小屋，好比一望无际的水面飘过一片风帆，辽阔无边的天空掠过一只飞雁，是单纯的底色上一点灵动的色彩，是山川美景中的一点生气，一点情调。

小屋点缀了山，什么来点缀小屋呢？那是树！

山上有一片纯绿色的无花树，花是美丽的，树的美丽也不逊于花。花好比人的面庞，树好比人的姿态，树的美在于姿势的清健或挺拔，苗条或婀娜，在于活力，在于精神！

---

[1] （1930—）祖籍江苏省南京市，1930 年生，早年肄业于上海大夏大学，是中国台湾当代散文作家。

有了这许多树，小屋就有了许多特点。树总是轻轻摇动着。树的动，显出小屋的静，树的高大，显出小屋的小巧；而小屋别致出色，乃是由于满山皆树，为小屋布置了一个美妙的绿的背景。

小屋后面有一棵高过屋顶的大树，细而密的枝叶伸展在小屋的上面，美而浓的树荫把小屋笼罩起来，这棵树使小屋予人另一种印象，使小屋显得含蓄而有风度。

换个角度，近看改为远观，小屋却又变换位置出现在另一些树的上面。这个角度是远远地站在山下看，首先看到的是小屋前面的树，那些树把小屋遮掩了，只在树与树之间露出一些建筑的线条，一角活泼的翘起的屋檐，一排整齐的图案式的屋瓦，一片蓝，那是墙，一片白，那是窗。我的小屋在树与树之间若隐若现，凌空而起，姿态翩然。本质上，它是一幢房屋；形式上，却像鸟一样，蝶一样，憩于枝头，轻灵而自由！

小屋之小，是受了土地的限制。论"领土"，只有有限的一点，在有限的土地上，房屋比土地小，花园比房屋小，花园中的路又比花园小，这条小路是我袖珍型的花园大道；和"领土"相对的是"领空"，论"领空"，却又是无限的，足以举目千里，足以俯仰天地，左顾有山外青山，右盼有绿野阡陌。适于心灵散步眼睛旅行，也就是古人说的游目骋怀。这个无限大的"领空"，是我开放性的院子。

有形的围墙围住一些花，有紫藤、月季、喇叭花、圣诞红之类……天地相连的那一道弧线，是另一重无形的围墙，也围住一些花，那些花有朵状有片状，有红有白，有绚烂也有飘落。也许那是上帝玩赏的牡丹或芍药，我们叫它云或霞。空气在山上特别清新，清新的空气使我觉得呼吸的是香！

光线以明亮为好，小屋的光线是明亮的，因为屋虽小，窗很多。例外的只有破晓或入暮，那时山上只有一片微光，一片柔静，一片宁谧。小屋在山的环抱中，犹如在花蕊中一般，慢慢地花蕊绽开了一些，好像群山后退了一些。山是不动的，那是光线加强了，是早晨来到了山中。当花瓣微微收拢，那就是夜晚来临了。小屋的光线既富于科学的时间性，也富于浪漫的文学性。

山上的环境是独立的，安静的。身在小屋享受着人间的清福、享受着充足的睡眠，以及一天一个美梦。

出入的交通要道，是一条类似苏花公路的山路，一边傍山，一边面临稻浪起伏的绿海和那高高的山坡。山路和山坡不便于行车，然而便于我行走。我出外，小屋是我快乐的起点；我归来，小屋是我幸福的终站。往返于快乐与幸福之间，哪儿还有不好走的路呢？我只觉得出外时身轻如飞，山路自动地后退；归来时带几分雀跃的心情，一跳一跳就跳过了那些山坡。我替山坡起了个名字，叫幸福的阶梯，山路被我唤作空中走廊！

我把一切应用的东西当作艺术，我在生活中的第一件艺术品——就是小屋。白天它是清晰的，夜晚它是朦胧的。每个夜幕深垂的晚上，山下亮起灿烂的万家灯火，山上闪出疏落的灯光，山下的灯把黑暗照亮了，山上的灯把黑暗照淡了，淡如烟，淡如雾。山也虚无，树也缥缈，小屋迷于雾失楼台的情景中，它不再是清晰的小屋，而是烟雾之中、星点之下、月影之侧的空中楼阁！

这座空中楼阁占了地利之便，可以省去许多室内设计和其他的装饰。

虽不养鸟，每天早晨有鸟语盈耳。

无需挂画，门外有幅巨画——名叫自然。

黄叶小谈

钟敬文 [1]

　　小雨霏霏，轻寒凄恻，虽说远赶不上北国的彤云密布、雪纷飞，但住惯或生长在岭表的人，总会觉得这是一种"岁云暮矣"的情调了。记得从前有一首五言律诗云：

　　　　梅动芳春近，云低远树微。
　　　　雨兼残叶下，风带暗沙飞。
　　　　坐看三冬尽，回思百事非。
　　　　浊醪连日醉，未足破愁围。

　　前四句，说的便是这个时节的景象。一月来，我的心情的凄

<hr>

① （1903—2002）原名谭宗，广东海丰人。早年毕业于陆安师范。1934年赴日本留学。1936年回国后，先后在广州中山大学、杭州浙江大学、香港达德学院任教，中国民间文艺研究会主席、中国民俗学会理事长。他是新中国民俗学的奠基人之一，主编《民间文学概论》《民俗学概论》，有诗集《未来的春》、散文集《荔枝小品》等。

惶纷乱,是有生以来所不曾经验过的。劫后余生,欲去不能,欲住不得,这种难捱的情味,惟有过来人能够领悟。否则尽管说得很逼真,可是终不能希冀其体味于十一,又何况我的笔端正笨拙得像永不转调的泉声呢?带住!这样轻轻提过就算了。在此当儿,不能做用心的事,自然在意料中。堆积着的文债何时才让我竣工毕事呢?思之黯然!

真是一个意外了的事!昨天无意中在朋友处翻看了"贡献"第二期伏园先生题名《红叶》的一篇文章,却引起了我一时的兴味,教我在这酒余慵困的今天,伸纸来抒写这篇小文。自己惊怪之余,不能不谢谢孙先生文章鼓舞我的魔力了。

"黄叶"与"红叶",虽然是两种很相似的东西,但在我们的观感上,颇各饶着不同的情调。如容我做点譬喻,那么黄叶像清高的隐士,红叶她却是艳妆的美人了。古人句云:"停车坐爱枫林晚,霜叶红于二月花。"这便是红叶的气味有些近于女性的春花的证明。对于黄叶,则只有令人感到孤冷清寒,或零落衰飒,不会再有什么绮思芳情了。

我自己不知什么缘故,对于渔洋老人的诗会有如此嗜好的怪癖。如果在中国过去的诗人中,我愿去自找什么老师,那么,他老,当是首先屈指的一个。他游览景物的诗,几乎没有一首不是我所爱读的。他诗里常常喜欢用红树、红叶、黄叶等名词,如:"好是日斜风定后,半江红树卖鲈鱼"、"清溪曲逐枫林转,红叶无风落满船"、"路入江州爱晚晴,青山红树眼中明"(先生《蜀道驿程记》云:第七日抵哺江津县,距县二里许,小山多桐子树,叶如渥丹,与夕霞相映)、"晚趁寒潮渡江去,满林黄叶雁声多"、"青山初日上,黄叶半江飞"、"数听清磬不知处,山鸟晚啼黄叶中"诸如此类,都是很佳丽的语句，和东坡的"扇舟一棹归何处，家在江南黄叶村"，同为诗中的画。先生尝呼崔不雕为"崔黄叶"，他所最激赏的关于他的佳句，便是："丹枫江冷人初去，黄叶声多酒不辞。"可见他老对于黄叶的爱好了。

我忆起旧事来了。当我初进中学校读书时，颇喜欢胡诌些歪诗。我们的校长周六平先生见了，竟大大地加以赞赏。一回，他把一幅山水画嘱我题诗，我勉强给他写上了下面二十八个字：

> 霜重溪桥落晚枫，
> 寒烟消尽露晴空。
> 野人领得秋风味，
> 家在青山黄叶中。

他和诗，以崔不雕相拟，至谓"比似桐花论衣钵，座中惟有阿龙超"，则更以渔洋的赏识江东阿龙乐府者自况，令我真感愧无地了！"风流我愧秦淮海，竟于苏门夺席来"，这是我当日报呈他老夫子的诗之末韵。一别将十年，他黄叶飘零也似的生命，不知还遗留在这秋风冷落的人间么？我呢，一事没有成就，只剩着这样一副残病的身躯和凄惶的心情，在这世上东飘西泊地过活，辜负了他老人家深深的期望了。唉！这何消说，更何忍说呢！"前此空挥忧国泪，斯行差慰树人情"，这两句当我离开故乡来广州时留别他的诗。一度追吟着，便一度感伤到绝地了！

上面一大段的话，似乎有些过于跑野马了，紧回到我的黄叶吧。

红叶不是到处皆有的——自然是指的大规模的枫柏、柿叶等，不是零片的任何林木的叶子——黄叶则普通极了，只要到了相当的时候。岭表气温和暖，冬季的景象，只相当于北方的秋天。在这分儿，自然可以看到枝间及地上，满缀着黄金的叶子了。日来偶纵步东郊北园一带，看到它们那样稀疏地清寂地挣扎于萧索的气运中，不免一股哀戚之情为之掀然鼓动起来。

回想数年前，我因为乱事，合家人由市镇迁入山村中的故居。那时的生活真是清隽可味。一个人竹笠、赤足，漫步于水湄林际。金黄的叶子，或飞舞于身边，或缭绕于足下。冷风吹过，沙沙地作响。我的思想，也和头顶晴空一般宁谧而清旷，偶尔拾起一片，投在回曲的山溪中，它急遽地或迂徐地逐清碧的流水往下飘，我的神思也好像随之而俱去。在这样的环境中，真不知人间何世了。现在，不但这浮浪的身，未易插翼飞回故乡，就是去得，在那毒烟流弹之下，幽秀的山光，美丽的黄叶都摧毁焚劫以尽了！哦！时间的黑潮啊！你将永恒不会带回我那已逝的清福了吗？

我竟会这样的动起感情来了，为了区区的黄叶，黄叶的回忆！算了，我愿意过去了的永成为过去！无力的我，只合对当前和未来的一切，去低吟那赏味之歌，——虽然这也怕只一句近于"祝福"的空话。

第四辑——寄天涯，知己寥落

追悼志摩

胡适

> 悄悄的我走了，
> 正如我悄悄的来，
> 我挥一挥衣袖，
> 不带走一片云彩。
> ——《再别康桥》

志摩这一回真走了！可不是悄悄地走。在那淋漓的大雨里，在那迷蒙的大雾里，一个猛烈的大震动，三百匹马力的飞机碰在一座终古不动的山上，我们的朋友额上受了一下致命的撞伤，大概立刻失去了知觉。半空中起了一团天火，像天上陨了一颗大星似的直掉下地去。我们的志摩和他的两个同伴就死在那烈焰里了！

我们初得着他的死信，都不肯相信，都不信志摩这样一个可爱的人会死得这么惨酷。但在那几天的精神大震撼稍稍过去之后，我们忍不住要想，那样的死法也许只有志摩最配。我们不相信志摩会"悄悄的走了"，也不忍想志摩会有一个"平凡的死"，死在天空之中，大雨淋着，大雾笼罩着，大火焚烧着，那撞不倒的山头在旁边冷眼瞧着，我们新时代的新诗人，就是要自己挑一种死法，也挑不出更合适，更悲壮的了。

志摩走了，我们这个世界里被他带走了不少的云彩。他在我们这些朋友之中，真是一片最可爱的云彩；永远是温暖的颜色，永远是美的花样，永远是可爱。他常说：

> 我不知道风
> 　　是在哪一方向吹——

我们也不知道风是在哪一个方向吹，可是狂风过去之后，我们的天空变惨淡了，变寂寞了，我们才感觉我们的天上的一片最可爱的云彩被狂风卷去了，永远不回来了！

这十几天里，常有朋友到家里来谈志摩，谈起来常常有人痛哭。在别处痛哭他的，一定还不少。志摩所以能使朋友这样哀念他，只是因为他的为人整个的只是一团同情心，只是一团爱。叶公超先生说：

> 他对于任何人，任何事，从未有过绝对的怨恨，甚至于无意中都没有表示过一些憎嫉的神气。

陈通伯先生说：

> 尤其朋友里缺不了他。他是我们的连索，他是黏着性的，发酵性的。在这七八年中，国内文艺界里起了不少的

风波，吵了不少的架，许多很熟的朋友往往弄得不能见面。但我没有听见有人怨恨过志摩。谁也不能抵抗志摩的同情心，谁也不能避开他的黏着性。他才是和事佬，使我们怀着无穷的同情，他总是朋友中间的"连索"。他从没有疑心，他从不会妒忌。他使这些多疑善妒的人们十分惭愧，又十分羡慕。

他的一生真是爱的象征。爱是他的宗教，他的上帝。

> 我攀登了万仞的高冈，
> 荆棘扎烂了我的衣裳，
> 我向飘渺的云天外望——
> 上帝，我望不见你！
> ……　……
> 我在道旁见一个小孩，
> 活泼，秀丽，褴褛的衣衫。
> 他叫声"妈"，眼里亮着爱——
> 上帝，他眼里有你！
> ——《他眼里有你》

志摩今年在他的《猛虎集·自序》里曾说他的心境是"一个曾经有单纯信仰的流入怀疑的颓废"。这句话是他最好的自述。他的人生观真是一种"单纯信仰"，这里面只有三个大字：一个是爱，一个是自由，一个是美。他梦想这三个理想的条件能够会合在一个人生里，这是他的"单纯信仰"。他的一生的历史，只是他追求这个单纯信仰的实现的历史。

社会上对于他的行为，往往有不谅解的地方，都只因为社会上批评他的人不曾懂得志摩的"单纯信仰"的人生观。他的离婚和他的第二次结婚，是他一生最受社会严厉批评的两件事。现在志摩的棺已盖了，而社会上的议论还未定。但我们知道这两件事的人，都能明白，至少在志摩的方面，这两件事最可以代表志摩的单纯理想的追求。他万分诚恳地相信那两件事都是实现他那"美与爱与自由"的人生的正当步骤。这两件事的结果，在别人看来，似乎都不曾能够实现志摩的理想生活。但到了今日，我们还忍用成败来议论他吗？

我忍不住我的历史癖，今天我要引用一点神圣的历史材料，来说明志摩决心离婚时的心理。民国十一年三月，他正式向他的夫人提议离婚，他告诉她，他们不应该继续他们的没有爱情没有自由的结婚生活了，他提议"自由之偿还自由"，他认为这是"彼此重见生命之曙光，不世之荣业"。他说：

> 故转夜为日，转地狱为天堂，直指顾间事矣。……真生命必自奋斗自求得来，真幸福亦必自奋斗自求得来，真恋爱亦必自奋斗自求得来！彼此前途无限，……彼此有改良社会之心，彼此有造福人类之心，其先自作榜样，勇决智断，彼此尊重人格，自由离婚，止绝苦痛，始兆幸福，皆在此矣。

这信里完全是青年的志摩的单纯的理想主义，他觉得那没有爱又没有自由的家庭是可以摧毁他们的人格的，所以他下了决心，要把自由偿还自由，要从自由求得他们的真生命，真幸福，真恋爱。

后来他回国了，婚是离了，而家庭和社会都不能谅解他。最奇怪的是他和他已离婚的夫人通信更勤，感情更好。社会上的人更不明白了。志摩是梁任公先生最爱护的学生，所以民国十二年任公先生曾写一封很长很恳切的信去劝他。在这信里，任公提出两点：

其一，万不容以他人之苦痛，易自己之快乐。弟之此举，其于弟将来之快乐能得与否，殆茫如捕风，然先已予多数人以无量之苦痛。

其二，恋爱神圣为今之少年所乐道。……兹事盖可遇而不可求。……况多情多感之人，其幻想起落鹘突，而得满足得宁帖也极难。所梦想之神圣境界恐终不可得，徒以烦恼终其身已耳。

任公又说：

呜呼志摩！天下岂有圆满之宇宙？……当知吾侪以不求圆满为生活态度，斯可以领略生活之妙味矣。……若沉迷于不可必得之梦境，挫折数次，生意尽矣，郁邑佗傺以死，死为无名。死犹可也，最可畏者，不死不生而堕落至不复能自拔。呜呼志摩，可无惧耶！可无惧耶！

（十二年一月二日信）

任公一眼看透了志摩的行为是追求一种"梦想的神圣境界"，他料到他必要失望，又怕他少年人受不起几次挫折，就会死，就会堕落。所以他以老师的资格警告他："天下岂有圆满之宇宙？"

但这种反理想主义是志摩所不能承认的。他答复任公的信，第一，不承认他是把他人的苦痛来换自己的快乐。他说：

> 我之甘冒世之不韪，竭全力以斗者，非特求免凶惨之苦痛，实求良心之安顿，求人格之确立，求灵魂之救度耳。
>
> 人谁不求庸德？人谁不安现成？人谁不畏艰险？然且有突围而出者，夫岂得已而然哉？

第二，他也承认恋爱是可遇而不可求的，但他不能不去追求。他说：

> 我将于茫茫人海中访我唯一灵魂之伴侣；得之，我幸；不得，我命，如此而已。

他又相信他的理想是可以创造培养出来的。他对任公说：

> 嗟夫吾师！我尝奋我灵魂之精髓，以凝成一理想之明珠，涵之以热满之心血，朗照我深奥之灵府。而庸俗忌之嫉之，辄欲麻木其灵魂，捣碎其理想，杀灭其希望，污毁其纯洁！我之不流入堕落，流入庸懦，流入卑污，其几亦微矣！

我今天发表这三封不曾发表过的信，因为这几封信最能表现那个单纯的理想主义者徐志摩。他深信理想的人生必须有爱，必须有自由，必须有美；他深信这种三位一体的人生是可以追求的，至少是可以用纯洁的心血培养出来的。——我们若从这个观点来观察志摩的一生，他这十年中的一切行为就全可以了解了。我还可以说，只有从这个观点上才可以了解志摩的行为，我们必须先认清了他的单纯信仰的人生观，方才认得清志摩的为人。

志摩最近几年的生活，他承认是失败。他有一首《生活》的诗，诗暗惨得可怕：

> 阴沉，黑暗，毒蛇似的蜿蜒，
> 生活逼成了一条甬道：
> 一度陷入，你只可向前，
> 手扪索着冷壁的粘潮，
> 在妖魔的脏腑内挣扎，
> 头顶不见一线的天光，
> 这魂魄，在恐怖的压迫下，
> 除了消灭更有什么愿望？
> （十九年五月二十九日）

他的失败是一个单纯的理想主义者的失败。他的追求，使我们惭愧，因为我们的信心太小了，从不敢梦想他的梦想。他的失败，也应该使我们对他表示更深厚的恭敬与同情，因为偌大的世界之中，只有他有这信心，冒了绝大的危险，费了无数的麻烦，牺牲了一切平凡的安逸，牺牲了家庭的亲谊和人间的名誉，去追求，去试验一个"梦想之神圣境界"，而终于免不了惨酷的失败，也不完全是他的人生观的失败。他的失败是因为他的信仰太单纯了，而这个现实世界太复杂了，他的单纯的信仰禁不起这个现实世界的摧毁；正如易卜生的诗剧 Brand 里的那个理想主义者，抱着他的理想，在人间处处碰钉子，碰得焦头烂额，失败而死。

然而我们的志摩"在这恐怖的压迫下"，从不叫一声"我投降了"！他从不曾完全绝望，他从不曾绝对怨恨谁。他对我们说：

你们不能更多地责备。我觉得我已经是满头的血水，能不低头已算是好的。(《猛虎集·自序》)

是的，他不曾低头。他仍旧昂起头来做人；他仍旧是他那一团的同情心，一团的爱。我们看他替朋友做事，替团体做事，他总是仍旧那样热心，仍旧那样高兴。几年的挫折，失败，苦痛，似乎使他更成熟了，更可爱了。

他在苦痛之中，仍旧继续他的歌唱。他的诗作风也更成熟了。他所谓"初期的汹涌性"固然是没有了，作品也减少了；但是他的意境变深厚了，笔致变淡远了，技术和风格都更进步了。这是读《猛虎集》的人都能感觉到的。志摩自己希望今年是他的"一个真的复活的机会"。他说：

抬起头居然又见到了天。眼睛睁开了，心也跟着开始了跳动。

我们一班朋友都替他高兴。他这几年来想用心血浇灌的花树也许是枯萎的了；但他的同情，他的鼓舞，早又在别的园地里种出了无数的可爱的小树，开出了无数可爱的鲜花。他自己的歌唱有一个时代是几乎消沉了；但他的歌声引起了他的园地外无数的歌喉，嘹亮地唱，哀怨地唱，美丽地唱。这都是他的安慰，都使他高兴。

谁也想不到在这个最有希望的复活时代，他竟丢了我们走了！他的《猛虎集》里有一首咏一只黄鹂的诗，现在重读了，好像他在那里描写他自己的死，和我们对他的死的悲哀：

> 等候他唱，我们静着望，
> 怕惊了他。
> 但他一展翅，
> 冲破浓密，化一朵彩雾：
> 飞来了，不见了，没了！！
> 像是春光，火焰，像是热情。

志摩这样一个可爱的人，真是一片春光，一团火焰，一腔热情。现在难道都完了？

决不！决不！志摩最爱他自己的一首小诗，题目叫作《偶然》，在他的《卞昆冈》剧本里，在那个可爱的孩子阿明临死时，那个瞎子弹着三弦，唱着这首诗：

> 我是天空里的一片云，
> 偶尔投影在你的波心！
> 你不必讶异，

更无须欢喜！

在转瞬间消灭了踪影。

你我相逢在黑暗的海上，

你有你的，我有我的方向。

你记得也好，

最好你忘掉，

在这交会时互放的光亮！

　　朋友们，志摩是走了，但他投的影子会永远留在我们心里，他放的光亮也会永远留在人间，他不曾白来了一世。我们有了他做朋友，也可以安慰自己说不曾白来了一世。我们忘不了他和我们：

　　在那交会时互放的光亮！

范 爱 农

鲁迅

在东京的客店里，我们大抵一起来就看报。学生所看的多是《朝日新闻》和《读卖新闻》，专爱打听社会上琐事的就看《二六新闻》。一天早晨，辟头就看见一条从中国来的电报，大概是：

"安徽巡抚恩铭被 Jo Shiki Rin 刺杀，刺客就擒。"

大家一惊之后，便容光焕发地互相告语，并且研究这刺客是谁，汉字是怎样三个字。但只要是绍兴人，又不专看教科书的，却早已明白了。这是徐锡麟，他留学回国之后，在做安徽候补道，办着巡警事务，正合于刺杀巡抚的地位。

大家接着就预测他将被极刑，家族将被连累。不久，秋瑾姑娘在绍兴被杀的消息也传来了，徐锡麟是被挖了心，给恩铭的亲兵炒食净尽。人心很愤怒。有几个人便秘密地开一个会，筹集川资；这时用得着日本浪人了，撕乌贼鱼下酒，慷慨一通之后，他便登程去接徐伯荪的家属去。

照例还有一个同乡会，吊烈士，骂满洲；此后便有人主张打电报到北京，痛斥满政府的无人道。会众即刻分成两派：一派要发电，一派不要发。我是主张发电的，但当我说出之后，即有一种钝滞的声音跟着起来：

"杀的杀掉了，死的死掉了，还发什么屁电报呢。"

这是一个高大身材，长头发，眼球白多黑少的人，看人总像在藐视。他蹲在席子上，我发言大抵就反对；我早觉得奇怪，注意着他的了，到这时才打听别人：说这话的是谁呢，有那么冷？认识的人告诉我说：他叫范爱农，是徐伯荪的学生。

我非常愤怒了，觉得他简直不是人，自己的先生被杀了，连打一个电报还害怕，于是便坚执地主张要发电，同他争起来。结果是主张发电的居多数，他屈服了。其次要推出人来拟电稿。

"何必推举呢？自然是主张发电的人啰……"他说。

我觉得他的话又在针对我，无理倒也并非无理的。但我便主张这一篇悲壮的文章必须深知烈士生平的人做，因为他比别人关系更密切，心里更悲愤，做出来就一定更动人。于是又争起来。结果是他不做，我也不做，不知谁承认做去了；其次是大家走散，只留下一个拟稿的和一两个干事，等候做好之后去拍发。

从此我总觉得这范爱农离奇，而且很可恶。天下可恶的人，当初以为是满人，这时才知道还在其次；第一倒是范爱农。中国不革命则已，要革命，首先就必须将范爱农除去。

然而这意见后来似乎逐渐淡薄，到底忘却了，我们从此也没有再见面。直到革命的前一年，我在故乡做教员，大概是春末时候罢，忽然在熟人的客座上看见了一个人，互相熟视了不过两三秒钟，我们便同时说：

"哦哦，你是范爱农！"

"哦哦，你是鲁迅！"

不知怎地我们便都笑了起来，是互相的嘲笑和悲哀。他眼睛还是那样，然而奇怪，只这几年，头上却有了白发了，但也许本来就有，我先前没有留心到。他穿着很旧的布马褂，破布鞋，显得很寒素。谈起自己的经历来，他说他后来没有了学费，不能再留学，便回来了。回到故乡之后，又受着轻蔑，排斥，迫害，几乎无地可容。现在是躲在乡下，教着几个小学生糊口。但因为有时觉得很气闷，所以也乘了航船进城来。

他又告诉我现在爱喝酒，于是我们便喝酒。从此他每一进城，必定来访我，非常相熟了。我们醉后常谈些愚不可及的疯话，连母亲偶然听到了也发笑。一天我忽而记起在东京开同乡会时的旧事，便问他：

"那一天你专门反对我，而且故意似的，究竟是什么缘故呢？"

"你还不知道？我一向就讨厌你的，——不但我，我们。"

"你那时之前，早知道我是谁么？"

"怎么不知道。我们到横滨，来接的不就是子英和你么？你看不起我们，摇摇头，你自己还记得么？"

我略略一想，记得的，虽然是七八年前的事。那时是子英来约我的，说到横滨去接新来留学的同乡。汽船一到，看见一大堆，大概一共有十多人，一上岸便将行李放到税关上去候查检，关吏在衣箱中翻来翻去，忽然翻出一双绣花的弓鞋来，便放下公事，拿着仔细地看。我很不满，心里想，这些鸟男人，怎么带这东西来呢。自己不注意，那时也许就摇了摇头。检验完毕，在客店小坐之后，即须上火车。不料这一群读书人又在客车上让起座位来了，甲要乙坐在这位上，乙要丙去坐，揖让未终，火车已开，车身一摇，即刻跌倒了三四个。我那时也很不满，暗地里想：连火车上的座位，他们也要分出尊卑来……。自己不注意，也许又摇了摇头。然而那群雍容揖让的人物中就有范爱农，却直到这一天才想到。岂但他呢，说起来也惭愧，这一群里，还有后来在安徽战死的陈伯平烈士，被害的马宗汉烈士；被囚在黑狱里，到革命后才见天日而身上永带着匪刑的伤痕的也还有一两人。而我都茫无所知，摇着头将他们一并运上东京了。徐伯荪虽然和他们同船来，却不在这车上，因为他在神户就和他的夫人坐车走了陆路了。

我想我那时摇头大约有两回，他们看见的不知道是那一回。让坐时喧闹，检查时幽静，一定是在税关上的那一回了，试问爱农，果然是的。

"我真不懂你们带这东西做什么？是谁的？"

"还不是我们师母的？"他瞪着他多白的眼。

"到东京就要假装大脚，又何必带这东西呢？"

"谁知道呢？你问她去。"

到冬初，我们的景况更拮据了，然而还喝酒，讲笑话。忽然是武昌起义，接着是绍兴光复。第二天爱农就上城来，戴着农夫常用的毡帽，那笑容是从来没有见过的。

"老迅，我们今天不喝酒了。我要去看看光复的绍兴。我们同去。"

我们便到街上去走了一通，满眼是白旗。然而貌虽如此，内骨子是依旧的，因为还是几个旧乡绅所组织的军政府，什么铁路股东是行政司长，钱店掌柜是军械司长……这军政府也到底不长久，几个少年一嚷，王金发带兵从杭州进来了，但即使不嚷或者也会来。他进来以后，也就被许多闲汉和新进的革命党所包围，大做王都督。在衙门里的人物，穿布衣来的，不上十天也大概换上皮袍子了，天气还并不冷。

我被摆在师范学校校长的饭碗旁边，王都督给了我校款二百元。爱农做监学，还是那件布袍子，但不大喝酒了，也很少有工夫谈闲天。他办事，兼教书，实在勤快得可以。

"情形还是不行，王金发他们。"一个去年听过我的讲义的少年来访问我，慷慨地说，"我们要办一种报来监督他们。不过发起人要借用先生的名字。还有一个是子英先生，一个是德清先生。为社会，我们知道你决不推却的。"

我答应他了。两天后便看见出报的传单，发起人诚然是三个。五天后便见报，开首便骂军政府和那里面的人员；此后是骂都督，都督的亲戚、同乡、姨太太……

这样地骂了十多天，就有一种消息传到我的家里来，说都督因为你们诈取了他的钱，还骂他，要派人用手枪来打死你们了。

别人倒还不打紧，第一个着急的是我的母亲，叮嘱我不要再出去。但我还是照常走，并且说明，王金发是不来打死我们的，他虽然绿林大学出身，而杀人却不很轻易。况且我拿的是校款，这一点他还是能明白的，不过说说罢了。

果然没有来杀。写信去要经费，又取了二百元。但仿佛有些怒意，同时传令道：再来要，没有了！

不过爱农得到了一种新消息，却使我很为难。原来所谓"诈取"者，并非指学校经费而言，是指另有送给报馆的一笔款。报纸上骂了几天之后，王金发便叫人送去了五百元。于是乎我们的少年们便开起会议来，第一个问题是：收不收？决议曰：收。第二个问题是：收了之后骂不骂？决议曰：骂。理由是：收钱之后，他是股东；股东不好，自然要骂。

我即刻到报馆去问这事的真假。都是真的。略说了几句不该收他钱的话，一个名为会计的便不高兴了，质问我道：

"报馆为什么不收股本？"

"这不是股本……"

"不是股本是什么？"

我就不再说下去了，这一点世故是早已知道的，倘我再说出连累我们的话来，他就会面斥我太爱惜不值钱的生命，不肯为社会牺牲，或者明天在报上就可以看见我怎样怕死发抖的记载。

然而事情很凑巧，季茀写信来催我往南京了。爱农也很赞成，但颇凄凉，说：

"这里又是那样，住不得。你快去罢……"

我懂得他无声的话，决计往南京。先到都督府去辞职，自然照准，派来了一个拖鼻涕的接收员，我交出账目和余款一角又两铜元，不是校长了。后任是孔教会会长傅力臣。

报馆案是我到南京后两三个星期了结的，被一群兵们捣毁。子英在乡下，没有事；德清适值在城里，大腿上被刺了一尖刀。他大怒了。自然，这是很有些痛的，怪他不得。他大怒之后，脱下衣服，照了一张照片，以显示一寸来宽的刀伤，并且做一篇文章叙述情形，向各处分送，宣传军政府的横暴。我想，这种照片现在是大约未必还有人收藏着了。尺寸太小，刀伤缩小到几乎等于无，如果不加说明，看见的人一定以为是带些疯气的风流人物的裸体照片，倘遇见孙传芳大帅，还怕要被禁止的。

我从南京移到北京的时候，爱农的学监也被孔教会会长的校长设法去掉了。他又成了革命前的爱农。我想为他在北京寻一点小事做，这是他非常希望的，然而没有机会。他后来便到一个熟人的家里去寄食，也时时给我信，景况愈困穷，言辞也愈凄苦。终于又非走出这熟人的家不可，便在各处飘浮。不久，忽然从同乡那里得到一个消息，说他已经掉在水里，淹死了。

我疑心他是自杀。因为他是浮水的好手，不容易淹死的。

夜间独坐在会馆里，十分悲凉，又疑心这消息并不确，但无端又觉得这是极其可靠的，虽然并无证据。一点法子都没有，只做了四首诗，后来曾在一种日报上发表，现在是将要忘记完了。只记得一首里的六句，起首四句是："把酒论天下，先生小酒人。大圜犹酩酊，微醉合沉沦。"中间忘掉两句，末了是："旧朋云散尽，余亦等轻尘。"

后来我回故乡去，才知道一些较为详细的事。爱农先是什么事也没得做，因为大家讨厌他。他很困难，但还喝酒，是朋友请他的。他已经很少和人们来往，常见的只剩下几个后来认识的较为年轻的人了，然而他们似乎也不愿意多听他的牢骚，以为不如讲笑话有趣。"也许明天就收到一个电报，拆开来一看，是鲁迅来叫我的。"他时常这样说。

一天，几个新的朋友约他坐船去看戏，回来已过夜半，又是大风雨，他醉着，却偏要到船舷上去小解。大家劝阻他，也不听，自己说是不会掉下去的。但他掉下去了，虽然能浮水，却从此不起来。

第二天打捞尸体，是在菱荡里找到的，直立着。

我至今不明白他究竟是失足还是自杀。

他死后一无所有，遗下一个幼女和他的夫人。有几个人想集一点钱作他女孩将来的学费的基金，因为一经提议，即有族人来争这笔款的保管权，——其实还没有这笔款，——大家觉得无聊，便无形消散了。

现在不知他唯一的女儿景况如何？倘在上学，中学已该毕业了罢。

十一月十八日

怀 鲁 迅

郁达夫

真是晴天的霹雳，在南台的宴会席上，忽而听到了鲁迅的死！

发出了几通电报，荟萃了一夜行李，第二天我就匆匆跳上了开往上海的轮船。

二十二日上午十时船靠了岸，到家洗一个澡，吞了两口饭，跑到胶州路万国殡仪馆去，遇见的只是真诚的脸，热烈的脸，悲愤的脸，和千千万万将要破裂似的青年男女的心肺与紧捏的拳头。

这不是寻常的丧葬，这也不是沉郁的悲哀，这正像是大地震要来，或黎明将到时充塞在天地之间的一瞬间的寂静。

生死，肉体，灵魂，眼泪，悲叹，这些问题与感觉，在此地似乎太渺小了，在鲁迅的死的彼岸，还照耀着一道更伟大，更猛烈的寂光。

没有伟大的人物出现的民族，是世界上最可怜的生物之群；有了伟大的人物，而不知拥护，爱戴，崇仰的国家，是没有希望的奴隶之邦。因鲁迅的一死，使人们自觉出了民族的尚可以有为；也因鲁迅之一死，使人家看出了中国还是奴隶性很浓厚的半绝望的国家。

鲁迅的灵柩，在夜阴里被埋入浅土中去了；西天角却出现了一片微红的新月。

一九三六年十月二十四日在上海

致梁启超（片断三则）

徐志摩

（一）我之甘冒世之不韪，竭全力以斗者，非特求免凶惨之苦痛，实求良心之安顿，求人格之确立，求灵魂之救度耳。人谁不求庸德？人谁不安现成？人谁不畏艰险？然而有突围而出者，夫岂得已而然哉？

（二）我将于茫茫人海中访我惟一灵魂之伴侣；得之，我幸；不得，我命。如此而已。

（三）嗟夫我师！我尝奋我灵魂之精髓，以凝成一理想之明珠，涵之以热烈之心血，明照我深奥之灵府。而庸俗忌之嫉之，辄欲麻木其灵魂，捣碎其理想，杀灭其希望，污毁其纯洁！我之不流入堕落，流入庸懦，流入卑污，其几亦微矣！

致 胡 适

徐志摩

适之：

　　生命薄弱的时候，一封信都不易产出，愈是知心的朋友，信愈不易写。你走后，我哪一天不想着你，何尝不愿意像慰慈那样写信，但是每回一提笔就觉着一种枯窘，生命、思想，哪样都没有波动。在硖石的一个月，不错，总算享到了清闲寂静的幸福。但不幸这福气又是不久长的，小曼旧病又发作，还得扶病逃难，到上海来过最不健康的栈房生活，转眼已是二十天，曼还是不见好。方才去你的同乡王仲奇处看了病，他的医道却还有些把握，但曼的身体根本是神经衰弱，本原太亏，非在适当地方有长期间的静养是不得见效的，碰巧这世乱荒荒，哪还有清静的地方容你去安住，这是我最大的一件心事。你信上说起见恩厚之夫妇，或许有办法把我们弄到国外去的话，简直叫我惝恍了这两天！我哪一天不想往外国跑，翡冷翠与康桥最惹我的相思，但事实上的可能性小到我梦都不敢重做。朋友里如彭春最赞成我们俩出去一次，老梁也劝我们去，只是叫我们哪里去找机会？中国本来是无可恋，近来更不是世界，我又是绝对无意于名利的，所要的只是"草青人远，一流冷涧"。这扰攘日子，说实话，我其实难过。你的新来的兴奋，我也未尝不曾感到过，但你我虽则兄弟们的交好，襟怀性情地位的不同处，正大着；另一句话说，你在社会上是负定了一种使命的，你不能不斗到底，你不能不向前迈步，尤其是这次回来，你愈不能不危险地过日子，我至少决不用消极的话来挫折你的勇气。但我自己却另是一回事，早几年我也不免有一点年轻人的夸大，但现在我看清楚些了，才，学，力，我是没有一样过人的，事业的世界我早已决心谢绝，我唯一的希望是能得到一种生活的状态，可以容我集中我有限的力量，在文字上做一点工作。好在小曼也不慕任何的浮荣，她也只要我清闲度日，始终做一个读书人。我怎么能不感谢上苍，假如我能达到我的志愿！

留在中国的话，第一种逼迫就是生活问题。我决不能长此厚颜倚赖我的父母。就为这经济不能独立，我们新近受了不少的闷气。转眼又到阴历年了，我到哪里好？干什么好？曼是想回北京，她最舍不得她娘，但在北京教书是没有钱的，《晨副》我又不愿重去接手（你一定懂得我意思），生活费省是省，每月二百元总得有不是？另寻不相干的差事我又是干不来的，所以回北京难。留在上海也不妥当，第一我不欢喜这地方，第二急切也没有合我脾胃的事情做。最好当然是在家乡耽着，家里新房子住得顶舒服的，又可以承欢膝下，但我又怕我父母不能相谅，只当我是没出息，这老大还得靠着家，其实只要他们能懂得我，我倒十分愿意暂时在家里休养，也着实可以读书做工，且过几时等时局安静些再想活动。目下闷处在上海，无聊到不可言状，曼又早晚常病，连个可与谈的朋友都难得有（吴德生做了推事，忙极了的），硖石一时又回不去，你看多糟！你能早些回来，我们能早日相见，固然是好，但看时局如此凌乱，你好容易呼吸了些海外的新鲜空气，又得回向溷浊里，急切要求心地上的痛快怕是难的。

我们几个朋友的情形你大概知道，在君仍在医院里，他太太病颇不轻，acute headache，他辞职看来已有决心，你骂他的信或许有点影响。君劢（mài）已经辞去政治大学，听说南方有委杏佛与经农经营江苏教育事业的话，看来颇近情。老傅已受中山大学聘，现在山东，即日回来。但前日达夫来说广大亦已欠薪不少，老傅去，一半为钱，那又何必。通伯、叔华安居乐业，梦麟在上海，文伯在汉口，百里潦倒在沪，最可怜。小曼说短信没有意思，长信没力气写，爽性不写，她想你带回些东西来给她，皮包、袜子之类。你的相片瘦了，倒像一个鲍雪微几[①]。

隔天再谈，一切保重。

志摩小曼同候
一九二七年一月七日

---

① 指布尔什维克。当时胡适曾在莫斯科逗留三天，写给徐志摩的信中，多称赞苏俄。此处徐志摩开玩笑式地说胡适"倒像一个鲍雪微几（布尔什维克）。"

深挚的友谊

邹韬奋

跨进了约翰之后，课程上的烦闷消除了，而经济上的苦窘还是继续着。辛辛苦苦做了几个月的青年"老学究"所获得的经费，一个学期就用得精光了，虽则是栗栗危惧地使用着。约翰是贵族化的学校，富家子弟是很多的。到了星期六，一辆辆的汽车排在校前好像长蛇阵似的来迎接"少爷们"回府，我穿着那样寒酸气十足的衣服跑出门口，连黄包车都不敢坐的一个穷小子，望望这样景象，觉得自己在这个学校简直是个"化外"的人物！但是我并不自馁，因为我打定了"走曲线"的求学办法。

但是我却不得不承认，关于经济方面的应付，无论怎样极力"节流"，总不能一文不花；换句话说，总不能一点"开源"都没有。这却不是完全可由自己做主的了！在南洋附属小学就做同学的老友郁锡范先生，那时已入职业界做事；我实在没有办法的时候，往往到他那里去五块十块钱地借用一下，等想到法子的时候再还。

他的经济力并不怎样充分，但是隔几时暂借五块十块钱还觉可能；尤其是他待我的好，信我的深，使我每次借款的时候并不感觉到有着丝毫的难堪或不痛快的情绪，否则我虽穷得没有办法，也是不肯随便向人开口的。在我苦学的时候，郁先生实在可算是我的"鲍叔"。最使我感动的是有一次我的学费不够，他手边也刚巧在周转不灵，竟由他商得他的夫人的同意，把她的首饰都典当了来助我。但是他对于我的信任心虽始终不变，我自己却也很小心，非至万不得已时也绝对不向他开口借钱；第一次的借款未还，绝对不随便向他商量第二次的借款。一则他固然也没有许多款可借；二则如果过于麻烦，任何热心的朋友也难免于要皱眉的。

我因为要极力"节流"，虽不致衣不蔽体，但是往往衣服破烂了，便无力置备新的；别人棉衣上身，我还穿着夹衣。蚊帐破得东一个洞，西一个洞，蚊虫乘机来袭，常在我的脸部留下不少的成绩。这时注意到我的情形的却另有一位好友刘威阁先生。他是在约翰和我同级的，我刚入约翰做新生的时候，第一次和他见面，我们便成了莫逆交。他有一天由家里回到学校，手里抱着一大包的衣物，一团高兴地跑进了我的卧室，打开来一看，原来是一件棉袍，一顶纱帐！我还婉谢着，但是他一定要我留下来用。他那种特别爱护我的深情厚谊，实在是使我一生不能忘的。那时他虽已结了婚，还是和大家族同居的，他的夫人每月向例可分到大家族津贴的零用费十块钱；有一次他的夫人回苏州娘家去了一个月，他就硬把那十块钱给我用。我觉得这十块钱所含蓄的情义，是几十万几百万的巨款所含蓄不了的。

我国有句俗话，叫作"救急不救穷"，就个人的能力说，确是经验之谈。因为救急是偶然的、临时的，救穷却是长时期的。我所得到的深挚的友谊和热诚的赞助，已是很难得的了，但是经济方面还需要有相当的办法。我于是开始翻译杜威所著的《民治与教育》。

但是巨著的译述，有远水不及救近火之苦，最后还是靠私家教课的职务。这职务的得到，并不是靠什么职业介绍所，或自己登报自荐，却是和我在南洋时一样，承蒙同学的信任，刚巧碰到他们正在替亲戚物色这样的教师。我每日下午下课后就要往外奔，教两小时后再奔回学校。这在经济上当然有着相当的救济，可是在时间上却弄得更忙。忙有什么办法？只有硬着头皮向前干去。白天的时间不够用，只有常在夜里"开夜车"。

后来我的三弟进南洋中学，我和我的二弟每月各人还要设法拿几块钱给他零用，我经济上又加上了一点负担。幸而约翰的图书馆要雇用一个夜里的助理员，每夜一小时，每月薪金七块钱。我毛遂自荐，居然被校长核准了。这样才勉强捱过难关。

毕云程先生乘汽车赶来借给我一笔学费，也在这个时期里，这也是我所不能忘的一件事，曾经在《萍踪寄语》初集里面谈起过，在这里就不赘述了。

深挚的友情是最足感人的。就我们自己说，我们要能多得到深挚的友谊，也许还要多多注意自己怎样做人，不辜负好友们的知人之明。

朴朗吟教授

袁昌英①

记得这是欧洲大战中一个朔风怒啸，霜封大地的清晨。一间暗淡阴森的课堂内，已经坐定了不少男女学生，一个个呵手蹬脚，意在暖寒。可是呵出来的气，却也以为空中太冷，一珠珠都飞到玻璃窗上，互相取暖。

在嘈杂喃喃的细语中，我听明了一个女生说道："朴朗吟教授今天未必来上课。"这话原是向我同位的女同学说。我不待她答，就急忙问道："报上所载的朴朗吟教授的儿子昨天在前线被害了，可就是她的？""可不是她的！这是她第三个儿子为国家牺牲了。真太可怜！以后她就是孤孤单单一个人了。今天的希腊悲剧准的上不成。"她的声音里满含着凄婉与同情。

上课钟终于发出暮鼓晨钟的音节，全堂顿时静肃如缄。呵手

---

① （1894—1973）湖南醴陵人。幼年在乡间私塾读书。1916年留学英国，获文学硕士学位。1921年回国，后到北平女子高等师范学院教书。后赴法国求学，归国后先后任教于中国公学、武汉大学。曾出版剧作集《孔雀东南飞及其他独幕剧》。

蹭足所拒抗不住的厉寒，却为这沉肃所征服了。大家精神焕发地凝视着讲台左侧的门，默伺它的移动。各人的眼膜上果然触着一种波击。门开处，一个五十来岁，头戴黑色方角博士帽，身披黑色宽大博士袍的女教授，憔悴容颜，惨淡面目，从容不迫地走上讲台。全体同学，不约而同地，如触电般，同时站起，向她整整低头五分钟。

她不胜了，眼泪如泉奔如川决，簌簌然直流而下。这神圣的五分钟纯为无声的悲哀所盘踞。最后，她拭干了眼泪，一声"请坐"，就开始讲论"七军攻笛博城"的伟大悲剧了。声音洪亮，气概激昂，可是哀思凄恻，痛隐眉梢，仿佛哀蒂阿克利就是她自己的儿子。身世坎坷，人生不免。可是以一弱女子，能以这种不屈不挠，敛神忍痛的态度担当之，而孜孜不息地履行自己的职务，这是多么沉毅而悲壮的精神！

第五辑——独微吟，自赏且乐

野草·题辞

鲁迅

当我沉默着的时候,我觉得充实;我将开口,同时感到空虚。

过去的生命已经死亡。我对于这死亡有大欢喜,因为我借此知道它曾经存活。死亡的生命已经朽腐。我对于这朽腐有大欢喜,因为我借此知道它还非空虚。

生命的泥委弃在地面上,不生乔木,只生野草,这是我的罪过。

野草,根本不深,花叶不美,然而吸取露,吸取水,吸取陈死人的血和肉,各各夺取它的生存。当生存时,还是将遭践踏,将遭删刈,直至于死亡而朽腐。

但我坦然,欣然。我将大笑,我将歌唱。

我自爱我的野草,但我憎恶这以野草作装饰的地面。

地火在地下运行,奔突;熔岩一旦喷出,将烧尽一切野草,以及乔木,于是并且无可朽腐。

但我坦然,欣然。我将大笑,我将歌唱。

天地有如此静穆,我不能大笑而且歌唱。天地即不如此静穆,我或者也将不能。我以这一丛野草，在明与暗，生与死，过去与未来之际，献于友与仇，人与兽，爱者与不爱者之前作证。

为我自己，为友与仇，人与兽，爱者与不爱者，我希望这野草的死亡与朽腐，火速到来。要不然，我先就未曾生存，这实在比死亡与朽腐更其不幸。

去罢，野草，连着我的题辞！

一九二七年四月二十六日，鲁迅记于广州之白云楼上

伟大的捕风

周作人

我最喜欢读《旧约》里的《传道书》。传道者劈头就说，"虚空的虚空"，接着又说道，"已有的事后必再有，已行的事后必再行。日光之下并无新事。"这都是使我很喜欢读的地方。

中国人平常有两种口号，一种是说人心不古，一种是无论什么东西都说古已有之。我偶读拉瓦尔（Lawall）的《药学四千年史》，其中说及世界现存的埃及古文书，有一卷是基督前二千二百五十年的写本（照中国算来大约是舜王爷登基的初年），里边大发牢骚，说人心变坏，不及古时候的好云云，可见此乃是古今中外共通的意见，恐怕那天雨粟时夜哭的鬼的意思也是如此吧。不过这在我无从判断，所以只好不赞一词，而对于古已有之说则颇有同感，虽然如说潜艇即古之螺舟，轮船即隋炀帝之龙舟等类，也实在不敢恭维。我想，今有的事古必已有，说的未必对，若云已行的事后必再行，这似乎是无可疑的了。

世上的人都相信鬼，这就证明我所说的不错。普通鬼有两类。一是死鬼，即有人所谓幽灵也，人死之后所化，又可投生为人，轮回不息。二是活鬼，实在应称僵尸，从坟墓里再走到人间，《聊斋》里有好些他的故事。此二者以前都已知道，新近又有人发见一种，即梭罗古勃（Sologub）所说的"小鬼"，俗称当云遗传神君，比别的更是可怕了。易卜生在《群鬼》这本剧中，曾借了阿尔文夫人的口说道："我觉得我们都是鬼。不但父母传下来的东西在我们身体里活着，并且各种陈旧的思想信仰这一类的东西也都存留在里头。虽然不是真正的活着，但是埋伏在内也是一样。我们永远不要想脱身。有时候我拿起张报纸来看，我眼里好像看见有许多鬼在两行字的夹缝中间爬着。世界上一定到处都有鬼。他们的数目就像沙粒一样地数不清楚。"（引用潘家洵先生译文）我们参照法国吕滂（Le Bon）的《民族发展之心理》，觉得这小鬼的存在是万无可疑，古人有什么守护天使、三尸神等话头，如照古已有之学说，这岂不就是一则很有趣味的笔记材料吗？

无缘无故疑心同行的人是活鬼，或相信自己心里有小鬼，这不但是迷信之尤，简直是很有发疯的意思了。然而没有法子。只要稍能反省的朋友，对于世事略加省察，便会明白，现代中国上下的言行，都一行行地写在二十四史的鬼账簿上面。画符，念咒，这岂不是上古的巫师，蛮荒的"药师"的勾当？但是他的生命实在是天壤无穷，在无论哪一时代，还不是一样地在青年老年，公子女公子，诸色人等的口上指上乎？即如我胡乱写这篇东西，也何尝不是一种鬼画符之变相？只此一例足矣。

已有的事后必再有，已行的事后必再行，此人生之所以为虚空的虚空也欤？传道者之厌世盖无足怪。他说："我又专心察明智慧狂妄和愚昧，乃知这也是捕风，因为多有智慧就多有愁烦，加增智识就加增忧伤。"话虽如此，对于虚空的唯一的办法其实还只有虚空之追迹，而对于狂妄与愚昧之察明乃是这虚无的世间第一有趣味的事，在这里我不得不和传道者的意见分歧了。勃阑特思（Brandes）批评弗罗倍尔（Flaubert），说他的性格是用两种分子合成："对于愚蠢的火烈的憎恶，和对于艺术的无限的爱。这个憎爱，与凡有的憎恶一例，对于所憎恶者感到一种不可抗的牵引。各种形式的愚蠢，如愚行迷信自大不宽容都磁力似的吸引他，感发他。他不得不一件件地把他们描写出来。"我听说从前张献忠举行殿试，试得一位状元，十分宠爱，不到三天忽然又把他"收拾"了，说是因为实在"太心爱这小子"的缘故，就是平常人看见可爱的小孩或女人，也恨不得一口水吞下肚去，那么倒过来说，憎恶之极反而喜欢，原是可以，殆正如金圣叹说，留得三四癞疮，时呼热汤关门澡之，亦是不亦快哉之一也。

察明同类之狂妄和愚昧，与思索个人的老死病苦，一样是伟大的事业，积极的人可以当一种重大的工作，在消极的也不失为一种有趣的消遣。虚空尽由它虚空，知道它是虚空，而又偏去追迹，去察明，那么这是很有意义的，这实在可以当得起说是伟大的捕风。法儒巴思加耳（Pascal）在他的《感想录》上曾经说过：

"人只是一根芦苇，世上最脆弱的东西，但他是一根会思想的芦苇。这不必要世间武装起来，才能毁坏他。只须一阵风，一滴水，便足以弄死他了。但即使宇宙害了他，人总比他的加害者还要高贵，因为他知道他是将要死了，知道宇宙的优胜，宇宙却一点不知道这些。"

十八年五月十三日写于北平

渐

丰子恺

　　使人生圆滑进行的微妙的要素，莫如"渐"；造物主骗人的手段，也莫如"渐"。在不知不觉之中，天真烂漫的孩子"渐渐"变成野心勃勃的青年，慷慨豪侠的青年"渐渐"变成冷酷的成人，血气旺盛的成人"渐渐"变成顽固的老头子。因为其变更是渐进的，一年一年地、一月一月地、一日一日地、一时一时地、一分一分地、一秒一秒地渐进，犹如从斜度极缓的长远的山坡上走下来，使人不察其递降的痕迹，不见其各阶段的境界，而似乎觉得常在同样的地位，恒久不变，又无时不有生的意趣与价值，于是人生就被确实肯定，而圆滑进行了。假使人生的进行不像山坡而像风琴的键板，由 do 忽然移到 re，即如昨夜的孩子今朝忽然变成青年；或者像旋律的"接离进行"地由 do 忽然跳到 mi，即如朝为青年而夕暮忽成老人，人一定要惊讶、感慨、悲伤或痛感人生的无常，而不乐为人了。故可知人生是由"渐"维持的。这在女人恐怕尤为必要：歌剧中，舞台上的如花的少女，就是将来火炉旁边的老婆子。这句话，骤听使人不能相信，少女也不肯承认，实则现在的老婆子都是由如花的少女"渐渐"变成的。

人之能堪受境遇的变衰，也全靠这"渐"的助力。巨富的纨绔子弟因屡次破产而"渐渐"荡尽其家产，变为贫者；贫者只得做佣工，佣工往往变为奴隶，奴隶容易变为无赖，无赖与乞丐相去甚近，乞丐不妨做偷儿……这样的例，在小说中，在实际上，均多得很。因为其变衰是延长为十年二十年而一步一步地"渐渐"地达到的，在本人不感到什么强烈的刺激。

故虽到了饥寒病苦刑笞交迫的地步，仍是熙熙然贪恋着目前的生的欢喜。假如一位千金之子忽然变了乞丐或偷儿，这人一定愤不欲生了。

这真是大自然的神秘的原则，造物主的微妙的工夫！阴阳潜移，春秋代序，以及物类的衰荣生杀，无不暗合于这法则。由萌芽的春"渐渐"变成绿荫的夏，由凋零的秋"渐渐"变成枯寂的冬。我们虽已经历数十寒暑，但在围炉拥衾的冬夜仍是难以想象饮冰挥扇的夏日的心情；反之亦然。然而由冬一天一天地、一时一时地、一分一分地、一秒一秒地移向夏，由夏一天一天地、一时一时地、一分一分地、一秒一秒地移向冬，其间实在没有显著的痕迹可寻。昼夜也是如此：傍晚坐在窗下看书，书页上"渐渐"地黑起来，倘不断地看下去（目力能因了光的渐弱而渐渐加强），几乎永远可以认识书页上的字迹，即不觉昼之已变为夜。黎明凭窗，不瞬目地注视东天，也不辨自夜向昼的推移的痕迹。儿女渐渐大起来，在朝夕相见的父母全不觉得，难得见面的远亲就相见不相识了。往年除夕，我们曾在红蜡烛底下守候水仙花的开放，真是痴态！倘水仙花果真当面开放给我们看，便是自然的原则的破坏，宇宙的根本的摇动，世界人类的末日临到了！

"渐"的作用，就是用每步相差极微极缓的方法来隐蔽时间的过去与事物的变迁的痕迹，使人误以为恒久不变。这真是造物主骗人的一大诡计！这有一件比喻的故事：某农夫每天朝晨抱了犊而跳过一沟，到田里去工作，夕暮又抱了它跳过沟回家。每日如此，未尝间断。过了一年，犊已渐大，渐重，差不多变成大牛，但农夫全不觉得，仍是抱了它跳沟。有一天他因事停止工作，次日再就不能抱了这牛而跳沟了。造物的骗人，使人流连于其每日每时的生的欢喜而不觉其变迁与辛苦，就是用这个方法的。人们每日在抱了日重一日的牛而跳沟，不准停止。自己误以为是不变的，其实每日在增加其苦劳！

　　我觉得时辰钟是人生的最好的象征了。时辰钟的针，平常一看总觉得是"不动"的；其实人造物中最常动的无过于时辰钟的针了。日常生活中的人生也如此，刻刻觉得我是我，似乎这"我"永远不变，实则与时辰钟的针一样的无常！一息尚存，总觉得我仍是我，我没有变，还是流连着我的生，可怜受尽"渐"的欺骗！

　　"渐"的本质是"时间"。时间，我觉得比空间更为不可思议，犹之时间艺术的音乐比空间艺术的绘画更为神秘。因为空间姑且不追究它如何广大或无限，我们总可以把握其一端，认定其一点。时间则全然无从把握，不可挽留，只有过去与未来在渺茫之中不绝地相追逐而已。性质上既已渺茫不可思议，分量上在人生也似乎太多。因为一般人对于时间的悟性，似乎只够支配搭船乘车的短时间；对于百年的长期的寿命，他们不能胜任，往往迷于局部而不能顾及全体。试看乘火车的旅客中，常有明达的人，有的宁牺牲暂时的安乐而让其坐位于老弱者，以求心的太平（或博暂时的美誉）；有的见众人争先下车，而退在后面，或高呼"勿要轧，总有得下去的！""大家都要下去的！"然而在乘"社会"或"世界"的大火车的"人生"的长期的旅客中，就少有这样的明达之人。所以我觉得百年的寿命，定得太长。像现在的世界上的人，倘定他们搭船乘车期间的寿命，也许在人类社会上可减少许多凶险残惨的争斗，而与火车中一样的谦让，和平，也未可知。

　　然人类中也有几个能胜任百年的或千古的寿命的人。那是"大人格""大人生"。他们能不为"渐"所迷，不为造物所欺，而收缩无限的时间并空间于方寸的心中。故佛家能纳须弥于芥子。中国古诗人（白居易）说："蜗牛角上争何事？石火光中寄此身。"英国诗人（Blake）也说："一粒沙里见世界，一朵花里见天国；手掌里盛住无限，一刹那便是永劫。"

永久的憧憬和追求

萧红

一九一一年，在一个小县城里边，我生在一个小地主的家里。那县城差不多就是中国的最东最北部——黑龙江省——所以一年之中，倒有四个月飘着白雪。

父亲常常为着贪婪而失掉了人性。他对待仆人，对待自己的儿女，以及对待我的祖父都是同样的吝啬而疏远，甚至于无情。

有一次，为着房屋租金的事情，父亲把房客的全套的马车赶了过来。房客的家属们哭着诉说着，向我的祖父跪了下来，于是祖父把两匹棕色的马从车上解下来还了回去。

为着这匹马，父亲向祖父起着终夜的争吵。"两匹马，咱们是算不了什么的，穷人，这两匹马就是命根。"祖父这样说着，而父亲还是争吵。

九岁时，母亲死去。父亲也就更变了样，偶然打碎了一只杯子，他就要骂到使人发抖的程度。后来就连父亲的眼睛也转了弯，每从他的身边经过，我就像自己的身上生了针刺一样；他斜视着你，他那高傲的眼光从鼻梁经过嘴角而后往下流着。

所以每每在大雪中的黄昏里，围着暖炉，围着祖父，听着祖父读着诗篇，看着祖父读着诗篇时微红的嘴唇。

父亲打了我的时候，我就在祖父的房里，一直面向着窗子，从黄昏到深夜——窗外的白雪，好像白棉花一样飘着；而暖炉上水壶的盖子，则像伴奏的乐器似的振动着。

祖父时时把多纹的两手放在我的肩上，而后又放在我的头上，我的耳边便响着这样的声音："快快长吧！长大就好了。"

二十岁那年，我就逃出了父亲的家庭。直到现在还是过着流浪的生活。

"长大"是"长大"了，而没有"好"。

可是从祖父那里，知道了人生除掉了冰冷和憎恶而外，还有温暖和爱。所以我就向这"温暖"和"爱"的方面，怀着永久的憧憬和追求。

1936 年 12 月 12 日

笑

冰心 ①

　　雨声渐渐地住了，窗帘后隐隐地透进清光来。推开窗户一看，呀！凉云散了，树叶上的残滴，映着月儿，好似萤光千点，闪闪烁烁地动着。——真没想到苦雨孤灯之后，会有这么一幅清美的图画！

　　凭窗站了一会儿，微微地觉得凉意侵人。转过身来，忽然眼花缭乱，屋子里的别的东西，都隐在光云里；一片幽辉，只浸着墙上画中的安琪儿。——这白衣的安琪儿，抱着花儿，扬着翅儿，向着

---

① （1900—1999）原名谢婉莹。福建长乐（今福州市长乐区）人。1918 年入北京协和女子大学学医，后改学文学。1919 年 8 月的《晨报》上，冰心发表了第一篇散文《二十一日听审的感想》和第一篇小说《两个家庭》。1923 年赴美国韦尔斯利学院留学，开始陆续发表总名为《寄小读者》的通讯散文，成为中国儿童文学的奠基之作。1926 年回国后先后在燕京大学、清华大学任教。1949 年任教于日本东京大学，于 1951 年返回中国。后曾任中国文联副主席、中国作协书记处书记等职。在诗歌、散文、小说创作方面均有很大成就。1999 年在北京医院逝世，享年 99 岁，被称为"世纪老人"。

我微微地笑。

"这笑容仿佛在哪儿看见过似的，什么时候，我曾……"我不知不觉地便坐在窗口下想，——默默地想。

严闭的心幕，慢慢地拉开了，涌出五年前的一个印象。——一条很长的古道。驴脚下的泥，兀自滑滑的。田沟里的水，潺潺地流着。近村的绿树，都笼在湿烟里。弓儿似的新月，挂在树梢。一边走着，似乎道旁有一个孩子，抱着一堆灿白的东西。驴儿过去了，无意中回头一看。——他抱着花儿，赤着脚儿，向着我微微地笑。

"这笑容又仿佛是哪儿看见过似的！"我仍是想——默默地想。

又现出一重心幕来，也慢慢地拉开了，涌出十年前的一个印象。——茅檐下的雨水，一滴一滴落到衣上来。土阶边的水泡儿，泛来泛去的乱转。门前的麦垄和葡萄架上，都濯得新黄嫩绿的非常艳丽。——一会儿好容易雨晴了，连忙走下坡儿去。迎头看见月儿从海面上来了，猛然记得有件东西忘下了，站住了，回过头来。这茅屋里的老妇人——她倚着门儿，抱着花儿，向着我微微地笑。

这同样微妙的神情，好似游丝一般，飘飘漾漾地合了拢来，绾在一起。

这时心下光明澄净，如登仙界，如归故乡。眼前浮现的三个笑容，一时融化在爱的调和里看不分明了。

一九二〇年

人生像一首诗

林语堂 [①]

　　我想由生物学的观点看起来，人生读来几乎像一首诗。它有其自己的韵律和拍子，也有其生长和腐坏的内在周期。

　　它的开始就是天真烂漫的童年时期，接着便是粗拙的青春时期，粗拙地企图去适应成熟的社会，具有青年的热情和愚憨，理想和野心；后来达到一个活动很剧烈的成年时期，由经验获得利益，又由社会及人类天性上得到更多的经验；到中年的时候，紧张才稍微减轻，性格圆熟了，像水果的成熟或好酒的醇熟那样圆熟了，对于人生渐渐抱了一种较宽容，较玩世，同时也较慈和的态度；以后便到了衰老的时候，内分泌腺减少它们的活动，如果我们对老年

　　① （1895—1976）原名林和乐，后改名玉堂。福建龙溪（今漳州）人。早年毕业于上海圣约翰大学。1919 年后先后留学美国、德国，获哲学博士学位。1923 年回国后，历任北京大学教授、厦门大学文科主任、武汉国民政府外交部外交秘书。1932 年起在上海编辑《论语》等刊物。1936 年起赴美国从事写作，晚年定居台湾，后在香港病逝。曾提倡"闲适幽默"的小品文，著有散文集《剪拂集》《大荒集》等。

有着一种真正的哲学观念，而照这种观念去调整我们的生活方式，那么，这个时期在我们的心目中便是和平、稳定、闲逸和满足的时期；最后，生命的火光闪灭了，一个人永远长眠不再醒了。

我们应该能够体验出这种人生的韵律之美，应该能够像欣赏大交响曲那样，欣赏人生的主要题旨，欣赏它的冲突的旋律，以及最后的决定。

这些周期的动作在正常人的人生中是大同小异的，可是那音乐必须由个人自己去供给。在一些人的灵魂中，那个不调和的音符变得日益粗大，结果竟把主要的曲调淹没了。

那不调和的音符声响太大了，弄得音乐不能再继续演奏下去，于是那个人开枪自击，或跳河自杀了。可是那是因为他缺少一种良好的自我教育，弄得原来的主旋律被掩蔽了。如果不然的话，正常的人生便会保持着一种严肃的动作和行列，朝着正常的目标而迈进。

在我们许多人之中，有时断音或激越之音太多，因为速度错误，所以音乐甚觉刺耳难听；我们也许应该有一些恒河的伟大音律和雄壮的音波，慢慢地永远地向着大海流去。

没有人会说一个有童年、壮年和老年的人生不是一个美满的办法。一天有上午、中午、日落之分，一年有四季之分，这办法是很好的。

人生没有所谓好坏之分，只有"什么东西在那一季节是好的"的问题。如果我们抱这种生物学的人生观，而循着季节去生活，那么，除夜郎自大的呆子和无可救药的理想主义者之外，没有人会否认人生不能像一首诗那样地度过去。

莎士比亚曾在他关于人生七阶段那段文章里，把这个观念更明了地表现出来，许多中国作家也曾说过同样的话。莎士比亚永远不曾变成很虔敬的人，也不曾对宗教表示很大的关怀，这是可怪的。我想这便是他伟大的地方。

他在大体上把人生当做人生看，正如他不打扰他的戏剧的人物一样，他也不打扰世间一切事物的一般配置和组织。莎士比亚和大自然本身一样，这是我们对一位作家或思想家最大的称赞。

他仅是活于世界上，观察人生，而终于跑开了。

秋天的况味

林语堂

　　秋天的黄昏，一人独坐在沙发上抽烟，看烟头白灰之下露出红光，微微透露出暖气，心头的情绪便跟着那蓝烟缭绕而上，一样的轻松，一样的自由。不转眼缭烟变成缕缕的细丝，慢慢不见了，而那霎时，心上的情绪也跟着消沉于大千世界，所以也不讲那时的情绪，而只讲那时的情绪的况味。待要再划一根洋火，再点起那已点过三四次的雪茄，却因白灰已积得太多，点不着，乃轻轻一弹，烟灰静悄悄地落在铜炉上，其静寂如同我此时用毛笔写在宣纸上一样，一点的声息也没有。于是再点起来，一口一口地吞云吐雾，香气扑鼻，宛如偎红倚翠温香在抱的情调。于是想到烟，想到这烟一股温煦的热气，想到室中缭绕暗淡的烟霞，想到秋天的意味。

　　这时才忆起，向来诗文上秋的含义，并不是这样的，使人联想的是肃杀，是凄凉，是秋扇，是红叶，是荒林，是萋草。然而秋确有另一意味，没有春天的阳气勃勃，也没有夏天的炎烈迫人，也不像冬天之全入于枯槁凋零。我所爱的是秋林古气磅礴气象。有人以老气横秋骂人，可见是不懂得秋林古色之滋味。在四时中，我于秋是有偏爱的，所以不妨说说。

秋是代表成熟，对于春天之明媚娇艳，夏日之茂密浓深，都是过来人，不足为奇了，所以其色淡，叶多黄，有古色苍茏之概，不单以葱翠争荣了。这是我所谓秋天的意味。大概我所爱的不是晚秋，是初秋，那时暄气①初消，月正圆，蟹正肥，桂花皎洁，也未陷入凛冽萧瑟气态，这是最值得赏乐的。那时的温和，如我烟上的红灰，只是一股熏熟的温香罢了。或如文人已摆脱下笔惊人的格调，而渐趋纯熟练达，宏毅坚实，其文读来有深长意味。这就是庄子所谓"正得秋而万宝成"②结实的意义。在人生上最享乐的就是这一类的事。比如酒以醇以老为佳。烟也有和烈之辨。雪茄之佳者，远胜于香烟，因其味较和。倘是烧得得法，慢慢地吸完一支，看那红光炙发，有无穷的意味。

大概凡是古老，纯熟，熏黄，熟练的事物，都使我得到同样的愉快。如一只熏黑的陶锅在烘炉上用慢火炖猪肉时所发出的锅中徐吟的声调，或如一本用过二十年而尚未破烂的字典，或是一张用了半世的书桌，或如看见街上一熏黑了老气横秋的招牌，或是看见书法大家苍劲雄浑的笔迹，都令人有相同的快乐。

人生世上如岁月之有四时，必须要经过这纯熟时期，如女人发育健全遭遇安顺的，亦必有一时徐娘半老的风韵，为二八佳人所不及者。使我最佩服的是邓肯的佳句："世人只会吟咏春天

---

① 暄气：暑热之气。

② 正得秋而万宝成：出自《庄子·杂篇·庚桑楚》："夫春气发而百草生，正得秋而万宝成。"指春天阳气蒸腾勃发，百草生长。

与恋爱，真无道理。须知秋天的景色，更华丽，更恢奇，而秋天的快乐有万倍的雄壮、惊奇、都丽。我真可怜那些妇女识见偏狭，使她们错过爱之秋天的宏大的赠赐。"若邓肯者，可谓识趣之人。

论年老——人生自然的节奏

林语堂

自然的节奏之中有一条规律，就是由童年、青年、老年、衰颓，以至死亡这么一条线，一直控制着我们的身体。在安然轻松地进入老年之时，也有一种美。我常引用的话之中，有一句我常说的，就是"秋季之歌"。

我曾经写过在安然轻松之下进入老境的情调。下面就是我对"早秋精神"说的话。

在我们的生活里，有那么一段时光，个人如此，国家亦复如此，在此一段时光之中，我们充满了早秋精神，这时，翠绿与金黄相混，悲伤与喜悦相杂，希望与回忆相间。在我们的生活里，有一段时光，这时，青春的天真成了记忆，夏日茂盛的回音在空中还隐约可闻。这时看人生，问题不是如何发展，而是如何真正生活；不是如何奋斗操劳，而是如何享受自己的那宝贵的刹那；不是如何去虚掷精力，而是如何储存这股精力以备寒冬之用。这时，感觉到自己已经到达一个地点，已经安定下来，已经找到自己心中想望的东西。这时，感觉到已经有所获得，和以往的堂皇茂盛相比，是可贵而微小。虽微小而毕竟不失为自己的收获，犹如秋日的树林里，虽然没有夏日的茂盛葱茏，但是所据有的却能经时而历久。

我爱春天，但是太年轻。我爱夏天，但是太气傲。所以我最爱秋天，因为秋天的叶子颜色金黄，成熟，丰富，但是略带忧伤与死亡的预兆。其金黄色的丰富并不表示春季纯洁的无知，也不表示夏季强盛的威力，而是表示老年的成熟与蔼然可亲的智慧。生活的秋季，知道生命的极限而感到满足。因为知道生命的极限，在丰富的经验之下，才有色调的调谐，其丰富永不可及，其绿色表示生命与力量，其橘色表示金黄的满足，其紫色表示顺天知命与死亡。月光照上秋日的林木，其容貌枯白而沉思；落日的余晖照上秋日的林木，还开怀而欢笑。清晨山间的微风扫过，使颤动的树叶轻松愉快地飘落于大地，无人确知落叶之歌，究竟是欢笑的歌声，还是离别的眼泪。因为是早秋的精神之歌，所以有宁静、有智慧、有成熟的精神，向忧愁微笑，向欢乐爽快的微风赞美。

对早秋的精神的赞美，莫过于辛弃疾的那首《丑奴儿》：

> 少年不识愁滋味，爱上层楼。爱上层楼，为赋新词强说愁。
>
> 而今识尽愁滋味，欲说还休。欲说还休，却道天凉好个秋。

我自己认为很有福气，活到这么大年纪。我同代好多了不起的人物，已早登鬼录。不管人怎么说，活到八十、九十的人，毕竟是少数。胡适之、梅贻琦、蒋梦麟、顾孟余，都已经走了。斯大林、希特勒、丘吉尔、戴高乐也都没了。那又有什么关系？至于我，我要尽量注意养生之道，至少再活十年。这个宝贵的人生，竟美到不可言喻，人人都愿一直活下去。但是冷静一想，我们立刻知道，生命就像风前之烛。在生命这方面，人人平等，无分贫富，无论贵贱，这弥补了民主理想的不足。我们的子孙也长大了。他们都有自己的日子过，各自过自己的生活，消磨自己的生命，在已然改变了的环境中，在永远变化不停的世界上。也许在世界过多的人口发生爆炸之前，在第三次世界大战当中，成百万的人还要死亡。若与那样的剧变相比，现在这个世界还是个太平盛世呢。若是那个灾难未来，人必须有先见，预做妥善的安排。

每个人回顾他一生，也许会觉得自己一生所作所为已然成功，也许以为还不够好。在老年到来之时，不管怎么样，他已经有权休息，可以安闲度日，可以与儿孙在亲近的家族里，享天伦之乐，享受人中至善的果实了。

我算是有造化，有这些孩子，孝顺而亲爱，谁都聪明解事，善尽职责。孙儿，侄子，侄女，可以说是"儿孙绕膝"了，我也觉得有这样的孩子，颇有脸面。政治，对我并不太重要。朋友越来越少，好多已然作古。即使和我们最称莫逆的，也不能和我们永远在一起。我们一生的作为，会留在我们身后。世人的毁誉，与我们不啻风马牛，也毫不相干了。无论如何，紧张已经解除，担当重任的精力已经减弱了。即使我再编一本汉英词典，也不会有人付我稿费的。那本《当代汉英词典》的完成，并不比降低血压更重要，也比不上平稳的心电图。我为那本汉英词典，真是忙得可以。

我一写完那好几百万字的巨册最后一行时，那最后一行便成为我脚步走过的一条踪迹。那时我有初步心脏病的发作迹象，医生告诉我要静养两个月。

书房的窗子

杨振声 [1]

说也可怜，八年抗战归来，卧房都租不到一间，何言书房，既无书房，又何从说到书房的窗子！

唉，先生，你别见笑，叫花子连做梦都在想吃肉，正为没得，才想得厉害，我不但想到书房，连书房里每一角落，我都布置好。今天又想到了我那书房的窗子。

说起窗子，那真是人类穴居之后一点灵机的闪耀才发明了它，它给你清风与明月，它给你晴日与碧空，它给你山光与水色，它给你安安静静地坐窗前，欣赏着宇宙的一切，一句话，它打通你与天然的界限。

---

[1] （1890—1956）字今甫，山东蓬莱人。1915 年考入北京大学国文系。参与组织新潮社，创办《新潮》杂志。1919 年赴美国留学，先入哥伦比亚大学攻读教育学，后入哈佛大学攻读教育心理学。1924 年回国，致力于教育工作，先后任武昌大学、燕京大学、中山大学中文系教授，清华大学教授兼文学院院长，青岛大学校长。1946 年后在北京大学任教。1952 年调至东北大学任教。

但窗子的功用，虽是到处一样，而窗子的方向，却有各人的嗜好不同，陆放翁的"一窗晴日写黄庭"，大概指的是南窗，我不反对南窗的光朗与健康，特别在北方的冬天，南窗放进满屋的晴日，你随便拿一本书坐在窗下取暖，书页上的诗句全浸润在金色的光浪中，你书桌旁若有一盆腊梅那就更好——以前在北平只值几毛钱一盆，高三四尺者亦不过一两元，腊梅比红梅色雅而秀清，价钱并不比红梅贵多少。那么，就算有一盆腊梅罢。腊梅在阳光的照耀下荡漾着芬芳，把几枝疏脱的影子漫画在新洒扫的蓝砖地上，如漆墨画。天知道，那是一种清居的享受。

东窗在初红里迎着朝暾，你起来开了格扇，放进一屋的清新。朝气洗涤了昨宵一梦的荒唐，使人精神清振，与宇宙万物一体更新，假设你窗外有一株古梅或是海棠，你可以看"朝日红妆"；有海，你可以看"海日生残夜"；一无所有，看朝霞的艳红，再不然，看想象中的邺宫，"晓日靓装千骑女，白樱桃下紫纶巾"。

"挂起西窗浪接天"这样的西窗，不独坡翁喜欢，我们谁都喜欢。然而西窗的风趣，正不止此，压山的红日徘徊于西窗之际，照出书房里一种透明的宁静。苍蝇的搓脚，微尘的轻游，都带些倦意了。人在一日的劳动后，带着微疲放下工作，舒适地坐下来吃一杯热茶，开窗西望，太阳已隐到山后了，田间小径上疏落地走着荷锄归来的农夫，隐约听到母牛哞哞地在唤着小犊同归。山色此时已由微红而深紫，而黝蓝。苍然暮色也渐渐笼上山脚的树林，西天上独有一缕镶着黄边的白云冉冉而行。

然而我独喜欢北窗。那就全是光的问题了。

说到光，我有一种偏向，就是不喜欢强烈的光而喜欢清淡的光，不喜欢敞开的光而喜欢隐约的光，不喜欢直接的光而喜欢反射的光，就拿日光来说罢，我不爱中午的骄阳，而爱"晨光之熹微"与落日的古红。纵使光度一样，也觉得一片平原的光海，总不及山阴水曲间光线的隐翳，或枝叶扶疏的树荫下光波的流动，至于反光更比直光来得委婉。"残夜水明楼"，是那般的清虚可爱；而"明月照积雪"使你感到满目清晖。

不错，特别是雪的反光。在太阳下是那样霸道，而在月光下却又这般温柔。其实，雪光在阴阴天宇下，也满有风趣。特别是新雪的早晨，你一醒来全不知道昨宵降了一夜的雪，只看从纸窗透进满室的虚白，便与平时不同，那白中透出银色的清晖，温润而匀净，使屋子里平添一番恬静的滋味，披衣起床且不看雪，先掏开那尚未睡醒的炉子，那屋里顿然煦暖。然后再从容揭开窗帘一看，满目皓洁，庭前的枝枝都压垂到地角上了，望望天，还是阴阴的，那就准知道这一天你的屋子会比平常更幽静。

至于拿月光与日光比，我当然更喜欢月光，在月光下，人是那般隐藏，天宇是那般的素净。现实的世界退缩了，想象的世界放大了。我们想象的放大，不也就是我们人格的放大？放大到感染一切时，整个的世界也因而富有情思了。"疏影横斜水清浅，暗香浮动月黄昏"比之"晴雪梅花"更为空灵，更为生动，"无情有恨何人见，月晓风清欲堕时"比之"枝头春意"更富深情与幽思；而"宿妆残粉未明天，总立昭阳花树边"也比"水晶帘下看梳头"更动人怜惜之情。

这里不只是光度的问题，而是光度影响了态度。强烈的光使我们一切看得清楚，却不必使我们想得明透，使我们有行动的愉悦，却不必使我们有沉思的因缘；使我们像春草一般向外发展，却不能使我们像夜合一般向内收敛。强光太使我们与外物接近了，留不得一分想象的距离。而一切文艺的创造，绝不是一些外界事物的推搡，而是事物经过个性的熔冶，范铸出来的作物。强烈的光与一切强有力的东西一样，它压迫我们的个性。

以此，我便爱上了北窗，南窗的光强，固不必说；就是东窗和西窗也不如北窗。北窗放进的光是那般清淡而隐约，反射而不直接，说到反光，当然便到了"窗子以外"了，我不敢想象窗外有什么明湖或青山的反光，那太奢望了。我只希望北窗外有一带古老的粉墙。你说古老的粉墙？一点不错。最低限度地要老到透出点微黄的颜色；假如可能，古墙上生几片青翠的石斑。这墙不要去窗太近，太近则逼窄，使人心狭；也不要太远，太远便不成为窗子屏风；去窗一丈五尺左右便好。如此古墙上的光辉反射在窗下的桌上，润泽而淡白，不带一分逼人的霸气。这种清光绝不会侵凌你的幽静，也不会扰乱你的运思。它与清晨太阳未出以前的天光，及太阳初下，夕露未滋，湖面上的水光同是一样的清幽。

假如，你嫌这样的光太朴素了些，那你就在墙边种上一行疏竹。有风，你可以欣赏它婆娑的舞容；有月，你可以欣赏窗上迷离的竹影；有雨，它给你平添一番清凄；有雷，那素洁，那清劲，确是你清寂中的佳友。即使无月无风，无雨无雪，红日半墙，竹荫微动，掩映于你书桌上的清晖，泛出一片青翠，几纹波痕，那般的生动而空灵。你书桌上满写着清新的诗句，你坐在那儿，纵使不读书也"要得"。

一个人在途上

郁达夫

在东车站的长廊下和女人分开以后，自家又剩了孤零丁的一个。频年漂泊惯的两口儿，这一回的离散，倒也算不得什么特别，可是端午节那天，龙儿刚死，到这时候北京城里虽已起了秋风，但是计算起来，去儿子的死期，究竟还只有一百来天。在车座里，稍稍把意识恢复转来的时候，自家就想起了卢骚①晚年的作品《孤独散步者的梦想》的头上的几句话：

> 自家除了己身以外，已经没有弟兄，没有邻人，没有朋友，没有社会了。自家在这世上，像这样的，已经成了一个孤独者了……

然而当年的卢骚还有弃养在孤儿院内的五个儿子，而我自己哩，连一个抚育到五岁的儿子都还抓不住！

---

① 指卢梭。

离家的远别，本来也只为想养活妻儿。去年在某大学的被逐，是万料不到的事情。其后兵乱迭起，交通阻绝，当寒冬的十月，会病倒在沪上，也是谁也料想不到的。今年二月，好容易到得南方，静息了一年之半，谁知这刚养得出趣的龙儿又会遭此凶疾呢？

龙儿的病根，本是在广州得着，匆促北航，到了上海，接连接了几个北京来的电报。换船到天津，已经是旧历的五月初十。到家之夜，一见了门上的白纸条儿，心里已经跳得忙乱，从苍茫的暮色里赶到哥哥家中，见了衰病的她，因为在大众之前，勉强将感情压住，草草吃了夜饭，上床就寝，把电灯一灭，两人只有紧抱地痛哭，痛哭，痛哭，只是痛哭，气也换不过来，更哪里有说一句话的余裕？

受苦的时间，的确脱煞过去的太悠徐，今年的夏季，只是悲叹的连续。晚上上床，两口儿，哪敢提一句话？可怜这两个迷散的灵心，在电灯灭黑的黝暗里，所摸走的荒路，每凑集在一条线上，这路的交叉点里，只有一块小小的墓碑，墓碑上只有"龙儿之墓"的四个红字。

妻儿因为在浙江老家内不能和母亲同住，不得已而搬往北京当时我在寄食的哥哥家去，是去年的四月中旬，那时候龙儿正长得肥满可爱，一举一动，处处教人欢喜。到了五月初，从某地回京，觉得哥哥家太狭小，就在什刹海的北岸，租定了一间渺小的住宅。夫妻两个日日和龙儿伴乐，闲时也常在北海的荷花深处，及门前的杨柳阴中带龙儿去走走。这一年的暑假，总算过得快乐，最闲适。

秋风吹叶落的时候，别了龙儿和女人，再上某地大学去为朋友帮忙，当时他们俩还往西车站去送我来哩！这是去年秋晚的事情，想起来还同昨日的情形一样。

过了一月，某地的学校里发生事情，又回京了一次，在什刹海小住了两星期，本来打算不再出京了，然碍于朋友的面子，又不得不于一天寒风刺骨的黄昏，上西车站去乘车。这时候因为怕龙儿要哭，自己和女人吃过晚饭，便只说要往哥哥家里去，只许他送我们到门口。记得那一天晚上他一个人和老妈子立在门口，等我们俩去了好远，还"爸爸！爸爸！"地叫了好几声。啊啊，这几声的呼唤，是我在这世上听到的他叫我的最后的声音！

出京之后，到某地住了一宵，就匆促逃往上海。接续便染了病，遇了强盗辈的争夺政权，其后赴南方暂住，一直到今年的五月，才返北京。

想起来，龙儿实在是一个填债的儿子，是当乱离困厄的这几年中间，特来安慰我和他娘的愁闷的使者！

自从他在安庆生落以来，我自己没有一天脱离过苦闷，没有一处安住到五个月以上。我的女人，也和我分担着十字架的重负，只是东西南北地奔波飘泊。然当日夜难安，悲苦得不了的时候，只教他的笑脸一开，女人和我，就可以把一切穷愁，丢在脑后。而今年五月初十待我赶到北京的时候，他的尸体，早已在妙光阁的广谊园地下躺着了。

他的病，说是脑膜炎。自从得病之日起，一直到旧历端午节的午时绝命的时候止，中间经过有一个多月的光景。平时被我们宠坏了的他，听说此番病里，却乖顺得非常。叫他吃药，他就大口地吃，叫他用冰枕，他就很柔顺地躺上。病后还能说话的时候，只问他的娘："爸爸几时回来？""爸爸在上海为我定做的小皮鞋，已经做好了没有？"我的女人，于惑乱之余，每幽幽地问他："龙！你晓得你这一场病，会不会死的？"他老是很不愿意地回答说："哪儿会死的哩？"据女人含泪地告诉我说，他的谈吐，绝不似一个五岁的小儿。

未病之前一个月的时候，有一天午后他在门口玩耍，看见西面来了一乘马车，马车里坐着一个戴灰白色帽子的青年。他远远看见，就急忙丢下了伴侣，跑进屋里去叫他娘出来，说"爸爸回来了，爸爸回来了！"因为我去年离京时所戴的，是一样的一顶白灰呢帽。他娘跟他出来到门前，马车已经过去了，他就死劲地拉住了他娘，哭喊着说："爸爸怎么不家来吓？爸爸怎么不家来吓？"他娘说慰了半天，他还尽是哭着，这也是他娘含泪和我说的。现在回想起来，自己实在不该抛弃了他们，一个人在外面流荡，致使他那小小的灵心，常有望远思亲之痛。

去年六月，搬往什刹海之后，有一次我们在堤上散步，因为他看见了人家的汽车，硬是哭着要坐，被我痛打了一顿。又有一次，也是因为要穿洋服，受了我的毒打。这实在只能怪我做父亲的没有能力，不能做洋服给他穿，雇汽车给他坐。早知他要这样的早死，我就是典当抢劫，也应该去弄一点钱来，满足他的无邪的欲望。到现在追想起来，实在觉得对他不起，实在是我太无容人之量了。

我女人说，濒死的前五天，在病院里，他连叫了几夜的爸爸！她问他："叫爸爸干什么？"他又不响了，停一会儿，就又再叫起来。到了旧历五月初三日，他已入了昏迷状态，医师替他抽骨髓，他只会直叫一声"干吗？"喉头的气管，咯咯在抽咽，眼睛只往上吊送，口头流些白沫，然而一口气总不肯断。他娘哭叫几声"龙！龙！"他的眼角上，就会迸流下眼泪出来，后来他娘看他苦得难过，倒对他说：

"龙！你若是没有命的，就好好地去吧！你是不是想等爸爸回来？就是你爸爸回来，也不过是这样的替你医治罢了。龙！你有什么不了的心愿呢？龙！与其这样的抽咽受苦，你还不如快快地去吧！"

他听了这段话，眼角上的眼泪，更是涌流得厉害。到了旧历端午节的午时，他竟等不着我的回来，终于断气了。

丧葬之后，女人搬往哥哥家里，暂住了几天。我于五月十日晚上，下车赶到什刹海的寓宅，打门打了半天，没有应声。后来抬头一看，才见了一张告示邮差送信的白纸条。

自从龙儿生病以后，连日连夜看护久已倦了的她，又哪里经得起最后的这一个打击？自己当到京之夜，见了她的衰容，见了她的泪眼，又哪里能够不痛哭呢？

在哥哥家里小住了两三天，我因为想追求龙儿生前的遗迹，一定要女人和我仍复搬回什刹海的住宅去住它一两个月。

搬回去那天，一进上屋的门，就见了一张被他玩破的今年正月里的花灯。听说这张花灯，是南城大姨妈送他的，因为他自家烧破了一个窟窿，他还哭过好几次来的。

其次，便是上房里砖上的几堆烧纸钱的痕迹！当他下殓时烧给他的。

院子里有一架葡萄，两棵枣树，去年采取葡萄枣子的时候，他站在树下，兜起了大褂，仰头在看树上的我。我摘取一颗，丢入了他的大褂兜里，他的哄笑声，要继续到三五分钟。今年这两棵枣树，结满了青青的枣子，风起的半夜里，老有熟极的枣子辞枝自落。女人和我，睡在床上，有时候且哭且谈，总要到更深人静，方能入睡。在这样的幽幽的谈话中间，最怕听的，就是这滴答的坠枣之声。

　　到京的第二日，和女人去看他的坟墓。先在一家南纸铺里买了许多冥府的钞票，预备去烧送给他。直到到了妙光阁的广谊园茔地门前，她方从呜咽里清醒过来，说："这是钞票，他一个小孩如何用得呢？"就又回车转来，到琉璃厂去买些有孔的纸钱。她在坟前哭了一阵，把纸钱钞票烧化的时候，却叫着说：

　　"龙！这一堆是钞票，你收在那里，待长大了的时候再用，要买什么，你先拿这一堆钱去用吧！"

　　这一天在他的坟上坐着，我们直到午后七点，太阳平西的时候，才回家来。临走的时候，他娘还哭叫着说：

　　"龙！龙！你一个人在这里不怕冷静的么？龙！龙！人家若来欺你，你晚上来告诉娘吧！你怎么不想回来了呢？你怎么梦也不来托一个呢？"

　　箱子里，还有许多散放着的他的小衣服。今年北京的天气，到七月中旬，已经是很冷了。当微凉的早晚，我们俩都想换上几件夹衣，然而因为怕见到他旧时的夹衣袍袜，我们俩却尽是一天一天地推着，谁也不说出口来，说"要换上件夹衫"。

　　有一次和女人在那里睡午觉，她骤然从床上坐了起来，鞋也不穿，光着袜子，跑上了上房起坐室里，并且更掀帘跑上外面院子里去。我也莫名其妙跟着她跑到外面的时候，只见她在那里四面找寻什么，找寻不着，呆立了一会儿，她忽然放声哭了起来，并且抱住了我急急地追问说："你听不听见？你听不听见？"哭完之后，她才告诉我说，在半醒半睡的中间，她听见"娘！娘！"地叫了两声，的确是龙的声音，她很坚定地说："的确是龙回来了。"

　　北京的朋友亲戚，为安慰我们起见，今年夏天常请我们俩去吃饭听戏，她老不愿意和我同去，因为去年的六月，我们无论上那里去玩，龙儿是常和我们在一处的。

今年的一个暑假，就是这样的，在悲叹和幻梦的中间消逝了。

这一回南方来催我就道的信，过于匆促，出发之前，我觉得还有一件大事情没有做了。

中秋节前新搬了家，为修理房屋，部署杂事，就忙了一个星期。出发之前，又因了种种琐事，不能抽出空来，再上龙儿的墓地里去探望一回。女人上东车站来送我上车的时候，我心里尽酸一阵痛一阵地在回念这一件恨事。有好几次想和她说出来，教她于两三日后再往妙光阁去探望一趟，但见了她的憔悴尽的颜色，和苦忍住的凄楚，又终于一句话也没有讲成。

现在去北京远了，去龙儿更远了，自家只一个人，只是孤零丁的一个人。在这里继续此生中大约是完不了的飘泊。

丰富的安静

周国平[①]

我发现，世界越来越喧闹，而我的日子越来越安静了。我喜欢过安静的日子。

当然，安静不是静止，不是封闭，如井中的死水。曾经有一个时代，广大的世界对于我们只是一个无法证实的传说，我们每一个人都被锁定在一个狭小的角落里，如同螺丝钉被拧在一个不变的位置上。那时候，我刚离开学校，被分配到一个边远山区，生活平静而又单调。日子仿佛停止了，不像是一条河，更像是一口井。

后来，时代突然改变，人们的日子如同解冻的江河，又在阳光下的大地上纵横交错了。我也像是一条积压了太多能量的河，生命的浪潮在我的河床里奔腾起伏，把我的成年岁月变成了一道动荡不宁的急流。

而现在，我又重归于平静了。不过，这是跌宕之后的平静。在

---

① （1945—）生于上海，1967 年毕业于北京大学哲学系，1981 年毕业于中国社会科学院研究生院哲学系。代表作有《尼采：在世纪的转折点上》，散文集《守望的距离》，随感集《风中的纸屑》等。

经历了许多冲撞和曲折之后，我的生命之河仿佛终于来到一处开阔的谷地，汇蓄成了一片浩渺的湖泊。我曾经流连于阿尔卑斯山麓的湖畔，看雪山、白云和森林的倒影伸展在蔚蓝的神秘之中。我知道，湖中的水仍在流转，是湖的深邃才使得湖面寂静如镜。

我的日子真的很安静。每天，我在家里读书和写作，外面各种热闹的圈子和聚会都和我无关。我和妻子女儿一起品尝着普通的人间亲情，外面各种寻欢作乐的场所和玩意儿也都和我无关。我对这样过日子很满意，因为我的心境也是安静的。

也许，每一个人在生命中的某个阶段是需要某种热闹的。那时候，饱涨的生命力需要向外奔突，去为自己寻找一条河道，确定一个流向。但是，一个人不能永远停留在这个阶段。托尔斯泰如此自述："随着年岁增长，我的生命越来越精神化了。"人们或许会把这解释为衰老的征兆，但是，我清楚地知道，即使在老年时，托尔斯泰也比所有的同龄人，甚至比许多年轻人更充满生命力。唯有强大的生命才能逐步朝精神化的方向发展。

现在我觉得，人生最好的境界是丰富的安静。安静，是因为摆脱了外界虚名浮利的诱惑。丰富，是因为拥有了内在精神世界的宝藏。泰戈尔曾说："外在世界的运动无穷无尽，证明了其中没有我们可以达到的目标，目标只能在别处，即在精神的内在世界里。在那里，我们最为深切地渴望的，乃是在成就之上的安宁。在那里，我们遇见我们的上帝。"他接着说明："上帝就是灵魂里永远在休息的情爱。"他所说的情爱应是广义的，指创造的成就，精神的富有，博大的爱心，而这一切都超越于俗世的争斗，处在永久和平之中。这种境界，正是丰富的安静之极致。

我并不完全排斥热闹，热闹也可以是有内容的。但是，热闹总归是外部活动的特征，而任何外部活动倘若没有一种精神追求为其动力，没有一种精神价值为其目标，那么，不管表面上多么轰轰烈烈，有声有色，本质上必定是贫乏和空虚的。我对一切太喧嚣的事业和一切太张扬的感情都心存怀疑，它们总是使我想起莎士比亚对生命的嘲讽："充满了声音和狂热，里面空无一物。"

寒风吹彻

刘亮程[1]

　　雪落在那些年雪落过的地方，我已经不注意它们了。比落雪更重要的事情开始降临到生活中。三十岁的我，似乎对这个冬天的来临漠不关心，却又一直在倾听落雪的声音，期待着又一场雪悄无声息地覆盖村庄和田野。

　　我静坐在屋子里，火炉上烤着几片馍馍，一小碟咸菜放在炉旁的木凳上，屋里光线暗淡。许久以后我还记起我在这样的一个雪天，围抱火炉，吃咸菜啃馍馍想着一些人和事情，想得深远而入神。柴火在炉中啪啪地燃烧着，炉火通红，我的手和脸都烤得发烫了，脊背却依旧凉飕飕的。寒风正从我看不见的一道门缝吹进来。冬天又一次来到村里，来到我的家。我把怕冻的东西一一搬进屋子，糊好窗户，挂上去年冬天的棉门帘，寒风还是进来了。它比我更熟悉墙上的每一道细微裂缝。

---

[1] （1962—）新疆人。当过农机管理员，后任新疆作协主席。著有散文集《一个人的村庄》《在新疆》《一片叶子下生活》等，诗集《晒晒黄沙梁的太阳》，小说《虚土》《凿空》《捎话》。

就在前一天，我似乎已经预感到大雪来临。我劈好足够烧半个月的柴火，整齐地码在窗台下。把院子扫得干干净净，无意中像在迎接一位久违的贵宾——把生活中的一些事情扫到一边，腾出干净的一片地方来让雪落下。下午我还走出村子，到田野里转了一圈。我没顾上割回来的一地葵花秆，将在大雪中站一个冬天。每年下雪之前，都会发现有一两件顾不上干完的事而被搁一个冬天。冬天，有多少人放下一年的事情，像我一样用自己那只冰手，从头到尾地抚摸自己的一生。

屋子里更暗了，我看不见雪。但我知道雪在落，漫天地落。落在房顶和柴垛上，落在扫干净的院子里，落在远远近近的路上。我要等雪落定了再出去。我再不像以往，每逢第一场雪，都会怀着莫名的兴奋，站在屋檐下观看好一阵，或光着头钻进大雪中，好像有意要让雪知道世上有我这样一个人，却不知道寒冷早已盯住了自己活蹦乱跳的年轻生命。

经过许多个冬天之后，我才渐渐明白自己再躲不过雪，无论我蜷缩在屋子里，还是远在冬天的另一个地方，纷纷扬扬的雪，都会落在我正经历的一段岁月里。当一个人的岁月像荒野一样敞开时，他便再无法照管好自己。

就像现在，我紧围着火炉，努力想烤热自己。我的一根骨头，却露在屋外的寒风中，隐隐作痛。那是我多年前冻坏的一根骨头，我再不能像捡一根牛骨头一样，把它捡回到火炉旁烤热。它永远地冻坏在那段天亮前的雪路上了。

那个冬天我十四岁，赶着牛车去沙漠里拉柴禾。那时一村人都是靠长在沙漠里的梭梭柴取暖过冬。因为不断砍挖，有柴禾的地方越来越远。往往要用一天半时间才能拉回一车柴火。每次去拉柴火，都是母亲半夜起来做好饭，装好水和馍馍，然后叫醒我。有时父亲也会起来帮我套好车。我对寒冷的认识是从那些夜晚开始的。

牛车一走出村子，寒冷便从四面八方拥围而来，把我从家里带出的那点温暖搜刮得一干二净，浑身上下只剩下寒冷。

那个夜晚并不比其他夜晚更冷。

只是这次，是我一个人赶着牛车进沙漠。以往牛车一出村，就会听到远远近近的雪路上其他牛车的走动声，赶车人隐约的吆喝声。只要紧赶一阵路，便会追上一辆或好几辆去拉柴的牛车，一长串，缓行在铅灰色的冬夜里。那种夜晚天再冷也不觉得。因为寒风在吹好几个人，同村的、邻村的、认识和不认识的好几架牛车在这条夜路上抵挡着寒冷。

而这次，一野的寒风吹着我一个人。似乎寒冷把其他一切都收拾掉了。现在全部地对付我。

我披紧羊皮大衣，一动不动趴在牛车里，不敢大声吆喝牛，免得让更多的寒冷发现我。从那个夜晚我懂得了隐藏温暖——在凛冽的寒风中，身体中那点温暖正一步步退守到一个隐秘的连我自己都难以找到的深远处——我把这点隐深的温暖节俭地用于此后多年的爱情和生活。我的亲人们说我是个很冷的人，不是的，我把仅有的温暖全给了你们。

许多年后有一股寒风，从我自以为火热温暖的从未被寒冷侵入的内心深处阵阵袭来时，我才发现穿再厚的棉衣也没用了。生命本身有一个冬天，它已经来临。

天亮时，牛车终于到达有柴禾的地方。我的一条腿却被冻僵了，失去了感觉。我试探着用另一条腿跳下车，拄着一根柴火棒活动了一阵，又点了一堆火烤了一会儿，勉强可以行走了，腿上的一块骨头却生疼起来，是我从未体验过的一种疼，像一根根针刺在骨头上又狠命往骨髓里钻——这种疼感一直延续到以后所有的冬天以及夏季里阴冷的日子。

太阳落地时，我装着半车柴火回到家里，父亲一见就问我：怎么拉了这点柴，不够两天烧的。我没吭声。也没向家里说腿冻坏的事。

我想很快会暖和过来。

那个冬天要是稍短些，家里的火炉要是稍旺些，我要是稍把这条腿当回事些，或许我能暖和过来。可是现在不行了。隔着多少个季节，今夜的我，围抱火炉，再也暖不热那个遥远冬天的我；那个在上学路上不慎掉进冰窟窿，浑身是冰往回跑的我；那个跺着冻僵的双脚，捂着耳朵在一扇门外焦急等待的我……我再不能把他们唤回到这个温暖的火炉旁。我准备了许多柴火，是准备给这个冬天的。我才三十岁，肯定能走过冬天。

但在我周围，肯定有个别人不能像我一样度过冬天。他们被留住了。冬天总是一年一年地弄冷一个人，先是一条腿、一块骨头、一副表情、一种心境……尔后整个人生。

我曾在一个寒冷的早晨，把一个浑身结满冰霜的路人让进屋子，给他倒了一杯热茶。那是个上了年纪的人，身上带着许多个冬天的寒冷，当他坐在我的火炉旁时，炉火须臾间变得苍白。我没有问他的名字，在火炉的另一边，我感觉到迎面逼来的一个老人的透骨寒气。

他一句话不说。我想他的话肯定全冻硬了，得过一阵才能化开。

大约坐了半个时辰，他站起来，朝我点了一下头，开门走了。我以为他暖和过来了。

第二天下午，听人说村西边冻死了一个人。我跑过去，看见这个上了年纪的人躺在路边，半边脸埋在雪中。

我第一次看到一个人被冻死。

我不敢相信他已经死了。他的生命中肯定还深藏着一点温暖，只是我们看不见。一个人最后的微弱挣扎我们看不见，呼唤和呻吟我们听不见。

我们认为他死了。彻底地冻僵了。

他的身上怎么能留住一点点温暖呢。靠什么去留住。他的烂了几个洞、棉花露在外面的旧棉衣？底快磨通、一边帮已经脱落的那双鞋？还有，他多少个冬天积累起来的彻骨寒冷。

落在一个人一生中的雪，我们不能全部看见。每个人都在自己的生命中，孤独地过冬。我们帮不了谁。我的一小炉火，对这个贫寒一生的人来说，显然微不足道。他的寒冷太巨大。

我有一个姑妈，住在河那边的村庄里，许多年前的那些个冬天，我们兄弟几个常走过封冻的玛河去看望她。每次临别前，姑妈总要说一句："天热了让你妈过来喧喧。"

姑妈年老多病。她总担心自己过不了冬天。天一冷她便足不出户，偎在一间矮土屋里，抱着火炉，等待春天来临。

一个人老的时候，是那么渴望春天来临。尽管春天来了她没有一片要抽芽的叶子，没有半瓣要开放的花朵。春天只是来到大地上，来到别人的生命中。但她还是渴望春天，她害怕寒冷。

我一直没有忘记姑妈的这句话，也不止一次地把它转告给母亲。母亲只是望望我，又忙着做她的活。母亲不是一个人在过冬，她有五六个没长大的孩子，她要拉扯着他们度过冬天，不让一个孩子受冷。她和姑妈一样期盼着春天。

……天热了，母亲会带着我们，蹚过河，到对岸的村子里看望姑妈。姑妈也会走出蜗居一冬的土屋，在院子里晒着暖暖的太阳和我们说说笑笑……多少年过去了，我们一直没有等到这个春天。好像姑妈那句话中的"天"一直没有热。

姑妈死在几年后的一个冬天。我回家过年，记得是大年初四，我陪着母亲沿一条即将解冻的马路往回走。母亲在那段路上告诉我姑妈去世的事。她说："你姑妈死掉了。"

母亲说得那么平淡，像在说一件跟死亡无关的事情。

"怎么死的？"我似乎问得更平淡。

母亲没有直接回答我。她只是说："你大哥和你弟弟过去帮助料理了后事。"

此后的好一阵，我们再没说话，只顾静静地走路。快到家门口时，母亲说了句：天热了。我抬头看了看母亲，她的身上散着热气，或许是走路的缘故，不过天气真的转热了。对母亲来说，这个冬天已经过去了。

"天热了过来喧喧。"我又想起姑妈的这句话。这个春天再不属于姑妈了。她熬过了许多个冬天还是被这个冬天留住了。我想起奶奶也是死在多年前的冬天。母亲还活着。我们在世上的亲人会越来越少。我告诉自己，不管天冷天热，我都常过来和母亲坐坐。

母亲拉扯大她的七个儿女。她老了。我们长高长大的七个儿女，或许能为母亲挡住一丝的寒冷。每当儿女们回到家里，母亲都会特别高兴，家里也顿添热闹的气氛。

但母亲斑白的双鬓分明让我感到她一个人的冬天已经来临，那些雪开始不退、冰霜开始不融化——无论春天来了，还是儿女们的孝心和温暖备至。

随着三十年的人生距离，我感受着母亲独自在冬天的透心寒冷。我无能为力。

雪越下越大。天彻底黑透了。

我围抱着火炉，烤热漫长一生的一个时刻。我知道这一时刻之外，我其余的岁月，我的亲人们的岁月，远在屋外的大雪中，被寒风吹彻。

渴望苦难

马丽华[①]

　　藏北是充满了苦难的高地。寸草不生的荒滩戈壁居多。即使草原，牧草也矮小瘦弱得可怜。一冬一春是风季，狂风搅得黄尘铺天盖地，小草裸露着根部，甚至被席卷而去。季候风把牧人的日子给风干了；要是雨水不好，又将是满目焦土。夏天是黄金季节，贵在美好，更贵在短暂。草场青绿不过一个月，就渐渐黄枯。其间还时有雹灾光临。游牧的人们抗灾能力极低，冬季一旦有雪便成灾情。旧时代的西藏，逢到雪灾就人死畜亡。我在此采访中听藏族老人讲述得多了。翻阅西藏地方历史档案的灾异志，有关雪灾的记载也多。那记载是触目惊心的，常有"无一幸免""荡然无存"字样。半年前的一场大雪，不是一阵一阵下的，是一层一层铺的。三

① （1953—）出生于山东济南市。1976 年毕业于山东临沂师专中文系，同年进藏，《西藏文学》编辑部任编辑，1988 年至 1990 年就读于北京大学中文系作家班。职称为一级作家、编审。主要作品有诗集《我的太阳》，散文集《追你到高原》《终极风景》，长篇纪实散文《藏北游历》《西行阿里》《灵魂像风》及论著《雪域文化与西藏文学》。

天三夜后，雪深达一米。听说唐古拉一线藏北地区大约二十五万平方公里的广大地域蒙难。不见人间烟火，更像地球南北极。听说牧人的牛马大畜四处逃生，群羊啃吃帐篷，十几种名贵的野生动物，除石羊之外，非死即逃。只有乌鸦和狼高兴得发昏，它们啄牲畜的眼睛，争食羊子的尸体……

山那边的重灾区多玛，正处于哺育了中华民族的伟大母亲长江的源头。彼时，富庶美丽的长江中下游地区的人们，如何知道那大江怎样从劫难中出发！古往今来，洁白无瑕的冰雪如同美丽的尸衣，缠裹着藏北高原，几乎在每一个冬季！

藏北高原之美是大美，是壮美；藏北高原的苦难也是大且壮的苦难。

我读过一本译著中的一番话：科学成就了一些伟大的改变，但却没能改变人生的基本事实。人类未能征服自然，只不过服从了自然，避免了一些可避免的困难。但没能除绝祸害。地震，飓风，以及类似的大骚动都提醒人们，宇宙还没有尽入自己的掌握……事实上，人类的苦难何止于天灾，还有人祸；何止于人祸，还有个人难以言状的不幸。尤其是个人不幸，即使在未来高度发达了的理想社会里，也是忠实地伴随着人生！

由此，自古而今的仁人志士都常怀忧国忧民之心。中国知识分子从屈原以来尽皆"哀民生之多艰"；中国之外的伯特兰·罗素也说过，三种单纯然而极其强烈的激情支配着他的一生。他说，那是对爱情的渴望，对知识的寻求，对人类苦难痛彻肺腑的怜悯。他说，爱情和知识把他向上导往天堂，但怜悯又总是把他带回人间。痛苦的呼喊在他们中反响、回荡。因为无助于人类，他说他感到痛苦。

而这种痛苦无疑地充实了每个肯于思想、富于感情的人生。或许也算一种生活于世的动力。

　　这或许正是对于苦难所具特殊魅力的注解。

　　在唐古拉山的千里雪风中，我感悟了藏北草原之于我的意义，理解了长久以来使我魂牵梦绕的、使我灵魂不得安宁的那种极端的心境和情绪的主旋律就是——渴望苦难。

　　渴望苦难，就是渴望暴风雪来得更猛烈一些，渴望风雪之路上的九死一生，渴望不幸联袂而至，病痛蜂拥而来，渴望历尽磨难的天涯孤旅，渴望艰苦卓绝的爱情经历，饥寒交迫，生离死别……渴望在贫寒的荒野挥汗如雨，以期收获五彩斑斓的精神之果，不然就一败涂地，一落千丈，被误解，被冷落，被中伤。最后，是渴望轰轰烈烈或是默默无闻地献身。

　　缺乏苦难，人生将剥落全部光彩，幸福更无从谈起。

静

邹韬奋

我们试冷眼观察国内外有学问的人，有担任大事业魄力的人，和富有经验的人，富有修养的人，总有一个共同的德性，便是"静"。我们试细心体会，可以看出一个人的学问、魄力、经验、修养等的程度，往往和他们所有的"静"的程度成正比例。

静的精神之表现于外者，当然以态度言词最为显著。我们只要看见气盛而色浮，便见所得之浅；邃养之人，安详沉静，我们只要见他面色不浮，眼光不乱，便知道他胸中静定，非久养不能。

我们试看善于演说，或演说有经验的人，他的态度非常沉静安定，立在演台上的时候，身体并不十分摇动，就是手势略有动作，也是很自然的。惟其态度能如此之安定自然，所以听众也感觉得精神安定，聚其注意于他的演辞。初学演说或演说毫无经验的人，往往以为在演台上要活泼，于是摇手动脚，甚至于跑来跑去，使听众的眼光分散，注意难于集中，真所谓"弄巧成拙"！

做领袖的人，静的精神之表现于态度者尤为重要，遇着重要事故或意外事故时，常人先要惊慌纷乱，举止失措，做领袖的便要绝对的镇定，方可镇定人心，不至火上添油，越弄越糟。

不必说什么机关的领袖，就是做任何会议的一时主席，也须要具有"静"的精神的人上去，才能胜任愉快。

"静"的精神之可贵，不但关系外表，脑子要冷静，然后思想才能够明澈缜密。有了这种冷静的脑子，用来研究学问，才不至受古人所愚，才不至受今人所欺，一以理智为分析判断之准绳；有了这种冷静的脑子，用来应事应人，才能应付得当，不受欺蒙；有了这种冷静的脑子，用来立身处世，才能不为外撼，不为物移，才能不致一人誉之而喜，一人毁之而忧，才做得到得意时不放肆，失意时不烦恼，因为有了这种冷静的脑子，胸中有主，然后不为外移。

昔贤吕心吾先生曾经说过："君子处事，主之以镇静有主之心。"又说："干天下大事，非气不济，然气欲藏不欲露，欲抑不欲扬，掀天揭地事业，不动声色，不惊耳目，做得停停妥妥，此为第一妙手。"这几句话很可以说出静的妙用来。

但是我们所主张的"静"是积极的，不是消极的；是要向前做的，不是袖手好闲。例如比足球的时候，守球门的人多么手敏眼快，但是心里是要十分冷静的，苟一心慌意乱，敌方的球到眼前还要帮助敌方挥进自己的门里去！我们是要以静为动之母，不是不动。关于这一点，吕心吾先生还有几句很可以使我们受用的话，我现在就引来做本文的结束："处天下事只消得安详二字，虽兵贵神速，也须从此二字做去。然安详非迟缓之谓也，从容详审，养奋发于凝定之中耳。是故不闲则不忙，不逸则不劳。若先怠缓，则后必急遽，是事之殃也，十行九悔，岂得谓之安详？"

一只玉羊

张晓风

它是一只羊，一只玉羊，静静地卧在橱架上，我也静静地看着它。

它的质地不好，用不着多么大的学问，就连我这样的外行也知道，那块玉已经差不多可以称之为石头了。

它的雕工也不好，粗疏的几刀，几乎有点草草了事。

何况它的价钱也不算太便宜。

但是，我终于决定，还是要把它买下来。当时我正走丝路，走到新疆的和田。

小学时候读地理书，一直以为和田玉是一种瓜果的名字，后来有次写作文，还说自己梦中到了新疆，吃了甜蜜的和田玉，被老师说了一顿，气得终生不忘。

而当我来到和田，和田已无玉，据说好玉都到了苏州，那里师傅的手巧，懂得碾作。

和田倒是还有甜美多汁的葡萄，我想葡萄才是真正的和田玉，和我童年的梦中的滋味一样悠长。

但是我还是决定买下那只玉羊，感动我的理由只有一个：那羊一眼看去，便知道是深深懂得羊的人雕出来的。搞不好那雕刻师本身便是牧羊人，养着成百上千的羊……

如果有人问我从哪一痕刀法里看出雕刻家是个熟悉羊只的人，我也说不上来，但那浑厚的大角，安定的神情，跪坐时端凝的架势都不是江南巧匠学得来的。这只玉羊的作手想必是闭着眼睛也能模拟出羊的风姿神态的人。

我买它，便是基于这一重感动。我不是买羊，而是买了某个从小跟羊一起长大的人对羊喜爱的感觉。

每当我把玩这只小羊，那种真实的喜爱的感觉就会来到我心中。

类同的感动后来在台北看《克尔玛克蒙古人》跳兔子舞的时候又出现一次。纯朴的舞者把自己扮成一只兔子，多疑的、不安的兔子，一会儿掀动鼻子，一会儿流目回顾，一会儿拔腿狂奔，一会儿刨土自娱……他的舞不讲内涵、不讲象征、不求深度，他就是老老实实扮了一只兔子，但那其间有舞者从小在大草原上和兔子千百次交换目光之后的熟稔，使人动容的其实就是那份熟稔。

艺术能求精致当然很好，但最重要最感人的恐怕还是血肉相连的那份深知熟谙吧？

清洁的精神

张承志^①

　　这不是一个很多人都可能体验的世界。而且很难举例、论证和顺序叙述。缠绕着自己的思想如同野草，记录也许就只有采用野草的形式——让它蔓延，让它尽情，让它孤单地荣衰。高崖之下，野草般的思想那么饱满又那么闭塞。这是一个瞬间。趁着流矢正在稀疏，下一次火光冲天的喧嚣还没有开始；趁着大地尚能容得下残余的正气，趁着一副末世相中的人们正苦于卖身无术而力量薄弱，应当珍惜这个瞬间。

① （1948— ）回族，原籍山东济南，生于北京。1968 年在内蒙古插队。1975 年毕业于北京大学历史系。1978 年，发表处女作《骑手为什么歌唱母亲》。同年考入中国社会科学院研究生院。后发表中篇小说《黑骏马》获全国优秀中篇小说奖。1984 年发表中篇小说《北方的河》，成为他的代表作。20 世纪 90 年代之后，张承志以散文写作为主，先后发表了《清洁的精神》《牧人笔记》《一册山河》等散文随笔。

一

关于汉字的"洁",人们早已司空见惯、不假思索、不以为然，甚至"清洁可耻、肮脏光荣"的准则正在风靡时髦。洁，今天，好像只有在公共场所，比如在垃圾站或厕所等地方，才能看得见这个字了。

那时在河南登封，在一个名叫王城岗的丘陵上，听着豫剧的调子，每天都眼望着古老的箕山发掘。箕山太古老了，九州的故事都在那座山上起源。夏、商、周，遥远的、几乎不是信史仅是传说的茫茫古代，那时宛如近在眼前又无影无踪，烦恼着我们每个考古队员。一天天地，我们挖着只能称作龙山文化或二里头早期文化的土，心里却盼它属于大禹治水的夏朝。感谢那些辛苦的日子，它们在我脑中埋下了这个思路，直到今天。

是的，没有今天，我不可能感受什么是古代。由于今天泛滥的不义、庸俗和无耻，我终于迟迟地靠近了一个结论：所谓古代，就是洁与耻尚没有沦灭的时代。箕山之阴，颍水之阳，在厚厚的黄土之下压埋着的，未必是王朝国家的遗址，而是洁与耻的过去。

那是神话般的、唯洁为首的年代。洁，几乎是处在极致，超越界限，不近人情。后来，经过如同司马迁、庄子、淮南子等大师的文学记录以后，不知为什么人们又只赏玩文学的字句而不信任文学的真实——断定它是过分的传说不予置信，而渐渐忘记了它是一个重要的、古中国关于人怎样活着的观点。

今天没有人再这样谈论问题，这样写好像就是落后和保守的记号。但是，四千年的文明史都从那个洁字开篇，我不觉得有任何偏激。

　　一切都开始在这座低平的、素色的箕山上。一个青年，一个樵夫，一头牛和一道溪水，引来了哺育了我们的文明。如今重读《逍遥篇》或者《史记》，古文和逝事都远不可及，都不可思议，都简直无法置信了。

　　遥远的箕山，渐渐化成了一幢巨影，朦胧而庞大，遮断了我的视野。山势非常平缓，从山脚拾路慢慢上坡，一阵工夫就可以抵达箕顶。山的顶部宽敞坦平，烟树素淡，悄寂无声。在那荒凉的箕山顶上人觉得凄凉。在冬天的晴空尽头，在那里可以一直眺望到中岳嵩山齿形的远影。遗址都在下面的河边，那低伏的王城岗上。我在那个遗址上挖过很久，但是田野发掘并不能找到清洁的古代。

　　《史记》注引皇甫谧《高士传》，记载了尧舜禅让时期的一个叫许由的古人。许由因帝尧要以王位相让，便潜入箕山隐姓埋名。然而尧执意让位，追许由不舍。于是，当尧再次寻见许由，求他当九州长时，许由不仅坚辞不从，而且以此为奇耻大辱。他奔至河畔，清洗听脏了的双耳。

　　　　时有巢父牵犊欲饮之，见由洗耳，问其故。对曰：尧欲召我为九州长，恶闻其声，是故洗耳。巢父曰：子若处高岸深谷，人道不通，谁能见子？子故浮游，欲闻求其名誉，污吾犊口。牵犊上流饮之。

　　所谓强中有强，那时是人相竞洁。牵牛的老人听了许由的诉说，不仅没有夸奖反而忿忿不满：你若不是介入那种世界，哪里至于弄脏了耳朵？现在你洗耳不过是另一种沽名钓誉。下游饮牛，上游洗耳，既然你知道自己的双耳已污，为什么又来弄脏我的牛口？

毫无疑问，今日中华的有些人正春分得意、稳扎稳打，对下如无尾恶狗般刁悍，对上如无势宦官般谦卑。无论昨天极左、今天极商、明天极右，都永远站在正副部司局处科的广阔台阶上攀登的各级官迷以及他们的后备军——小小年纪未老先衰一本正经立志"从政"的小体制派，还有他们的另一翼，partner、搭档——疯狂嘲笑理想、如咀腐肉、高高举着印有无耻两个大字的奸商旗的、所谓海里的泥鳅蛤蛎们，是打死他们也不会相信这个故事的。

但是司马迁亲自去过箕山。

《史记·伯夷传》中记道：

尧让天下于许由，许由不受，耻之逃隐……太史公曰：余登箕山，其上盖有许由冢云。

这座山从那时就同称许由山。但是在我登上箕山顶那次，没有找到许由的墓。山顶是一个巨大平缓的凹地，低低伸展开去，宛如一个长满荒草的簸箕。这山顶虽宽阔，但没有什么峰尖崖陷，登上山顶一览无余。我和河南博物馆的几个小伙子细细找遍了每一丛蒿草，没有任何遗迹残痕。

当双脚踢缠着高高的茅草时，不觉间我们对古史的这一笔记录认真起来。司马迁的下笔可靠，已经在考古者的铁铲下证实了多次。他真的看见许由墓了吗？我不住地想。

箕山顶已经开始涌上暮色，视野里一阵阵袭来凄凉。天色转暗后我们突然感慨，禁不住地猜测许由的形象，好像在蒿草一下下拌着脚、太阳一分分消隐下沉的时候，那些简赅的史料又被特别细致地咀嚼了一遍。山的四面都无声。暮色中的箕山，以及山麓连结的朦胧四野中，浮动着一种浑浊的哀切。

那时我不知道，就在那一天里我不仅相信了这个古史传说而且企图找寻它。我抱着考古队员式的希望，有一瞬甚至盼望出现奇迹，由我发现许由墓。但箕山顶上不见牛，不见农夫，不见布衣之士刚愎自用的清高；不仅登封洛阳，不仅豫北晋南的原野，连伸延无限的中原大地，都沉陷在晚暮的沉默中，一动不动，缄口不言。

那一天后不久，田野工作收尾，我没有能抽空再上一回箕山。然后，人和心思都远远地飞到了别处，离开河南弹指就是十五年。应该说我没有从浮躁中脱离，我被意气裹挟而去，渐渐淡忘了中原和大禹治水的夏王朝。许由墓，对于我来说，确确实实已经湮没无存了。

二

长久以来滋生了一个印象。我一直觉得，在中国的古典中，许由洗耳的例子是极限。品味这个故事，不能不觉得它载道于绝对的描写。它在一个最高的例子上规定洁与污的概念，它把人类可能有过的原始社会禅让时代归纳为山野之民最高洁、王侯上流最卑污的结论。它的原则本身太高傲，这使它与后世的人们之间产生了隔阂。

今天回顾已经为时过晚，它的确已沦为了箕山的传说。今天无论怎样庄重的文章也难脱调侃。今天的中国人，可能已经没有体会它的心境和教养了。

就这样，时间在流逝着。应该说这些年来，时间在世界上的进程惊心动魄。在它的冲淘下我明白了：文明中有一些最纯的因素，唯它能凝聚起涣散失望的人群，使衰败的民族熬过险关、求得再生。所以，尽管我已经迷恋着我的鲜烈的信仰和纯朴的集体，尽管我的心意情思早已远离中原三千里外并且不愿还家，但我依然强烈地想起箕山，还有古史传说的年代。

箕山许由的本质，后来分衍成很多传统。洁的意义被义、信、耻、殉等林立的文化所簇拥，形成了中国文化的精神森林，使中国人长久地自尊而有力。

后来，伟大的《史记·刺客列传》著成，中国的烈士传统得到了文章的提炼，并长久地在中国人的心中矗立起来，直至昨天。

《史记·刺客列传》是中国古代散文之最。它所收录的精神是不可思议、无法言传、美得魅人的。

三

英雄首先出在山东。司马迁在这篇奇文中以鲁人曹沫为开始。

应该说，曹沫是一个用一把刀子战胜了大国霸权的外交家。在他的羸弱的鲁国被强大的齐国欺凌的时候，外交席上，曹沫一把揪住了齐桓公，用尖刀逼他退还侵略鲁国的土地。齐桓公刚刚服了输，曹沫马上扔下刀下坛。回到席上，继续前话，若无其事。

今天，我们的体制派们按照他们不知在哪儿受到的教育，无疑会大声叫喊曹沫犯规——但在当时，若没有曹沫的过激动作，强权就会压制天下。

意味深长的是，司马迁注明了这些壮士来去的周期：

其后百六十有七年，而吴有专诸之事。

专诸的意味，首先在于他是第一个被记诸史籍的刺客。在这里司马迁的感觉起了决定的作用。司马迁没有因为刺客的卑微而为统治者去取舍。他的一笔，不仅使异端的死者名垂后世，更使自己的著作得到了杀青压卷。

刺，本来仅仅是政治的非常手段，本来只是残酷的战争形式的一种而已。但是在漫长的历史中，它更多地属于正义的弱者；在血腥的人类史中，它常常是弱者在绝境中被迫选择的、唯一可能制胜的决死拼斗。

由于形式的神秘和危险，由于人在行动中爆发出的个性和勇敢，这种行为经常呈现着一种异样的美。事发之日，一把刀子被秘密地烹煮于鱼腹之中。专诸乔装献鱼，进入宴席，掌握着千钧一发，使怨主王僚丧命。鱼肠剑，这仅有一件的奇异兵器，从此成了家喻户晓的故事，并且在古代的东方树立一种极端的英雄主义和浪漫主义。

从专诸到他的继承者之间，周期是七十年。

这一次的主角豫让把他前辈的开创发展得惊心动魄。豫让只因为尊重了自己人的惨死，决心选择刺杀手段。他不仅演出了一场以个人对抗强权的威武话剧，而且提出了一个非常响亮的思想："士为知己者死，女为悦己者容。"

第一次攻击失败以后，他用漆疮烂身体，吞炭弄哑声音，残身苦形，使妻子不识，然后寻找接近怨主赵襄子的时机。

就这样行刺之日到了，豫让的悲愿仍以失败终结。但是被捕的豫让骄傲而有理。他认为："明主不掩人之美，忠臣有死名之义。"在甲兵捆绑的阶下，他堂堂正正地要求名誉，请求赵襄子借衣服让他砍一刀，为他成全。

　　这是中国古代史上形式和仪式的伟大胜利。连处于反面角色的敌人也表现得高尚。赵襄子脱下了贵族的华服，豫让如同表演胜利者的舞蹈，他拔剑三跃而击之，然后伏剑自杀。

　　也许这一点最令人费解——他们居然如此追求名誉。

　　必须说，在名誉的范畴里出现了最大的异化。今日名利之徒的追逐，古代刺客的死名，两者之间的天壤之别的现实，该让人说些什么呢？

　　周期一时变得短促，四十余年后，一个叫深井里的地方，出现了勇士聂政。

　　和豫让一样，聂政也是仅仅为自尊心受到了意外的尊重，就决定为知己者赴死。但聂政其人远比豫让深沉得多。是聂政把"孝"和"情"引入了残酷的行动。当他在社会的底层，受到严仲子的礼遇和委托时，他以母亲的晚年为行动与否的条件。终于母亲以天年逝世了，聂政开始践约。

　　聂政来到了严仲子处。只是在此时，他才知道了目标是韩国之相侠累。聂政的思想非常彻底。从一开始，他就决定不仅要实现行刺，而且要使事件包括表面都变成自己的，从而保护知己者严仲子。因此他拒绝助手，单身上道。

　　聂政抵达韩国，接近了目标，仗剑冲上台阶，包括韩国之相侠累在内一连击杀数十人。——但是事情还没有完。

　　在杀场上，聂政"皮面决眼，自屠出肠"，使自己变成一具无法辨认的尸首。

这里藏着深沉的秘密。本来，两人谋事，一人牺牲，严仲子已经没有危险。像豫让一样，聂政应该有殉义成名的特权。聂政没有必要毁形。

谜底是由聂政的姐姐揭穿的。在那个时代里，不仅人知己，而且姐知弟。聂姐听说韩国出事，猜出是弟弟所为。她仓皇赶到韩，伏在弟弟的遗体上哭喊：这是深井里的聂政！原来聂政一家仅有这一个出了嫁的姐姐，聂政毁容弃名是担忧她受到牵连。聂姐哭道：我怎能因为惧死，而灭了贤弟之名！最后自尽于聂政身边。

四

这样的叙述，会被人非议为用现代语叙述古文。但我想重要的是，在一片后庭花的歌声中，中国需要这种声音。对于这一篇价值千金的古典来说，一切今天的叙述都将绝对地因人而异。对于正义的态度，对于世界的看法，人会因品质和血性的不同，导致笔下的分歧。更重要的是，人的精神不能这么简单地烂光丢净。管别人呢，我要用我的篇章反复地为烈士传统招魂，为美的精神制造哪怕是微弱的回声。

二百余年之后，美名震撼世界的英雄荆轲诞生了。

荆轲刺秦王的故事妇孺皆知。但是今天大家都应该重读荆轲。《史记·刺客列传》中的荆轲一节，是古代中国勇敢行为和清洁精神的集大成。那一处处永不磨灭的描写，一代代地感动了、哺育了各个时代的中国人。

独自静静读着荆轲的记事，人会忍不住地想：我难道还能如此忍受吗？如此庸庸碌碌的我还能算一个人吗？

易水枯竭，时代变了。

荆轲也曾因不合时尚潮流而苦恼。与文人不能说书，与武士不能论剑。他也曾被逼得性情怪僻，赌博喝酒，远远地走到社会底层去寻找解脱，结交朋党。他和流落市井的艺人高渐离终日唱和，相乐相泣。他们相交的深沉，以后被惊心动魄地证实了。

荆轲遭逢的是一个大时代。

他被长者田光引荐给了燕国的太子丹。田光按照"三人不能守密、两人谋事一人当殉"的铁的原则，引荐荆轲之后立即自尽。就这样荆轲进入了太子丹邸。

荆轲在行动之前，被燕太子每日以车骑美女，恣其所欲。燕太子丹亡国已迫在眉睫，苦苦请荆轲行动。当秦军逼近易水时，荆轲制定了刺杀秦王的周密计划。

至今细细分析这个危险的计划，仍不能不为它的逻辑性和可行性所叹服。关键是"近身"。荆轲为了获得靠近秦王的时机，首先要求以避难燕国的亡命秦将樊於期的首级，然后要求以燕国肥美领土的地图为诱饵，然后以约誓朋党为保证。他全面备战，甚至准备了最好的攻击武器：药淬的徐夫人匕首。

就这样，燕国的人马来到了易水，行动等待着实行。

出发那天出现了一个冲突。由于荆轲队伍动身迟延，燕太子丹产生了怀疑。当他婉言催促时，荆轲震怒了。

这段《刺客列传》上的记载，多少年来没有得到读者的觉察。荆轲和燕国太子在易水上的这次争执，具有很深的意味。这个记载说明：那天的易水送行，不仅是不欢而散甚至是结仇而别。燕太子只是逼人赴死，只是督战易水；至于荆轲，他此时已经不是为了政治，不是为了垂死的贵族拼命；他此时是为了自己，为了诺言，为了表达人格而战斗。此时的他，是为了同时向秦王和燕太子宣布抗议而战斗。

那一天的故事脍炙人口。没有一个中国人不知道那支慷慨的歌。

但是我想荆轲的心情是黯淡的。队伍尚未出发，已有两人舍命，都是为了他此行，而且都是为了一句话。田光只因为太子丹嘱咐了一句"愿先生勿泄"，便自杀以守密。樊於期也只因为荆轲说了一句"愿得将军之首"便立即献出头颅。在非常时期，人们都表现出了惊人的素质，逼迫着荆轲的水平。

风萧萧兮易水寒，壮士一去兮不复还。荆轲和他的党人高渐离在易水之畔的悲壮唱和，其实藏着无人知晓的深沉含义。所谓易水之别，只在两人之间。这是一对同志的告别和约束，是他们私人之间的一个誓言。直到后日高渐离登场了结他的使命时，人们才体味到这誓言的沉重。

就这样，长久地震撼中国的荆轲刺秦王事件，就作为弱者的正义和烈性的象征，作为一种失败者的最终抵抗形式，被历史确立并且肯定了。

图穷而匕首现，荆轲牺牲了。继荆轲之后，高渐离带着今天已经不见了的乐器筑，独自地接近了秦王。他被秦王认出是荆轲党人，被熏瞎了眼睛，阶下演奏以取乐。但是高渐离筑中灌铅，乐器充兵器，艰难地实施了第二次攻击。

不知道高渐离高举着筑扑向秦王时，他究竟有过怎样的表情。那时人们议论勇者时，似乎有着特殊的见地和方法论。田光向太子丹推荐荆轲时曾阐述说，血勇之人，怒而面赤；脉勇之人，怒而面青；骨勇之人，怒而面白。那时人们把这个问题分析得入骨三分，一直深入到生理上。田光对荆轲的评价是：神勇之人，怒而色不变。

我无法判断高渐离脸上的颜色。

回忆着他们的行迹，我激动，我更怅然若失，我无法表述自己战栗般的感受。

高渐离奏雅乐而行刺的行为，更与燕国太子的事业无关。他的行为，已经完全是一种不屈情感的激扬，是一种民众对权势的不可遏止的蔑视，是一种已经再也寻不回来的、凄绝的美。

五

我们对荆轲的故事的最近的一次回顾是在狼牙山，八路军的五名勇士如荆轲一去不返，使古代的精神骄傲地得到了继承。有一段时期有不少青年把狼牙山当成圣地。记得那时狼牙山的主峰棋盘砣上，每天都飘扬着好多面五星红旗，从山脚下的东流水村到陡峭的阎王鼻子的险路上，每天都络绎不绝地攀登着风尘仆仆的中学生。

我自己登过两次狼牙山，两次都是在冬天。那时人们喜欢模仿英雄。伙伴们在顶峰研究地形和当年五勇士的位置，在凛冽的山风呼啸中，让心中充满豪迈的激情。

不用说，无论是刺客故事还是许由故事，都并不使人读了快乐。读后的体会很难言传。暗暗偏爱它们的人会有一些模糊的结论。近年来我常常读它们。没有结论，我只是喜欢读时的感觉。那是一种清冽、干净的感觉。他们栩栩如生。独自面对着他们，我永远地承认自己的低下。但是经常地这样与他们在一起，渐渐我觉得被他们的精神所熏染，心一天天渴望清洁。

是的，是清洁。他们的勇敢，来源于古代的洁的精神。

记不清是什么时候读到的了，有一个故事：舞台上曾出现过一个美女，她认为，在暴政之下演出是不洁的，于是退隐多年不演。时间流逝，她衰老了，但正义仍未归来。天下不乏美女。在她坚持清洁的精神的年代里，另一个舞女登台并取代了她。没有人批评那个人粉饰升平和不洁，也没有人忆起仗义的她。更重要的是，世间公论那个登台者美。晚年，她哀叹道，我视洁为命，因洁而勇，以洁为美。世论与我不同，天理也与我不同吗？

我想，我们无权让清洁地死去的灵魂湮灭。

但她象征的只是无名者，未做背水一战的人，是一个许由式的清洁而无力的人，而聂政、荆轲是完全不同的类型。他们是无力的安慰，是清洁的暴力，是不义的世界和伦理的讨伐者。

若是那个舞女决心向暴君行刺，又会怎样呢？

因此没有什么恐怖主义，只有无助的人绝望地战斗。鲁迅一定深深地体会过无助。鲁迅，就是被腐朽的势力，尤其是被他即便死也"一个都不想饶恕"的人们逼得一步步完成自我，并濒临无助的绝境的思想家和艺术家。他创造的怪诞的刺客形象"眉间尺"变成了白骨骷髅，在滚滚的沸水中追咬着仇敌的头——不知算不算恐怖主义。尤其是，在《史记》已经留下了那样不可超越的奇笔之后，鲁迅居然仍不放弃，仍写出了眉间尺。鲁迅做的这件事中，也许能看见鲁迅思想的犀利、激烈的深处。

许由故事中的底层思想也在发展。几个浑身发散着异端光彩的刺客，都是大时代中地位卑贱的人。他们身上的异彩为王公贵族所不备。国家危亡之际非壮士们无人挺身而出。他们视国耻为不可容忍，把这种耻看成自己私人的、必须以命相抵的奇耻大辱——中国文明中的"耻"的观念就这样强化了，它对一个民族的支撑意义，也许以后会日益清晰。

不用说，在那个大时代中，除了耻的观念外，豪迈的义与信等传统也一并奠基。一诺千金、以命承诺、舍生取义、义不容辞——这些中国文明中的有力的格言，都是经过了志士的鲜血浇灌以后，才如同淬火之后的铁，如同沉水之后的石一样，铸入了中国的精神。

我们的精神，起源于上古时代的"洁"字。

登上中岳嵩山的太室，有一种望尽中国的感觉。视野里，整个北方一派迷茫。冬树、野草和毗连的村落还都是那么纯朴。我独自久久地望着，心里鼓漾着充实的心情。昔日因壮举而得名的处处地点都安在，大地依然如故。包括时间，好像几千年的时间并没有弃我们而去。时间好像一直在静静地守护着这片土地，以及我崇拜的烈士们。我仿佛看见了匆匆离去的许由，仿佛看见了聂政的故乡深井里，仿佛看见了在寒冷冬日的易水之畔，在肃杀的风中唱和相约的荆轲与高渐离，仿佛看见了山峰挺拔的狼牙山上与敌决战的五壮士。

中国给予我教育的时候，从来都是突兀的。几次突然燃起的熊熊烈火，极大地纠正了我的悲观。是的，我们谁也没有权力对中国妄自菲薄。应当坚信：在大陆上孕育了中国的同时，最高尚的洁意识便同时生根，就一定以骇俗的美久久引起震撼。它并非我们常见的风情事物。我们应该等待这种高洁美的勃发。

——一九九三年九月　北京

行年四十

袁昌英

四十大约是人生过程中最大的一个关键；这个关键的重要性及其特殊刺激性，大概是古今中外的人士同样特别感觉着的。我国古语有，"行年四十而后方知不足"，"四十而不惑"，"四十而无闻焉，斯亦不足畏也矣！"等说法。《水浒传》的作者施耐庵在自序里也把四十的重要写得轰轰烈烈，亦可说是痛哭流涕，中有"四十不成名不必再求名"，"四十不娶不必再娶"等句。就今人而论，胡适之先生过四十那年，写了一篇洋洋数万言的大文，纪念他所经过的一切。最近钱乙藜先生也出版一本珠玉夺目的小诗集，既不命名，也不署名，只是赠送亲友，纪念他的四十生日。

西洋人也把四十看作人生吃紧的关头。英国名剧家卜尼罗专从心理及生理上着眼，描写四十岁左右男女恋爱的难关。他的《中海峡》是一部相当成功而在当时极受欢迎的剧本。所谓人生如旅客，短短七八十年的寿命如同跨过英伦海峡的旅程一般，到了四十岁的时候，正如渡到海峡的中间，旅途虽然已是走到了一半，可是险恶的大风浪，却正当头！

当今社会上活动的人物，多半是在这个困苦艰难、坚忍奋斗的抗战中默然度过了这四十岁的重要关头，其中当然是有许多可歌可泣，也许是可笑可骂的故事发生了。在太平时候，那些故事也许掀起偌大的风波，使社会人士在讨论的当中，得着某事其所以转变的原委，可是在这大家头上罩着了更重要的难题的现在，大家耳闻目击了这些事，只不过骂一顿或是笑一顿，或是热诚的太息几声，或是冷凄凄地浇上一二句冰冻批语便罢！若是这些事不幸发生在自己的身上，在平时如此，在战时也是如此，多半是讳莫如深，严严密密地将这一切藏在自己灵魂的秘阁里，半个字也不让它透露出去，遇着胆大一点的人，认为自己良心上无愧，就将自己的经验练成玉句金声，披上诗词的艳装丽服，执住诗神的微妙表情，打发在人间，作为一生的永久纪念。当然人生如旅客，每一个旅行人有每个的特殊作风。有的只是走马看花，如美国的游历家在欧洲拜访名胜一样，一群群坐着大卡车，到了那个地点，就算尽了访古的义务，做到了那回首当年，凭吊往古的风雅活动；有的也许感到了诗人所吟咏的一切，只是紧紧地锁在心里，不肯让人家知道罢了；有的却要在那名胜可以下笔或下刀的地方留下几句歪诗，以为可以伴着名胜享受不朽；有的则必要将自己特别敏锐的性灵在名胜面前所感触的反响与活动，写成游记或动情的诗词，留作人类美味的精神食粮。不待言，这每个旅客所独特的作风，在这同是旅途人的自由世界里，应当是绝对自由的。可是我们对于那一部分能为人类出产美味精神粮食的特殊旅伴，不由得不发生感激而表示敬意，因为他们替我们解除旅途的枯寂，又使我们见到而体会到这旅途中我们自己不易见到而体会到的一切；并且他们肯把自己最亲切的感情与思想说给同伴听，这首先就是够朋友的行动了。那么，谁又能拒绝做他们的朋友咧!

我们由旅伴的叙说,数千年以来经过这旅程者的记载,以及耳闻目见或自己经历过的种种,知道四十岁是人生旅程中最大的一个关键,在心理上生理上都有一种特殊的转变,因此影响到一人整个的态度,行动及其毕生的事业。

某女士是学政治出身,对于一生事业的抱负及其人格的修养确实是非凡的。她常对我说:"兰,你是学文学的,你们这班长咏高歌的半诗人,认为罗曼斯是人生中最重要且最不可缺少的经验。我的看法完全两样。我觉得一个人生在这大千宇宙里面,应该如同培养一株特种的名花嘉木一样,昼夜不息地小心谨慎着,一点不苟且地看护着,不让害虫来侵蚀它,狂风暴雨摧残它,使它得着充分的阳光雨露以及地气的精华,等到时候临头,它能尽其所有的本能与个性,开出绝世的鲜花,结出惊人的硕果。像你们这种一天到晚忙着闹罗曼斯,实在是犯着摧残本性的嫌疑,我是极端反对的。"我虽是学文学,却没有一天到晚忙着闹罗曼斯,听了这话,心里不免有些不好受,可是我很明白她的话是指一般文人说的,并没有把我包括在内——真正的好朋友是能这样体会彼此的意思的。况且以她那种生性非常活泼伶俐而模样儿又是长得相当漂亮的人物,对于人生竟真是言行合一的严肃自持,我对之委实只有信服敬爱的感情,绝对谈不到言语的计较。

她在二十余岁的时候,秉承父母之命,与某君正正经经结了婚。嗣后除了生儿育女经理家务以外,她还继续不断地忙着读书著述,以及其他直接或间接的政治生活。朋友常常叹服说:"她真是个标准的新式女子!"

十年如一日,她对于人生严肃的态度一点没有改变。可是不久以后，不知在那一个政治的舞台上，她遇见了一个美貌男子，起先二人也不过是泛泛之交而已，我们说：某人长得漂亮！她也说：实在是美。我们说：只可惜他的行为太浪漫，自重的女子不敢相信他。她也跟着叹息而已。

前些时，我在某大都市路过，与她盘桓了数日数夜。第一件事她使我惊讶不置的是她对于服装的讲究，容颜的修饰，比以前更来得注意。从前的她衣饰和她整个的人一样，只是严肃整洁而已。近来她的一切都添上了妩媚的色彩！她的住室和从前一样舒适，可是镜台上总是供着一瓶异香异色的花，书案上总是摆着一盘清水养着的落英。她同人说话的时候，两只眼睛不息地盯住瓶里的花和盘里的落英，仿佛整个的神思都由这花与落英捧向另外一个什么地方去了。头一天，我只觉得奇异。这位阔别并不多时的朋友，怎么变得这般两样。我起先疑心她家庭里发生了什么龃龉，可是细心观察之后，只见她的丈夫及儿女对她还是和从前一样体贴，一样温存，即她自己的行动，除了这种失神及心不在焉的神气以外，与从前也没有什么分别。原来是极幸福的家庭，现在仍然是和气一团地生活着。那么，这失神的症结到底是什么呢？

第三天，她的丈夫因事出远门了。在那夜深人静的午夜里，小孩子当然正在做着甘香的好梦，我和她却仍然围着火盆细谈。镜台上的夜兰送来了一阵阵的清香，转眼一看书案上的落英——这时是几朵鹅黄色的蔷薇——映在绿辉的电光下，显得异样的诡秘！她的神思仍然是在这两种花里面彷徨着，泳荡着，迷离着。我若不是神志素来健全的人，一定要疑心她是已被花精迷惑着了。最后我忍无可忍地试探一句：

"钰，你怎么和从前简直有点两样了呢？"

她精神一振，即刻回答我道："我？两样了？那就真有点怪，我这种人还会变到那里去吗？"

我逼上去说："钰，你有心事，只是不肯告诉我罢了！"

"你这家伙真是鬼，怎么看出了我有心事！老实告诉你，心事我是没有的，只是我的思想和以前有点出入而已。"

"在那方面呢？难道是同自由民主主义向左转，走到共产主义那方面去了，或是向右转，走到独裁主义的旗帜下呢？"

"我的政治思想仍旧没有多大的转变，还是守着我的老营：自由民主主义。就是我的人生哲学完全两样的了。我觉得我的一生，直至现在为止，可说是整个的枉费了……"

在那夜阑人静屋暖花香的氛围里，她的话头正如开放了的都江堰，简直是波涛汹涌，只向外奔。蕴藉在她性灵深处的种种怨艾、种种愤怒和种种不平，如万马脱羁般，只向我驰骋。不是我的神经十分结实的话，简直要被这些马蹄踏得发昏！可是她毕竟是个有修养能自持的读书人，话虽长，却无一句伤及他人，也无一句涉及她那中心的疙瘩。但从那些施了脂粉，穿了时装的零散句子里面，我窥见了她那失神的症结。

"恋爱应当是神圣的……一个人的感情应该是绝对自由的……人在天地间，自己的生命应该全由自己处置……可是如卢梭所说的，人生出来本是自由的，然而到处受到羁绊。"这样的语句，连篇累牍地夹在她的谈话里面！同时她的两只眼睛不时注视在夜兰与蔷薇上面，仿佛要是可能的话，要是她有自由处置自己的性命的话，她的生命，她的灵魂，和她的一切都可以醉倒，晕倒，死倒在这花的怀抱里！在此情形之下，我不由得试探一句：

"你现在怎么这样爱花？这些花是你们园里出的吗？"

"这些花是个朋友送的！爱花！我现在简直是如醉如狂地爱花！花就是我的灵魂，我的灵魂就湮没在花里。我这朋友知道我爱花……无论谁送的花，我都一样地爱！"

我心里早已猜着了那献花的人，可是不敢，也不必道破。连忙又转变话头问道：

"钰，你近来真是变得可以的了！记得你从前怎么骂我们文人爱闹罗曼斯吗？你现在的论调，谁说不比什么都来得更罗曼蒂克！"

"回想从前的一切，我简直懊悔极了！我的家庭教育，以及旧道德观念白白地葬送了我大半世的黄金生命！想起来，那种无意识的，循规蹈矩的生活简直不知如何过下去的！"

她不说，我也不敢说，我只直觉地看得很清楚：我的好友是在一种新的、如醉如狂的恋爱中挣扎她的新生命！我为她愉快，亦为她惶恐。愉快的是她终于尝到了恋爱的滋味，了解人生方面的意义；惶恐的是唯恐她将堕入人生悲观的深渊，受到人类恶意的奚落。最后惶恐战胜了愉快的心情，我有意提醒她一句，使她有所解脱有所觉悟："钰，你今年是不是刚刚四十？"

"还差几个月。"

"你要留神，这是你生命中最重要的关头。你的种种思想上的转变，都有它的生理上与心理上的根据。"

"这又奇了！我的思想与我的年龄有什么关系？"

"关系大得很，再过两年，你就明白了。我介绍你几本书去看看吧。你们研究政治的人，太不注意人生的大道理了！"

"好吧！你明儿把书名写给我，我真不相信你的书能解决我的思想的转变！"

"不仅解决你的思想，而且要指示你的行为咧！"

我们那夜的谈话就停于此。第二天我就离开了。一别数月，不久以前，她给我来了一封十分恳切而冗长的信，叙述她这几年来感情上，思想上，生理上和心理上的种种变化。她最后对于我的启示及读物的介绍，表示特别感激，是的，她了解了恋爱的滋味，踏入那神秘的境界，可是因为我的暗示，她没有走入恋爱的歧途，演出那连带的悲剧。经过那番剧烈的转变之后，她又恢复了以前那种严肃的健全的生活了。

她的信是不许公开的。可是过了四十的人一定是能体会其中的意味；未过四十的人，姑且等着时间来告诉你就是了。

总之，四十是人生最大的一个关键，在生理上说起来，一个人由出生至四十是如东升的红日，一步步向着午天腾达的，只有越来越发扬，越来越光大，越来越辉煌的，可是过了四十，就如渐向西沉的黄金色的日轮一样，光芒也许特别的锐利，颜色也许异样的灿烂，热力也许特别的炽烈，然而总不免朝着衰败消落的悲哀里进行。四十是生命向上的最后挣扎；尤其是女子，那天生的大生命力要在她的身上逞其最大的压迫，无上的威力，来执行它那创造新生命的使命。所以在四十岁左右的男女，如果婚姻不是特别理想的话，一定受不起那生命力的压迫与威力，而要生种种喜新厌旧的变态行为。如果在四十左右尚未结婚的男女，对于嫁娶的要求，一定是非常厉害的。当然，因为环境殊异的关系，例外总是有的。在四十以前，生命力似乎觉得有的是时间，用不着忙，用不着急，尤其用不着充分使用它的威权。四十一来，它就有点着慌，如果不奋勇直前地来发挥它的力量，用尽它最后的威力，恐怕要受上帝责罚，定它有亏职守的大罪。

因为生理上的关系，心理上也发生了绝大的影响。四十以下的人的心情是如"一江春水向东流"，有的是力量，有的是生机，有的是雪山上直奔上来的源泉，无穷无尽地供给他这力量，这生机。四十以前的生活是一种不受意识支配的向外发展，至少也可说是一种潜意识的动态。有的事，他或她这么做，并不是经过了意识的衡量而才发生的行动，而只是像儿童玩耍一样，身上的生气太旺盛，消耗在正常生活以内而尚有剩余的力量太多了，不得不如此发泄罢了。过了四十岁的人，回想当年种种乱费精力，白费时间的行动，总不免三致太息，就是这个缘故。梁任公的"昨日之我非今日之我"，恐怕多少也有这个道理在里面。

　　可是四十以上的人，经过生命力最后大挣扎的战争，而得到平衡以后，他的心境就如"一泓秋水"，明净澄澈，一波不兴，幽闲自在地接受天地宇宙间一切事物，而加以淡化的反映，天光云影也好，绿杨飞鸟也好，水榭明山也好，它都给泛上一番清雅的色调，呈现在他清流里。这也许是一种近乎诗人式的心境。可是就大体言之，恐怕只是程度的差异，而不是类别的不同，因而形成雅俗之分罢了。因为心境的平衡，他的判断力就来得比以前特别清晰。一生有意识的生活才真正开始。在以前，他的一大部分生活力都被那创造新生命的意识霸占了去，做它的工作，所以他的行动大半不能自主。现在那生命力的威风渐渐退减了，他的性灵的力量可以出头了，可以充分地发挥了。所以四十岁以上的人，事业心特别浓厚；立德立功立言三种大人物都要在这时候特逞身手，做出他或她性灵中所要求的轰轰烈烈的事业。人与万物之所以不同，恐怕就在这要求不朽上面。说得露骨一点，在四十以前，人与一般生物的悬殊是比较有限的，他的生活大半是被那个创造新生命的盲目意识支配着，实在可以说在"替天行道"！在四十以后，性灵的威力，人格的表现才开始占着上风。在他或她已经执行了替天道的使命以后，这才猛抬头发见一向被冷落了的"自我"，从黑角里奔出来，质问道："我呢? 现在总应该给我一点机会吧! 来! 让我来干一下子。时间不早了，努力前进，让我来把这'张三'两个字，或'李四娘'三个字，在事业上，功德上，或著述上，留下永远的名声，在天地间永久存在着，在人心里享受无穷的爱戴!"

这种四十的大转变，当然以体气性格与环境的种种不同，在个人感觉方面，自有其轻重浓淡深浅的分别：有的人只是恍恍惚惚地感觉一点；有的则在心理与生理上都感觉着狂风暴雨般的大变动；当然一半也还凭本人自身分析力的敏锐或迟钝为转移。

但是有刚才四十岁的人，就自称衰老，遽尔颓丧，那就未免太过自暴自弃了，因为他的一生事业，这时才真正开始咧!

第六辑——共白头，我心依旧

与 妻 书

林觉民 ①

　　意映卿卿如晤：吾今以此书与汝永别矣！吾作此书时，尚是世中一人；汝看此书时，吾已成为阴间一鬼。吾作此书，泪珠和笔墨齐下，不能竟书而欲搁笔，又恐汝不察吾衷，谓吾忍舍汝而死，谓吾不知汝之不欲吾死也，故遂忍悲为汝言之。

　　吾至爱汝，即此爱汝一念，使吾勇于就死也。吾自遇汝以来，常愿天下有情人终成眷属；然遍地腥云，满街狼犬，称心快意，几家能够？司马青衫，吾不能学太上之忘情也。语云：仁者"老吾老以及人之老；幼吾幼以及人之幼"。吾充吾爱汝之心，助天下人爱其所爱，所以敢先汝而死，不顾汝也。汝体吾此心，于啼泣之余，亦以天下人为念，当亦乐牺牲吾身与汝身之福利，为天下人谋永福

---

① （1887—1911）字意洞，号抖飞，又号天外生，福建闽县（今福州）人。14 岁进福建高等学堂，肄业后到日本留学，加入了中国同盟会，1911 年回福建约集革命志士，参加黄花岗之役，随黄兴攻打两广总督衙门，受伤被捕，从容就义，年仅 24 岁，是"黄花岗七十二烈士"之一。著有《禀父书》《与妻书》。

也。汝其勿悲！

汝忆否？四五年某夕，吾尝语曰："与使吾先死也，无宁汝先吾而死。"汝初闻言而怒，后经吾婉解，虽不谓吾言为是，而亦无词相答。吾之意盖谓以汝之弱，必不能禁失吾之悲，吾先死留苦与汝，吾心不忍，故宁请汝先死，吾担悲也。嗟夫！谁知吾卒先汝而死乎？吾真真不能忘汝也！回忆后街之屋，入门穿廊，过前后厅，又三四折，有小厅，厅旁一屋，为吾与汝双栖之所。初婚三四个月，适冬之望日前后，窗外疏梅筛月影，依稀掩映；吾与（汝）并肩携手，低低切切，何事不语？何情不诉？及今思之，空余泪痕。又回忆六七年前，吾之逃家复归也，汝泣告我："望今后有远行，必以告妾，妾愿随君行。"吾亦既许汝矣。前十余日回家，即欲乘便以此行之事语汝，及与汝相对，又不能启口，且以汝之有身也，更恐不胜悲，故惟日日呼酒买醉。嗟夫！当时余心之悲，盖不能以寸管形容之。

吾诚愿与汝相守以死，第以今日事势观之，天灾可以死，盗贼可以死，瓜分之日可以死，奸官污吏虐民可以死，吾辈处今日之中国，国中无地无时不可以死，到那时使吾眼睁睁看汝死，或使汝眼睁睁看吾死，吾能之乎？抑汝能之乎？即可不死，而离散不相见，徒使两地眼成穿而骨化石，试问古来几曾见破镜能重圆？则较死为苦也，将奈之何？今日吾与汝幸双健。天下人之不当死而死与不愿离而离者，不可数计，钟情如我辈者，能忍之乎？此吾所以敢率性就死不顾汝也。吾今死无余憾，国事成不成自有同事者在。依新已五岁，转眼成人，汝其善抚之，使之肖我。汝腹中之物，吾疑其女也，女必像汝，吾心甚慰。或又是男，则亦教其以父志为志，则吾死后尚有二意洞在也。甚幸，甚幸！吾家后日当甚贫，贫无所苦，清静过日而已。

吾今与汝无言矣。吾居九泉之下遥闻汝哭声，当哭相和也。吾平日不信有鬼，今则又望其真有。今人又言心电感应有道，吾亦望其言是实，则吾之死，吾灵尚依依旁汝也，汝不必以无侣悲。

吾平生未尝以吾所志语汝，是吾不是处；然语之，又恐汝日日为吾担忧。吾牺牲百死而不辞，而使汝担忧，的的非吾所忍。吾爱汝至，所以为汝谋者惟恐未尽。汝幸而偶我，又何不幸而生今日之中国！吾幸而得汝，又何不幸而生今日之中国！卒不忍独善其身。嗟夫！巾短情长，所未尽者，尚有万千，汝可以摹拟得之。吾今不能见汝矣！汝不能舍吾，其时时于梦中得我乎！一恸！辛亥三月廿六夜四鼓，意洞手书。

家中诸母皆通文，有不解处，望请其指教，当尽吾意为幸。

这是我给你的最后的信了

陈觉 [①]

云霄我的爱妻：

　　这是我给你的最后的信了，我即日便要处死了，你已有身（孕），不可因我死而过于悲伤。他日无论生男或生女，我的父母会来抚养他（她）的。我的作品以及我的衣物，你可以选择一些给他（她）留作纪念。

　　你也迟早不免于死，我已请求父亲把我俩合葬。以前我们都不相信有鬼，现在则惟愿有鬼。"在天愿为比翼鸟，在地愿为并蒂莲，夫妻恩爱永，世世缔良缘。"回忆我俩在苏联求学时，互相切

[①] （1903—1928）原名陈炳祥。湖南省醴陵市人。1925 年加入中国共产党。赵云霄（1906—1929），河北阜平人。1925 年加入中国共产党。两人作为第一批先进的中国青年，于 1925 年冬进入莫斯科中山大学学习，在学习期间结为夫妻，1927 年一道回国参加革命。赵云霄随陈觉到湖南醴陵参加了年关暴动。不久他们被调回中共湖南省委机关。1928 年，由于叛徒告密，他们分别被敌人逮捕。1928 年 10 月，陈觉就义，年仅 25 岁。1929 年 3 月，赵云霄就义，年仅 23 岁。

磋，互相勉励，课余时闲谈琐事，共话桑麻，假期中或滑冰或避暑，或旅行或游历，形影相随。及去年返国后，你路过家门而不入，与我一路南下，共同工作。你在事业上学业上所给我的帮助，是比任何教师任何同志都要大的，尤其是前年我本已病入膏肓，自度必为异国之鬼，而幸得你的殷勤看护，日夜不离，始得转危为安。那时若死，可说是轻于鸿毛，如今之死，则重于泰山了。

前日父亲来看我时还在设法营救我们，其诚是可感的，但我们宁愿玉碎却不愿瓦全。父母为我费了多少苦心才使我们成人，尤其我那慈爱的母亲，我当年是瞒了她出国的。我的妹妹时常写信告诉我，母亲天天为了惦念她的在异国的爱儿而流泪，我现在也懊悔此次在家乡工作时竟不去见她老人家一面，到如今已是死生永别了。前日父亲来时我还活着，而他今日来时只能看到他的爱儿的尸体了。我想起了我死后父母的悲伤，我也不觉流泪了。云！谁无父母，谁无儿女，谁无情人！我们正是为了救助全中国人民的父母和妻儿，所以牺牲了自己的一切。我们虽然是死了，但我们的遗志自有未死的同志来完成。大丈夫不成功便成仁，死又何憾！此祝

健康

并问

王同志好。

觉手书

一九二八年十月十日

择 偶 记

朱自清

　　自己是长子长孙，所以不到十一岁就说起媳妇来了。那时对于媳妇这件事简直茫然，不知怎么一来，就已经说上了。是曾祖母娘家人，在江苏北部一个小县份的乡下住着。家里人都在那里住过很久，大概也带着我；只是太笨了，记忆里没有留下一点影子。祖母常常躺在烟榻上讲那边的事，提着这个那个乡下人的名字。起初一切都像只在那白腾腾的烟气里。日子久了，不知不觉熟悉起来了，亲昵起来了。除了住的地方，当时觉得那叫作"花园庄"的乡下实在是最有趣的地方了。因此听说媳妇就定在那里，倒也仿佛理所当然，毫无意见。每年那边田上有人来，蓝布短打扮，衔着旱烟管，带好些大麦粉，白薯干儿之类。他们偶然也和家里人提到那位小姐，大概比我大四岁，个儿高，小脚，但是那时我热心的其实还是那些大麦粉和白薯干儿。

　　记得是十二岁上，那边捎信来，说小姐痨病死了。家里并没有人叹惜，大约他们看见她时她还小，年代一多，也就想不清是怎样一个人了。父亲其时在外省做官，母亲颇为我亲事着急，便托了常来做衣服的裁缝做媒。为的是裁缝走的人家多，而且可以看见太太小姐。主意并没有错，裁缝来说一家人家，有钱，两位小姐，一位是姨太太生的，他给说的是正太太生的大小姐。他说那边要相亲。母亲答应了，定下日子，由裁缝带我上茶馆。记得那是冬天，到日子母亲让我穿上枣红宁绸袍子，黑宁绸马褂，戴上红帽结儿的黑缎瓜皮小帽，又叮嘱自己留心些。茶馆里遇见那位相亲的先生，方面大耳，同我现在年纪差不多，布袍布马褂，像是给谁穿着孝。这个人倒是慈祥的样子，不住地打量我，也问了些念什么书一类的话。回来裁缝说人家看得很细：说我的"人中"长，不是短寿的样子，又看我走路，怕脚上有毛病。总算让人家看中了，该我们看人家了。母亲派亲信的老妈子去。老妈子的报告是，大小姐个儿比我大得多，坐下去满满一圈椅，二小姐倒苗苗条条的。母亲说胖了不能生育，像亲戚里谁谁谁，教裁缝说二小姐。那边似乎生了气，不答应，事情就吹了。

母亲在牌桌上遇见一位太太，她有个女儿，透着聪明伶俐。母亲有了心，回家说那姑娘和我同年，跳来跳去的，还是个孩子。隔了些日子，便托人探探那边口气。那边做的官似乎比父亲的更小，那时正是光复的前年，还讲究这些，所以他们乐意做这门亲。事情已到九成九，忽然出了岔子。本家叔祖母用的一个寡妇老妈子熟悉这家子的事，不知怎么教母亲打听着了。叫她来问，她的话遮遮掩掩的。到底问出来了，原来那小姑娘是抱来的，可是她一家很宠她，和亲生的一样。母亲心冷了。过了两年，听说她已生了痨病，吸上鸦片烟了。母亲说，幸亏当时没有定下来。我已懂得一些事了，也这么想着。

光复那年，父亲生伤寒病，请了许多医生看。最后请着一位武先生，那便是我后来的岳父。有一天，常去请医生的听差回来说，医生家有位小姐。父亲既然病着，母亲自然更该担心我的事。一听这话，便追问下去。听差原只顺口谈天，也说不出个所以然。母亲便在医生来时，教人问他轿夫，那位小姐是不是他家的。轿夫说是的。母亲便和父亲商量，托舅舅问医生的意思。那天我正在父亲病榻旁，听见他们的对话。舅舅问明了小姐还没有人家，便说，像 × 翁这样人家怎么样？医生说，很好呀。话到此为止，接着便是相亲，还是母亲那个亲信的老妈子去。这回报告不坏，说就是脚大些。事情这样定局，母亲教轿夫回去说，让小姐裹上点脚。妻嫁过来后，说相亲的时候早躲开了，看见的是另一个人。至于轿夫捎的信儿，却引起了一段小小风波。岳父对岳母说，早教你给她裹脚，你不信；瞧，人家怎么说来着！岳母说，偏偏不裹，看他家怎么样！可是到底采取了折中的办法，直到妻嫁过来的时候。①

---

① 朱自清的第一任妻子为武钟谦，也就是本文最后一个相亲对象，婚后两人感情很好，但 1929 年武钟谦因病去世。三年后，朱自清与陈竹隐结婚。

给 亡 妇

朱自清

　　谦，日子真快，一眨眼你已经死了三个年头了。这三年里世事不知变化了多少回，但你未必注意这些个，我知道。你第一惦记的是你几个孩子，第二便轮着我。孩子和我平分你的世界，你在日如此；你死后若还有知，想来还如此的。告诉你，我夏天回家来着：迈儿长得结实极了，比我高一个头。闰儿父亲说是最乖，可是没有先前胖了。采芷和转子都好。五儿全家夸她长得好看；却在腿上生了湿疮，整天坐在竹床上不能下来，看了怪可怜的。六儿，我怎么说好，你明白，你临终时也和母亲谈过，这孩子是只可以养着玩儿的，他左挨右挨去年春天，到底没有挨过去。这孩子生了几个月，你的肺病就重起来了。我劝你少亲近他，只监督着老妈子照管就行。你总是忍不住，一会儿提，一会儿抱的。可是你病中为他操的那一份儿心也够瞧的。那一个夏天他病的时候多，你成天儿忙着，汤呀，药呀，冷呀，暖呀，连觉也没有好好睡过。哪里有一分一毫想着你自己。瞧着他硬朗点你就乐，干枯的笑容在黄蜡般的脸上，我只有暗中叹气而已。

从来想不到做母亲的要像你这样。从迈儿起，你总是自己喂乳，一连四个都这样。你起初不知道按钟点喂，后来知道了，却又弄不惯；孩子们每夜里几次将你哭醒了，特别是闷热的夏季。我瞧你的觉老没睡足。白天里还得做菜，照料孩子，很少得空儿。你的身子本来坏，四个孩子就累你七八年。到了第五个，你自己实在不成了，又没乳，只好自己喂奶粉，另雇老妈子专管她。但孩子跟老妈子睡，你就没有放过心；夜里一听见哭，就竖起耳朵听，工夫一大就得过去看。十六年初，和你到北京来，将迈儿、转子留在家里；三年多还不能去接他们，可真把你惦记苦了。你并不常提，我却明白。你后来说你的病就是惦记出来的；那个自然也有份儿，不过大半还是养育孩子累的。你的短短的十二年结婚生活，有十一年耗费在孩子们身上；而你一点不厌倦，有多少力量用多少，一直到自己毁灭为止。你对孩子一般儿爱，不问男的女的，大的小的。也不想到什么"养儿防老，积谷防饥"，只拼命地爱去。你对于教育老实说有些外行，孩子们只要吃得好玩得好就成了。这也难怪你，你自己便是这样长大的。况且孩子们原都还小，吃和玩本来也要紧的。你病重的时候最放不下的还是孩子。病得只剩皮包着骨头了，总不信自己不会好；老说："我死了，这一大群孩子可苦了。"后来说送你回家，你想着可以看见迈儿和转子，也愿意；你万想不到会一走不返的。我送车的时候，你忍不住哭了，说："还不知能不能再见？"可怜，你的心我知道，你满想着好好带着六个孩子回来见我的。谦，你那时一定这样想，一定的。

除了孩子，你心里只有我。不错，那时你父亲还在；可是你母亲死了，他另有个女人，你老早就觉得隔了一层似的。出嫁后第一年你虽还一心一意依恋着他老人家，到第二年上我和孩子可就将你的心占住，你再没有多少工夫惦记他了。你还记得第一年我在北京，你在家里。家里来信说你待不住，常回娘家去。我动气了，马上写信责备你。你教人写了一封复信，说家里有事，不能不回去。这是你第一次也可以说第末次的抗议，我从此就没给你写信。暑假时带了一肚子主意回去，但见了面，看你一脸笑，也就拉倒了。打这时候起，你渐渐从你父亲的怀里跑到我这儿。你换了金镯子帮助我的学费，叫我以后还你；但直到你死，我没有还你。你在我家受了许多气，又因为我家的缘故受你家里的气，你都忍着。这全为的是我，我知道。那回我从家乡一个中学半途辞职出走。家里人讽你也走。哪里走！只得硬着头皮往你家去。那时你家像个冰窖子，你们在窖里足足住了三个月。好容易我才将你们领出来了，一同上外省去。小家庭这样组织起来了。你虽不是什么阔小姐，可也是自小娇生惯养的，做起主妇来，什么都得干一两手；你居然做下去了，而且高高兴兴地做下去了。菜照例满是你做，可是吃的都是我们；你至多夹上两三筷子就算了。你的菜做得不坏，有一位老在行大大地夸奖过你。你洗衣服也不错，夏天我的绸大褂大概总是你亲自动手。你在家老不乐意闲着，坐前几个"月子"，老是四五天就起床，说是躺着家里事没条没理的。其实你起来也还不是没条理，咱们家那么多孩子，那儿来条理？在浙江住的时候，逃过两回兵难，我都在北平。真亏你领着母亲和一群孩子东藏西躲的，末一回还要走多少里路，翻一道大岭。这两回差不多只靠你一个人。你不但带了母亲和孩子们，还带了我一箱箱的书；你知道我是最爱书的。在短短的十二年里，你操的心比人家一辈子还多；谦，你那样身子怎么经得住！你将我的责任一股脑儿担负了去，压死了你，我如何对得起你！

你为我的捞什子书也费了不少神，第一回让你父亲的男佣人从家乡捎到上海去。他说了几句闲话，你气得在你父亲面前哭了。第二回是带着逃难，别人都说你傻子。你有你的想头："没有书怎么教书？况且他又爱这个玩意儿。"其实你没有晓得，那些书丢了也并不可惜；不过教你怎么晓得，我平常从来没和你谈过这些个！总而言之，你的心是可感谢的。这十二年里你为我吃的苦真不少，可是没有过几天好日子。我们在一起住，算来也还不到五个年头。无论日子怎么坏，无论是离是合，你从来没对我发过脾气，连一句怨言也没有。——别说怨我，就是怨命也没有过。老实说，我的脾气可不大好，迁怒的事儿有的是。那些时候你往往抽噎着流眼泪，从不回嘴，也不号啕。不过我也只信得过你一个人，有些话我只和你一个人说，因为世界上只你一个人真关心我，真同情我。你不但为我吃苦，更为我分苦；我之有我现在的精神，大半是你给我培养着的。这些年来我很少生病。但我最不耐烦生病，生了病就呻吟不绝，闹那伺候病的人。你是领教过一回的，那回只一两点钟，可是也够麻烦了。你常生病，却总不开口，挣扎着起来；一来怕搅我，二来怕没人做你那份儿事。我有一个坏脾气，怕听人生病，也是真的。后来你天天发烧，自己还以为南方带来的疟疾，一直瞒着我。明明躺着，听见我的脚步，一骨碌就坐起来。我渐渐有些奇怪，让大夫一瞧，这可糟了，你的一个肺已烂了一个大窟窿了！大夫劝你到西山去静养，你丢不下孩子，又舍不得钱；劝你在家里躺着，你也丢不下那份儿家务。越看越不行了，这才送你回去。明知凶多吉少，想不到只一个月工夫你就完了！本来盼望还见得着你，这一来可拉倒了。你也何尝想到这个？父亲告诉我，你回家独住着一所小住宅，还嫌没有客厅，怕我回去不便哪。

前年夏天回家，上你坟上去了。你睡在祖父母的下首，想来还不孤单的。只是当年祖父母的坟太小了，你正睡在圹底下。这叫作"抗圹"，在生人看来是不安心的；等着想办法吧。那时圹上圹下密密地长着青草，朝露浸湿了我的布鞋。你刚埋了半年多，只有圹下多出一块土，别的全然看不出新坟的样子。我和隐今夏回去，本想到你的坟上来；因为她病了，没来成。我们想告诉你，五个孩子都好，我们一定尽心教养他们，让他们对得起死了的母亲——你！谦，好好放心安睡吧，你。

一九三二年十月

再忆萧珊

　　昨夜梦见萧珊，她拉住我的手，说："你怎么成了这个样子？"我安慰她："我不要紧。"她哭起来。我心里难过，就醒了。

　　病房里有淡淡的灯光，每夜临睡前陪伴我的儿子或者女婿总是把一盏开着的台灯放在我的床脚。夜并不静，附近通宵施工，似乎在搅拌混凝土。此外我还听见知了的叫声。在数九的冬天哪里来的蝉叫？原来是我的耳鸣。

　　这一夜我儿子值班，他静静地睡在靠墙放的帆布床上。过了好一阵子，他翻了一个身。

---

[1]（1904—2005）原名李尧棠，四川成都人，祖籍浙江嘉兴。五四运动中接受民主主义和无政府主义思想。1920年入成都外语专门学校。1923年春赴上海、南京等地求学。1927年赴法国学习，并写下了他的第一本长篇小说《灭亡》。1928年底回到上海后从事文学创作。此后，他创作了多部中长篇小说和短篇小说，以及大量的散文随笔和外国文学译作。中华人民共和国成立后，历任平明出版社总编辑，作协上海分会主席、名誉主席，中国作家协会主席，等等。有《巴金全集》《巴金译文全集》行世。

我醒着，我在追寻萧珊的哭声。耳朵倒叫得更响了。……我终于轻轻地唤出了萧珊的名字："蕴珍。"我闭上眼睛，房间马上变换了。

在我们家中，楼下寝室里，她睡在我旁边另一张床上，小声嘱咐我："你有什么委屈，不要瞒我，千万不能吞在肚里啊！"……

在中山医院的病房里，我站在床前，她含泪望着我说："我不愿离开你。没有我，谁来照顾你啊?！"……

在中山医院的太平间，担架上一个带人形的白布包，我弯下身子接连拍着，无声地哭唤："蕴珍，我在这里，我在这里……"

我用铺盖蒙住脸。我真想大叫两声。我快要给憋死了。"我到哪里去找她?！"我连声追问自己。于是我又回到了华东医院的病房。耳边仍是早已习惯的耳鸣。

她离开我十二年了。十二年，多么长的日日夜夜！每次我回到家门口，眼前就出现一张笑脸，一个亲切的声音向我迎来，可是走进院子，却只见一些高高矮矮的没有花的绿树。上了台阶，我环顾四周，她最后一次离家的情景还历历在目：她穿得整整齐齐，有些急躁，有点伤感，又似乎充满希望，走到门口还回头张望。……仿佛车子才开走不久，大门刚刚关上。不，她不是从这两扇绿色大铁门出去的。以前门铃也没有这样悦耳的声音。十二年前更不会有开门进来的挎书包的小姑娘。……为什么偏偏她的面影不能在这里再现？为什么不让她看见活泼可爱的小端端？

我仿佛还站在台阶上等待车子的驶近，等待一个人回来。这样长的等待！十二年了！甚至在梦里我也听不见她那清脆的笑声。我记得的只是孩子们捧着她的骨灰盒回家的情景。这骨灰盒起初给放在楼下我的寝室内床前五斗橱上。后来，"文革"收场，封闭了十年的楼上她的睡房启封，我又同骨灰盒一起搬上二楼，她仍然伴着我度过无数的长夜。我摆脱不了那些做不完的梦。总是那一双泪汪汪的眼睛！总是那一副前额皱成"川"字的愁颜！总是那无限关心的叮咛劝告！好像我有满腹的委屈瞒住她，好像我摔倒在泥淖中不能自拔，好像我又给打翻在地让人踏上一脚。……每夜，每夜，我都听见床前骨灰盒里她的小声呼唤，她的低声哭泣。

怎么我今天还做这样的梦？怎么我现在还甩不掉那种种精神的枷锁？……悲伤没有用。我必须结束那一切梦境。我应当振作起来，即使是最后的一次。骨灰盒还放在我的家中，亲爱的面容还印在我的心上，她不会离开我，也从未离开我。做了十年的"牛鬼"，我并不感到孤单。我还有勇气迈步走向我的最终目标——死亡，我的遗物将献给国家，我的骨灰将同她的骨灰搅拌在一起，撒在园中，给花树做肥料。

……闹钟响了。听见铃声，我疲倦地睁大眼睛，应当起床了。床头小柜上的闹钟是我从家里带来的。我按照冬季的作息时间：六点半起身。儿子帮我穿好衣服，扶我下床。他不知道前一夜我做了些什么梦，醒了多少次。

一九八四年一月二十一日

田汉致白英

田汉[①]

白英女士：

我应该写"白蛾女士"罢，据说这是你替自己取的名字，W君和Z君在广州组织光明社，你飞蛾似的慕着他们的光明，所以才用这个名字的，但是有一句俗话说得太不好了："飞蛾扑灯，自取烧身之祸。"你慕光明固好，但自取烧身之祸，却不必的。所以我想替你找别的同声字。我曾写过一个戏，名叫《咖啡店之一夜》，这戏的女主人公我偶然使她叫"白秋英"，我不好全然用剧中人物的名称，只减损中间一字，就写作白英了。我并没有向你把这理由说明，但你昨夜来书写作白英，那么你自己也承认了，是不是？

你昨晚的信，是说要等着我严厉地回答的，但我这回答的开首，似乎就一点也不严厉，我怎么好对着一个含着眼泪，伸着手，向着我走来的女孩子说很严厉的话呢？我是不能的。

---

① （1898—1968）本名田寿昌，湖南长沙人，现代著名剧作家和戏剧活动家。后身为中共特工的安娥出现在田汉的生活中，频繁地接触与交流，增进了两人的感情。

但，白英女士，你既然又将走入人生的歧途，或许正要坠入你所谓"恶魔的手里"的时候，让我给你一些忠告罢！

你的来信最使我不敢苟同的，是：

——知道我这样戏弄人是不对的，这也是我一时的错误。

"戏弄人？"我最怕听一个女孩子讲出"戏弄"两个字！"戏弄"者，是不长进的女孩子们滥用她们那小而又小的才智，廉卖她们那丑而又丑的爱娇，赚人家来了，而她又走开的意思；但当她自以为得计的时候，她不知她的灵魂早已着了万劫不拭的污点，她的生命早已失去千修难得的光辉："戏弄人者人恒戏弄之"，这是一定不易的真理；这才真是"飞蛾扑灯，自取烧身之祸"哩！所以哲人戒人"玩火"。

"这是我一时的错误"，姑娘，这真是你一时的错误吗？你假如承认戏弄人是不对，是错误，那么你的错误该不是一时的了？你似乎一直戏弄着人，也一直被人戏弄着，这真是你的悲剧！你说你现在完全明白了吗？恐怕未必吧？一个聪敏的女子不容易明白她们说着什么，做着什么，她容易犯罪，容易忏悔，容易又回到"魔鬼的手里"，这是我看得大多的事！

据说你常常自比"茶花女"，我来和你谈一谈茶花女罢：我不愿意听你们三位那异口同声的感伤的文学，我只望你慢慢地知道茶花女究竟是怎么一种人物，她在说着什么，做着什么。

（马格里脱）人家给我的别名是什么？

（法维尔）茶花女。

（马格里脱）为什么？

（法维尔）因为你只戴这一种花。

（马格里脱）那就是说，我所爱的只有这一种花，把别种花送给我是无用的，我碰了别种花的香气就病。

　　这就是小仲马所创造的女性的特征了。她只爱这一种花，碰了别种花的香气就病，这里可以看见她的人格的统一。

　　姑娘！你不是也有你所爱的花吗？听说你爱的是蔷薇花，你曾取这个花名做你的名字，啊！白蔷薇！这是多么美丽，多么清纯的象征啊！你真是学茶花女的，便应该始终配着这朵花，做你人格的象征，指示你一生的运命；你不应该那么轻易地把那朵花揉碎了，扔掉了！

　　现在许我述一述我对你的印象罢：我和 H 先生到广州的那晚，T 先生便高兴地对我们说：

　　——这儿有一位交际之花很仰慕你们，今天安排到码头去接你们呢！

　　那天晚上我们这两个旅行者就加入那大佛寺灯红酒绿鬓影衣香的玻璃厅，听 Foxtrot 的音乐了；我们刚一坐定，台上的音乐已完，电光一换，T 先生引着一个把漆黑的短发蓬蓬地梳在后面，褐缎短衫，青色舞裙的女郎，含着微笑，轻盈地走向我们的桌边来了：

　　——这就是今天安排接你们的那女士，密司白。

　　这女郎自然就是你了！实在你给我的第一印象虽不根深，却不能算坏。

　　"田先生，你接到了我的信，大概你会觉得奇怪，为什么我会写信给你呢？你知道我是谁么……我姓白，名蛾。我来上海的宗旨，是想找一个仁慈的妈妈，田先生，我希望你能够很爽快地答复我，说：'好，我就做你的妈妈吧！'那么，我真不知多么畅快！上船的时间快到了，你想一个孩子希望她妈妈的心多么急切，可是夏天的日子又是多么难挨，啊，也许会是你女儿的白蛾上。"初得这封信时，我确是免不了许多诧异，不知道我哪来这一个女儿！及阅 Z 君的信，才知道你到上海来的原故。我不曾把你当作一新来的旅客，我只觉得你好像一个迷了路的小白鸽儿回到了她的母巢。那一天你随即同 W 君们到我的家见我的母亲，看我的排戏，看排我新做的"南归"，你听到那飘泊者接了手杖，戴上帽，提好行囊，背好 Guitar，用小刀刮去一年前在树皮上雕下的情诗，拾起一年前留下的破鞋，哀吟：

> 我，我要向遥遥无际的旅途流浪！鞋啊，何时我们同
> 倒在路旁，同被人家深深地埋葬？

的时候，你们不都哭了吗？你回旅馆去的时候，不马上连饭也不吃写你的感想，说南国是穷的，是"悲哀"的吗？不错，姑娘，南国是穷的，是悲哀的，但我们不能不严格地订正你的错误；他是穷而不断地干的，悲哀而热烈地奋斗的，他们将眼泪深深地葬了，他们将毫不瞻顾、踌躇地去建设国民的叙事诗年代……

后来你们搬到 ×× 坊了。Z 君来告诉我，你这新生的玫瑰是何等的有勇气，能耐劳苦，你每晨乱头粗服地提着篮亲自走到新新里来买菜，其实这算得了什么，我们无产阶级里的女人们每天都这么做的，女人要有了阶级的自觉，才能保持她的尊严，革命前往在 Munich 的俄国亡命的女同志们有一句口号，极值得中国的女孩子们警醒，就是"没有一件衣服是不合新俄国女子穿的"，她们的衣服真是褴褛驳杂啊！但并不有损一个有革命勇气的新女人的美，只有穷的女孩子而拼命要学阔小姐们的样子的那才是丑，不但是丑，而且她们非因此而坠入你所谓"恶魔的手里"不可，这是必然的。

你刚到我家的时候，认识你的 K 小姐私自告诉我：这孩子是

危险的女人！我知道，正因为危险，所以是好女人。

实在南国的女性谁不带几分危险性？我们怕的倒不是危险，而是下流；危险不失为罪恶的花，下流便是罪恶的渣滓。我知道你决不如此，而且女人的危险性十有九都是和自己过不去的……

姑娘，我听说你跳舞之外，又会驰马、操车、游泳，很使我艳羡；但一听到身体几年间给你自己摧残得很厉害，又何等使我黯然啊！听说你咯血之后，随又抽烟；卧病之后，随又游泳；这简直是自杀！简直是不想活了！茶花女是做了她境遇的牺牲，她的自我摧残是含有一种深愁绝痛。十数年来，受着命运颠簸的你，也自有你的深愁绝痛在罢？但以我所知，大部分的责任，似乎要让你的性格去负担；你怀着空漠的大望投到社会里来，想要求到你的光荣，你的快乐，但你的性格在那里作祟。使你得了些虚浮的、徒然摧残自己、毁灭自己的快乐，却一点没有得到建设你自己的光荣！而那些所谓快乐在你现在的回忆中，又是多么的一种难堪的痛苦啊！

我不忍再拿这些话来使你痛苦了，听说昨天你甚至吃了过度的麻醉药，好容易才救转来，自然这也是激于一时的情感；不过生命是多么难得的啊！你别再戏弄它罢。

南国是穷的，但他的同情极丰富；南国是悲哀的，但他们的态度极勇敢，工作极愉快，队伍极严肃；他不戏弄人，也不许谁被戏弄。

心肠过热，遂不觉其言之长，你该要看累了罢？我也耽搁了许多有用的工夫，我只希望沙乐美公演后我们有机会来演一次"茶花女"，或者即请你来做剧中的女主人公，那样一来，你该知道茶花女是怎么一个有生活内容的女人，而绝不是胡闹的了。溽暑中人，诸希善自珍爱！

田汉

朱生豪情书选

朱生豪[①]

一

宋:

　　风雨如晦,天地失色,我心寂寞,盖欲哭焉。今天虽然盼得你的信,可是读了等于不读,反而更觉肚子饿,连信封才七十字耳,吝啬哉!

　　不知你玩得算不算畅快。鲰生无福,未能追随芳躅,惟有望墨水壶而长叹而已。本来我也可以今天乘天凉回家去一次,但一则因为提不起兴致,二则因为钱已差不多用完,薪水要下星期一才有,因此不去,下星期已说定要去,大概不得不去,并非真想去。狗窝一样的亭子间,虽然我对它毫无爱情,只有憎恶,但在这世上

---

① （1912—1944）浙江嘉兴人。在杭州之江文理学院主修中国文学,辅修英文。1932 年结识学妹宋清如,两人开始谈诗交友。1933 年毕业,在世界书局担任英文编辑,与宋清如异地,于是两人用书信交流。1942 年,经过十的爱情长跑,两人成婚。1944 年朱生豪确诊肺结核,同年病逝。

似乎是我唯一不感到陌生的地方。

如果你要为我祝福，祝我每夜做一个好梦吧，让每一个梦里有一个你。如果现实的缺憾可以借做梦来弥补一下，也许我可以不致厌世。

愿你好。

二

好人：

你不懂写信的艺术，像"请你莫怪我，我不肯嫁你"这种句子，怎么可以放在信的开头地方呢？你试想一想，要是我这信偶尔被别人在旁边偷看见了，开头第一句便是这样的话，我要不要难为情？理该是放在中段才是。否则把下面"今天天气真好，春花又将悄悄地红起来"二句搬在头上做帽子，也很好。"今天天气真好，春花又将悄悄地红起来，我没有什么意见"这样的句法，一点意味都没有；但如果说"今天天气真好，春花又将悄悄地红起来，请你莫怪我，我不肯嫁你"，那就是绝妙好辞了。如果你缺少这种 poetical instinct，至少也得把称呼上的"朱先生"三字改作"好友"，或者肉麻一点就用"孩子"；你瞧"朱先生，请你莫怪我，我不肯嫁你"这样的话多么刺耳；"好友，请你莫怪我，我不肯嫁你"，就给人一个好像含有不得不苦衷的印象了，虽然本身的意义实无二致；问题并不在"朱先生"或"好友"的称呼上，而是"请你莫怪我……"十个字，根本可以表示无情的拒绝和委婉的推辞两种意味。你该多读读《左传》。

我没有要你介绍女朋友的意思，别把我的话太当真。你的朋友（指我）是怎样一宗宝货你也知道，介绍给人家人家不会感激你的，至于我则当然不会感激你。

我待你好，你也不要不待我好。

三

宋：

你在不在发愁？

我在发愁，希望天下雨。

不是我喜欢雨天，晴天我总希望下雨，雨天我总希望天晴。

今天又比昨天老了一天。

我爱你得很。

朱生　十五

你寄一张戴方帽子的照相给——不是给我，给姓朱的。我待你好。

五点半

四

好：

我希望世上有两个宋清如，我爱第一个宋清如，但和第二个宋清如通着信，我并不爱第二个宋清如，我对第二个宋清如所说的话，意中都指着第一个宋清如，但第一个宋清如甚至不知道我的存在。

要你知道我爱你，真是太乏味的事，为什么我不从开头开始就保守秘密呢？为什么我一想起你来，你总是那么小，小得可以藏在衣袋里？我伸手向衣袋里一摸，衣袋里果然有一个宋清如，不过她已变成一把小刀（你古时候送给我的）。

我很悲伤，因为知道我们死后将不会在一起，你一定到天上去无疑，我却已把灵魂卖给魔鬼了，不知天堂与地狱之间，许不许通信。

我希望悄悄地看见你，不要让你看见我，因为你不愿意看见我。

我寂寞，我无聊，都是你不好。

要是没有你，我不是可以写写意意地自杀了吗？

想来你近来不曾跌过跤？昨天我听见你大叫一声。

假的，骗骗你。

愿你好好好好好好好。

米非士都勒斯 十三

五

小妹妹：

你那里下雪，我这里可是大晴天。

如果你肯来上海，那么我就不来杭州了，我最怕到杭州来的理由是要拜访老师。而且到十五六里，我的钱又要用得差不多了。我不准你比我大，至少要让我大你一岁或三个月。要是你真比我大，那么我从今后每年长两岁，总会追及你。明天起我就自认廿五岁，到秋天我再变成廿六岁。其实我愿意我的年纪从遇见你以后才正式算起，一九三三年的秋天是我一岁的开始，生日待考，自从我们离别以后，我把每个月算作一年（如果照古老话一日三秋，那是太过分些），如是到现在约已有三十个月，因此我现在已满三十一岁。凡未认识你以前的事，我都愿意把它们编入古代史里去。

你在古时候一定是很笨很不可爱的，这我很能相信，因为否则我将伤心不能和你早些认识。我在古时候有时聪明有时笨，在第十世纪以前我很聪明，十世纪以后笨了起来，十七八世纪以后又比较聪明些，到了现代又变笨了。

我从来不曾爱过一个人像爱你那样的，这是命定的缘法，我相信我并不是不曾见过女孩子。你真爱不爱我呢？你不爱我，我要伤心的，我每天凄凄惶惶地想你。我讨厌和别人在一起，因为如果我不能和你在一起，我宁愿和自己在一起。

暂时搁笔，你笑我傻也随你。愿魔鬼保佑我们，因为他比上帝可爱一些。

伊凡叔父　六日午

六

好人：

你初八的信于今天读到。

如果要读书，倘使目的是为趣味，那么可以读读子书、笔记和唐宋以后的诗词、英文的小说戏曲，倘使要使自己不落伍，则读些社会科学的书，但不必成为社会主义者。

回家很没趣味。兄弟一个失业，拉长了面孔，一个又吐出过一点血。长者们逼我快娶亲，你肯不肯嫁我？或者如果有这样的人，你可以介绍给我：

1. 年龄二十五至三十。

2. 家境相当的穷。

3. 人很笨。

4. 小学或初中毕业，或相当程度（不必假造文凭也）。

5．相貌不甚好，但勉强还不算讨厌。

6．身体过得过去，但不要力大如牛，否则我要吃瘪。

7．不曾生过儿子，生过儿子而已死或已丢掉则不妨。

8．能够安安静静坐在家里不说话。

9．最好并无父母，身世很孤苦。

10．不喜欢打扮及照镜子。

11．不痴心希望丈夫爱她（但可以希望他能好好待遇她）。

这种是不是无聊话？

我永远爱你。

朱　二月十五

信仍寄世界书局较妥。

七

好人：

今夜我的成绩很满意，一共译了五千字，最吃力的第三幕已经完成（单是注也已有三张纸头），第四幕译了一点点，也许明天可以译完，因为一共也不过五千字样子。如果第五幕能用两天工夫译完，那么仍旧可以在五号的限期完成。第四幕梦境消失，以下只是些平铺直叙的文章，比较容易一些，虽然也少了兴味。

一译完《仲夏夜之梦》，赶着便接译《威尼斯商人》，同时预备双管齐下，把《温莎的风流娘儿们》预备起来。这一本自来不列入"杰作"之内，*Tales from Shakespeare*[①]里也没有它的故事，但实际上

---

① 《莎士比亚故事集》

是一本最纯粹的笑剧，其中全是些市井小人和莎士比亚戏曲中最出名的无赖骑士 Sir John Falstaff[①]，写实的意味非常浓厚，可说是别创一格的作品。苏联某批评家曾说其中的笑料足以抵过所有的德国喜剧的总和。不过这本剧本买不到注释的本子，有许多地方译时要发生问题，因此不得不早些预备起来。以下接着的三种《无事烦恼》《如君所欲》和《第十二夜》，也可说是一种"三部曲"，因为情调的类似，常常相提并论。这三本都是最轻快优美，艺术上非常完整的喜剧，实在是"喜剧杰作"中的"代表作"。因为注释本易得，译时可不生问题，但担心没法子保持原来对白的机警漂亮。再以后便是三种晚期作品，《辛俾林》和《冬天的故事》是"悲喜剧"的性质。末后一种《暴风雨》已经译好了，这样便完成了全集的第一分册。我想明年二月一定可以弄好。

然后你将读到《罗密欧与朱丽叶》这一本恋爱的宝典，在莎氏初期作品中，它和《仲夏夜之梦》是两本仅有的一喜一悲的杰作，每个莎士比亚的年轻的读者，都得先从这两本开始读起。以后便将风云变色了，震撼心灵的四大悲剧之后，是《裘力斯·凯撒》《安东尼与克里奥佩特拉》《考列奥莱纳斯》三本罗马史剧。这八本悲剧合成全集的第二分册，明年下半年完成。

但是我所最看重，最愿意以全力赴之的，却是篇幅比较多的第三分册，英国史剧的全部。不是因为它比喜剧悲剧的各种杰作更有价值，而是因为它从未被介绍到中国来过。这一部酣畅淋漓一气呵成的巨制（虽然一部分是出于他人之手），不但把历史写得那么生龙活虎似的，而且有着各种各样精细的性格描写，尤其是他用

---

① 约翰·福斯塔夫爵士。

最大的本领创造出 Falstaff（你可以先在《温莎的风流娘儿们》中间认识到他）这一个伟大的泼皮的喜剧角色的典型，横亘在《亨利四世》《亨利五世》《亨利六世》各剧之中，从他的黄金时代一直描写到他的没落。然而中国人尽管谈莎士比亚，谈哈姆莱特，但简直没有几个人知道这个同样伟大的名字。

第三分册一共十种，此外尚有次要的作品十种，便归为第四分册。后年大概可以全部告成。告成之后，一定要走开上海透一口气，来一些闲情逸致的玩意儿。当然三四千块钱不算是怎么了不得，但至少可以优游一下，不过说不定那笔钱正好拿来养病也未可知。我很想再做一个诗人，因为做诗人最不费力了。实在要是我生下来的时候上帝就对我说，"你是只好把别人现成的东西拿来翻译翻译的"，那么我一定要请求他把我的生命收回去。其实直到我大学二年级为止，我根本不曾想到我会干（或者屑于）翻译。可是自到此来，每逢碰见熟人，他们总是问，你在做些什么事，是不是翻译。好像我唯一的本领就只是翻译。对于他们，我的回答是，"不，做字典"。当然做字典比起翻译来更是无聊得多了，不过至少这可以让他们知道我不止会翻译而已。

你的诗集等我将来给你印好不好？你说如果我提议把我们两人的诗选剔一下合印在一起，把它们混合着不要分别那一首是谁作的，这么印着玩玩，你能不能同意？这种办法有一个好处，就是挨起骂来大家有份，不至于寂寞。

快两点钟了，不再写，我爱你。

你一定得给我取个名字，因为我不知道要在信尾写个什么好。

十月二日夜

爱眉小札①（节选）

徐志摩

八月九日起日记

"幸福还不是不可能的"，这是我最近的发现。今天早上的时刻，过得甜极了。我只要你，有你我就忘却一切，我什么都不想什么都不要了，因为我什么都有了。与你在一起没有第三人时，我最乐。坐着谈也好，走道也好，上街买东西也好。厂甸我何尝没有去过，但哪有今天那样的甜法。爱是甘草，这苦的世界有了它就好上口了。眉，你真玲珑，你真活泼，你真像一条小龙。

我爱你朴素，不爱你奢华。你穿上一件蓝布袍，你的眉目间就有一种特异的光彩，我看了心里就觉着不可名状的欢喜。朴素是真的高贵。你穿戴齐整的时候当然是好看，但那好看是寻常的，人

---

① 眉，即陆小曼，徐志摩后来的夫人。她擅长琴棋书画，会唱京剧，通晓英语、法语，20 年代初在北京社交界颇有名气，1924 年在新月社俱乐部活动中与徐志摩相识，不久两人即陷入热恋。《爱眉小札》基本上是他们恋爱过程的情感记录。他们后于 1926 年 10 月在北京结婚。

人都认得的，素服时的眉，有我独到的领略。

"玩人丧德，玩物丧志"，这话确有道理。

我恨的是庸凡，平常，琐细，俗；我爱个性的表现。

我的胸膛并不大，决计装不下整个或是甚至部分的宇宙。我的心河也不够深，常常有露底的忧愁。我即使小有才，决计不是天生的，我信是勉强来的；所以每回我写什么多少总是难产，我唯一的靠傍是刹那间的灵通。我不能没有心的平安，眉，只有你能给我心的平安。

在你完全的蜜甜的高贵的爱里，你享受无上的心与灵的平安。

凡事开不得头，开了头便有重复，甚至成习惯的倾向。在恋中人也得提防小漏缝儿，小缝儿会变大窟窿，那就糟了。我见过两相爱的人因为小事情误会斗口，结果只有损失，没有利益。我们家乡俗谚有："一天相骂十八头，夜夜睡在一横头。"意思说是好夫妻也免不了吵。我可不信，我信合理的生活，动机是爱，知识是南针；爱的生活也不能纯粹靠感情，彼此的了解是不可少的。爱是帮助了解的力，了解是爱的成熟，最高的了解是灵魂的化合，那是爱的圆满功德。

没有一个灵性不是深奥的，要懂得真认识一个灵性，是一辈子的工作。这工夫愈下愈有味，像逛山似的，唯恐进得不深。

眉，你今天说想到乡间去过活，我听了顶欢喜，可是你得准备吃苦。总有一天我引你到一个地方，使你完全转变你的思想与生活的习惯。你这孩子其实是太娇养惯了！我今天想起丹农雪乌的《死的胜利》的结局，但中国人，哪配！眉，你我从今起对爱的生活负有做到他十全的义务。我们应得努力。眉，你怕死吗？眉，你怕活吗？活比死难得多！眉，老实说，你的生活一天不改变，我一天不得放心。但北京就是阻碍你新生命的一个大原因，因此我不免发愁。

我从前的束缚是完全靠理性解开的，我不信你的就不能用同样的方法。万事只要自己决心，决心与成功间的是最短的距离。往往一个人最不愿意听的话，是他最应得听的话。

八月十日

我六时就醒了，一醒就想你来谈话，现在九时半了，难道你还不曾起身，我等急了。我有一个心，我有一个头，我心动的时候，头也是动的。我真应得谢天，我在这一辈子里，本来自问已是陈死人，竟然还能尝着生活的甜味，曾经享受过最完全，最奢侈的时辰，我从此是一个富人，再没有抱怨的口实，我已经知足。这时候，天塌了下来，地陷了下去，霹雳击在我的身上，我再也不怕死，不愁死，我满心只是感谢。即使眉你有一天（恕我这不可能的设想）心换了样，停止了爱我，那时我的心就像莲蓬似的栽满了窟窿，我所有的热血都从这些窟窿里流走——即使有那样悲惨的一天，我想我还是不敢怨的，因为你我的心曾经一度灵通，那是不可灭的。上帝的意思到处是明显的，他的发落永远是公正的；我们永远不能批评，不能抱怨。

八月十一日

这过的是什么日子！我这心上压得多重呀！眉，我的眉，怎么好呢？刹那间有千百件事在方寸间起伏，是忧，是虑，是瞻前，是顾后，这笔上哪能写出？眉，我怕，我真怕世界与我们是不能并立的，不是我们把他们打毁成全我们的话，就是他们打毁我们，逼迫我们去死。眉，我悲极了，我胸口隐隐地生痛，我双眼盈盈的热泪，我就要你，我此时要你，我偏不能有你，喔，这难受——恋爱是痛苦，是的眉，再也没有疑义。眉，我恨不得立刻与你死去，因为只有死可以给我们想望的清静，相互的永远占有。眉，我来献全盘的爱给你，一团火热的真情，整个儿给你，我也盼望你也一样拿整个、完全的爱还我。

世上并不是没有爱，但大多是不纯粹的，有漏洞的，那就不值钱、平常、浅薄。我们是有志气的，决不能放松一屑屑，我们得来一个真纯的榜样。眉，这恋爱是大事情，是难事情，是关生死超生死的事情——如其要到真的境界，那才是神圣，那才是不可侵犯。有同情的朋友是难得的，我们现在少数的朋友，就思想见解论，在中国是第一流。他们都是真爱你我，看重你我，期望你我的。他们要看我们做到一般人做不到的事，实现一般人梦想的境界。他们，我敢说，相信你我有这天赋，有这能力；他们的期望是最难得的，但同时你我负着的责任，那不是玩。对己，对友，对社会，对天，我们有奋斗到底，做到十全的责任！眉，你知道我这近来心事重极了，晚上睡不着不说，睡着了就来怖梦，种种的顾虑整天像刀光似的在心头乱刺。眉，你又是在这样的环境里嵌着，连自由谈天的机会都没有，咳，这真是哪里说起！眉，我每晚睡在床上寻思时，我仿佛觉着发根里的血液一滴滴地消耗，在忧郁的思念中黑发变成苍白。一天二十四时，心头哪有一刻的平安——除了与你单独相对的俄顷，那是太难得了。眉，我们死去吧，眉，你知道我怎样的爱你，啊眉！比如昨天早上你不来电话，从九时半到十一时，我简直像是活抱着炮烙似的受罪，心那么的跳，那么的痛。也不知为什么，说你也不信，我躺在榻上直咬着牙，直翻身喘着啊！后来再也忍不住了，自己拿起了电话，心头那阵的狂跳，差一点叫我晕了。谁知你一直睡着没有醒，我这自讨苦吃多可笑。但同时你得知道，眉，在恋中人的心理是最复杂的心理，说是最不合理可以，说是最合理也可以。眉，你肯不肯亲手拿刀割破我的胸膛，挖出我那血淋淋的心留着，算是我给你最后的礼物？

今朝上睡昏昏的只是在你的左右。那怖梦真可怕，仿佛有人用妖法来离间我们，把我迷在一辆车上，整天整夜地飞行了三昼夜，旁边坐着一个瘦长的严肃的妇人，像是命运自身，我昏昏的身体动不得，口开不得，听凭那妖车带着我跑，等得我醒来下车的时候有人来对我说你已另订约了。我说不信，你带约指的手指忽在我眼前闪动。我一见就往石板上一头冲去，一声悲叫，就死在地下——正当你电话铃响把我振醒，我那时虽则醒了，但那一阵的凄惶与悲酸，像是灵魂出了窍似的，可怜呀，眉！我过来正想与你好好地谈半点钟天，偏偏你又得出门就诊去，以后一天就完了，四点以后过的是何等不自然而局促的时刻！我与"先生"谈，也是凄凉万状。我们的影子在荷池圆叶上晃着，我心里只是悲惨，眉呀，你快来伴我死去吧！

黄炎培致姚维钧

黄炎培 [①]

维钧：

　　昨六月三十发一信，想先收。今日讲座第二天，兴奋之下正在稍感疲乏。工友送来一大叠信，内一封，一看外表，即知是你的信，但用挂号，有些异样。急开视，乃知汶川信已到（而且威州信亦到。）我料不到这般快。我大兴奋。

　　维钧，我读了这信，第一安慰知道你对我这些话，没有以为亵渎而动气。此等话，如果对方是一位老式而怕羞的，很可以生气。我事后不免感觉此事太唐突你。现在我安慰了。

　　我俩都说真实话的。我把心田里前后经过，坦白地说给你听。我是一个饱经世变而且交往同性异性相当多的人，自信决不会盲目地一时冲动，倾送爱情于一位异性青年朋友的。最早乃因我在哀痛之中，忽然知道你是周浦人，使我唤起注意。其后续续通信，

[①] （1878—1965）江苏川沙（今属上海市）人。中国教育家、民主革命家。1941年与姚维钧相识，二人以书信形式相识，纸笔往来8个月，通信百余封。见面后第六天便举行了婚礼。1965年黄炎培去世。

都使我满意，而最大的刺激，乃沁园春一阕，其中辛神轮三韵，不知使我淌了多少热泪！维钧！你要十分谅解我：我是一个满怀悲痛，为了爱国救国的一念，积几十年努力，眼睁睁国破家亡现象摆在眼前。（维钧！吾写至此，吾哭了。）辛字一韵，真正打到我心弦最深处。因此吾想到像这位女青呀！才是吾的真正同志，这是第二步。后来承你对我十分关心，十分爱护，我暗暗想：吾是一个失偶的孤雁，看天下没有一个不爱的人，但也没有一个爱人了。料不到还有你如此爱我。"人非木石，岂能无动于中。"因此，更推想到你也许对我有同感么？假如双方有这同感，难道我不说，倒要让你说罢！想到此，立刻自己切责自己，你不要胡涂。你多少年龄？你忍心为了自己幸福，去牺牲他人锦绣前程吗！对。对。立刻把意马心猿收束起来。但有时自己又替自己辩护，我不是为了男女之私，为的是增加彼此为国家为社会服务上的助力。或者竟可以原谅的。但是到底不行。自己问自己，你不是说明：你有若干求偶条件么？怎么矛盾到这般田地！这是第三步。可以说"发乎情，止乎礼仪"，或者竟说"发乎情，止乎理智"罢。

人生旅行，是真性情暴露的最容易时机。自上文所说这种心理种下以后，我心中时时地地有一个你在。所以一得杂闲，便思作信给你。有苦痛，有快乐，有写作，都想倾倒于你之前。而承你也是同样地待我。一上此意更浓上加浓了。到娘子关前，忽然心田里自然而然发生这一幕电影，在滑干上就写了这个作品。一切办好，当夜忽然变计，不敢付邮，怕你接到后，认为亵渎了，大生气，如何是好？到明天，还是鼓着十分勇气，亲上邮局发邮。

寄发以后，内定一个方案，此事待到渝面见后，倾筐倒箧地极坦白地讲给你听。但结论仍归束到我的矛盾心理上，如果面议，是双重心理的说明，而非根据确定的主张，提出请求。既内定了，倒也坦然。

也足合当有事，六月廿六和思敬两人会餐，谈到这回事，以下就是六月廿六所发附函中语。

现在这样承你表示，我只有十万分感激。不过对你提出两点，我有答复：第一点，我之认识根据是你，并非一时冲动。吾自叹"阅人多矣"，佳人易得，同志难求。吾之爱君，已成铁案。第二点，确是没有见过你。一个小影，吾认为不够代表。但承思敬将你身材、风度、行动，描写给我听，她还说太像照片中的黄师母了。维钧！我所注意，本不在容貌之艳丽，服装之漂亮，装饰之时髦，（思敬还说你不爱时髦，又和黄师母一样，反而增强我以爱夫人者爱你。）见不见却无关系。那么说到这里，就坚决地对你提出请求了么？不是。不是。我的决定语如下：

我承你重视我，以师礼待我，我今以"师"的地位，为此问题，对你贡献一些参考之意见：此人一切一切，你和他作终身伴侣，都还可以，于你也有益处。就是一点，年差太大。虽身体还健，到底年龄是无可勉强的。所以这件事，你不答应他，是合乎原则的。如果答应他，是你的牺牲精神，你对他特别的重视，是例外。你还是自己慎重考虑为宜。这是我因你这般敬重我，做一个十分尽忠于你的建议（是以否决为原则的），那么，这样说来，一经否决，你将作何感想呢（自己向自己）？这要用到我一生最坚强的理智作用了。维钧！我如果真爱的，应该把你安放在最幸福的地位。岂可因爱她而托她一生幸福的前途，为了我牺牲，只求所谓我个人幸福，这还配称人么？维钧，你相信我是说得出，做得到的。虽然因此吾吃大亏，失却极大帮助，但我为真理，是一切不顾的。前书所谈"此心白到天堪表",就在此等处。

但是我始终地永远地爱你的。(不过等我或他人介绍的相当人选,使你生活圆满以后,我不可以这样的。应该避嫌的。不是我的世故,是真理。此时我和你无论怎么相爱,决无妨碍,因为彼此都是单身。我生平对有偶的异性,绝对不敢过分地接近。)即如眼前这封信,你说我有理想,有计划,能实行,能收效,朋友中认识我的很多,像你认识我到这样,你切是难以得到的。这就是你的聪明。维钧!你固然不宜自大,但也不宜暴弃,堂上付给你脑力真是不错。我的爱你,就在此等处。

维钧!我再贡献你句话:大事要当作小事。要举重如轻。此事没什么了不的。你不要因烦闷而损害精神的灵活,乃至影响到健康,我更对不起你了。

祝你健好!

炎培　上
卅一。七。一。蓉